CÉCILE CHOMIN - FANNY GAYRAL
AMÉLIE C. ASTIER & MARY MATTHEWS
FANNY ANDRÉ - ANGÉLINE MICHEL
GEORGIA CALDERA

P.-S. : Joyeux Noël

J'AI LU

Sommaire

FANNY GAYRAL

Sapins blancs et mouton noir

1

Dimanche 19 décembre

Il est 16 heures, et ma valise est prête. J'ai pensé à la combinaison, à la crème solaire, au bonnet, aux sept paires de chaussettes thermiques. Il me semble que je n'ai rien oublié. Le frigo est vide, les radiateurs sont en mode hors gel, la box est débranchée. Me voilà sur le départ. Alors que j'effectue une dernière vérification de l'appartement, mon téléphone vibre. Je l'attrape et déverrouille l'écran.

`J'ai appris la nouvelle par ta mère. Il faut absolument que nous en discutions de vive voix. Appelle-moi quand tu auras un moment. Je t'embrasse. Thérèse.`

Ah mince. Ma tante est déjà au courant… La nouvelle va se répandre comme une traînée de poudre ; je ne suis pas sortie de l'auberge ! Bon, ils vont me faire quelques reproches, puis ils se détendront. Ma décision est prise, je ne ferai pas marche arrière. Je vais profiter pleinement de ces vacances, apprendre à skier, marcher dans la poudreuse, me délecter du soleil sur la terrasse du chalet, en altitude, et tout ira pour le mieux. J'ai besoin d'un Noël différent cette année, de calme, de recueillement en solitaire. Ils sont tout à fait capables de le comprendre et de se passer de moi ; une fois n'est pas coutume.

Je verrouille ma porte et traîne ma lourde valise dans l'escalier, jusqu'à la place de parking sur laquelle est garée ma voiture. Je fais démarrer le moteur et me mets en route. Je suis à peine sortie de Lyon que mon téléphone bipe à nouveau.

Quoi ?! Il paraît que tu ne viens pas dans le Morvan ! Tu as pensé à mamie ? On s'appelle. Salomé.

Mon cœur s'accélère alors que le tintement du portable me fait part du SMS de ma cousine, et je manque me tromper de bretelle d'autoroute. Oui, bien sûr que j'ai pensé à mamie, que s'imagine-t-elle ? J'ai longuement réfléchi, je n'ai pas agi sur un coup de tête !

Après une demi-heure de rumination sur ce thème, un message de ma sœur arrive.

Je viens de parler à Thérèse et à maman. Je te laisse imaginer leur abattement. Franchement, je pensais que tu changerais d'avis. Je t'appelle ce soir. Bisous. Caro.

Un petit vertige me saisit à la lecture de ces mots, je me fige quelques secondes, en apnée. Mon enthousiasme a faibli subitement, et je ne suis plus très sûre d'avoir fait le bon choix. Je ne me souviens plus tellement des fondements de ma décision ni de mes plans pour l'assumer. Je devrais peut-être faire demi-tour et me résigner...

Non ! Accroche-toi, Clara !

Je me cramponne au volant, j'invoque Bouddha, le Qi et l'esprit de Noël en tâchant de faire le vide dans mon esprit.

Les kilomètres défilent, je quitte l'autoroute et m'engage sur la nationale. Peu à peu, des plaques de neige apparaissent sur les bas-côtés, le paysage blanchit à l'horizon. La route n'est bientôt plus qu'une bande de bitume serpentant entre deux murs immaculés, et La Plagne apparaît au loin. Je souris en apercevant les immeubles majestueux à flanc de montagne. La découverte de ce panorama magnifique me rassérène un peu.

Je quitte la route principale et m'engage sur le chemin en lacets qui monte jusqu'au gîte, à l'écart de la station. Arrivée à destination, je reste un instant bouche bée. La vue est splendide, le chalet domine la vallée, la neige qui recouvre son toit scintille sous les dernières lueurs du crépuscule. Je monte l'escalier principal et frappe à la porte. La jeune femme qui m'ouvre n'est pas très grande, mais elle semble musclée, solidement bâtie. Ses cheveux châtains s'illuminent de reflets roux, et son visage est constellé de taches de rousseur.

— Bonjour ! me dit-elle. Je suis Leslie, la maîtresse des lieux.

— Enchantée. Clara Beauvallon. Je suis l'une des gagnantes du concours Lechanfour.

— Oui, nous vous attendions. Vous avez fait bonne route ?

— Impeccable, réponds-je. Ça n'a pas été long, j'habite à Lyon, ce n'est qu'à deux heures d'ici.

— Suivez-moi, je vais vous montrer votre chambre.

J'entre dans la pièce principale et mon émerveillement ne s'amoindrit pas. Le salon est immense, la décoration est chaleureuse : murs bardés de bois clair, plancher de pin, canapés de velours beige et chaussettes de laine rouge accrochées au manteau de la cheminée. Un grand sapin décoré de boules blanc et or se dresse sur ma droite. Dans l'âtre, le feu crépite. Je tire sur mon bonnet pour l'ôter, je souris. Voilà l'endroit parfait pour passer le Noël auquel j'aspire.

Nous montons à l'étage, et je découvre mes quartiers : une petite chambre douillette au plafond bas et mansardé, qui semble taillée à même le bois.

— Je vous laisse vous installer. Le dîner sera servi dans une heure.

Alors que j'ouvre ma valise, mon téléphone sonne. « Maman » s'affiche à l'écran. Oh non ! Dans ce contexte, je crois que j'aurais préféré Thérèse, Salomé et Caroline en téléconférence de groupe.

Je décroche à contrecœur.

— Allô ? fait ma mère d'une voix d'outre-tombe. C'est toi, Clara ?

— Oui, réponds-je. C'est bien moi.

Silence prolongé.

— Alors, euh, tu es sur la route ? poursuit-elle finalement.

Je tente d'adopter un ton enjoué :

— Non, je suis arrivée ! Tu verrais le chalet, c'est vraiment féerique ! Je vais être bien, ici.

— Ah, fait ma mère avec autant d'enthousiasme que si je lui annonçais l'imminence d'une pluie de criquets ravageurs. Tant mieux pour toi. Car mamie, elle, risque d'être très mal.

— On en a déjà parlé la semaine dernière, maman ! C'est une chance incroyable d'avoir gagné le concours des magasins Lechanfour. Il n'y avait que trois lauréats sur toute la France, tu te rends compte ? Une semaine de ski, tous frais payés, à La Plagne, ça ne se refuse pas !

— Oui, mais mamie prend de l'âge. C'est peut-être son dernier hiver.

— Tu dis ça chaque année depuis dix ans.

— Parce qu'elle peut partir à tout instant, Clara ! me rétorque-t-elle. Elle qui aime tellement cette période, qui ne désire rien tant que voir sa famille réunie autour d'elle pour Noël, si ce n'est pas malheureux !

— Je suis certaine qu'elle ne s'en rendra même pas compte. Ses troubles de la mémoire se sont aggravés, ces derniers temps. Tu as toi-même reconnu qu'elle n'avait plus que quinze minutes de lucidité par mois.

— Peut-être, mais elle sent les choses. Comme les bébés. Ils perçoivent les atmosphères. Et une famille incomplète, c'est comme un peigne sans l'une de ses dents. Un système bancal.

— Mais vous serez là, vous. Et puis, elle a vu pire, mamie.

— C'est toi qui le dis. Bon, réfléchis-y, il faut que je te laisse.

Elle raccroche et je reste dépitée sur mon matelas, entre mon sac à dos et ma valise, la gorge nouée. « Réfléchis-y. »

Mais je suis arrivée !

Je finis de ranger mes affaires, puis réalise un exercice d'harmonisation des trois Dan Tian pour me revigorer. Le résultat est en demi-teinte, et je ne suis pas complètement détendue lorsque je descends pour le dîner.

À table, Leslie me présente les autres lauréats : Angélique, une femme d'une quarantaine d'années, dynamique, blonde aux cheveux coupés court, son mari Christophe, un grand échalas à lunettes et chemise à carreaux, leur fils Louis, un préadolescent de 11 ans, et, pour finir, Marion, une jolie jeune femme d'une trentaine d'années, brune aux cheveux mi-longs bouclés et aux yeux noirs. Christophe me serre la main. Il a l'air d'un prof de maths. Je l'imagine tout à fait distribuant les copies en interrogeant de pauvres collégiens sans défense sur les fractions et autres dénominateurs.

— Enchanté, me dit-il.

— C'est grâce à Christophe que nous avons gagné ce séjour en famille, m'explique sa femme. C'est toujours lui qui fait les courses au Lechanfour de Longjumeau. Et de votre côté ?

— Je viens d'Aix-les-Bains, répond Marion. Je vis seule en ce moment, je suis divorcée.

— De Lyon, dis-je.

Par miracle, c'est le moment que choisit Nicolas, le mari de Leslie, pour surgir de la cuisine, un plat de gratin dauphinois entre les mains, coupant court à tout interrogatoire potentiel au sujet de mon statut matrimonial. Je me revois brièvement quittant Joachim, ses tee-shirts froissés et ses monologues interminables sur l'existentialisme et la philosophie poststructuraliste. Le constat est sans appel, ma vie sentimentale se résume actuellement à ce simple terme : un désastre.

— Il ne manque qu'Arthur, s'exclame Leslie.

— Ah bon ? demande Marion. C'est un quatrième gagnant ?

— Non, répond notre hôte. Arthur sera votre prof de ski. C'est un ami d'enfance. Il a grandi ici et vit désormais à Grenoble, mais il remonte chaque année pendant les vacances d'hiver pour donner des cours à l'École du ski français.

— Regarde, Louis ! la coupe soudain Christophe. Leslie a partagé le gratin en huit parts. Tu te souviens de ce que l'on doit faire au numérateur et au dénominateur, si l'on veut des fractions équivalentes en seizième ?

2

Lundi 20 décembre

Le réveil sonne, je m'extrais du sommeil avec difficulté. J'ai mal dormi, j'ai rêvé que je comparaissais en cour d'assises pour « suprême trahison ». Mamie se tenait dans le fauteuil du juge, une perruque bouclée sur la tête, un peigne édenté à la main, hurlant que j'avais ruiné son Noël, anéanti sa vie.

Je consulte mon téléphone. Deux messages. Le premier est de Thérèse, qui m'explique que les personnes âgées sont extrêmement sensibles, qu'elles perçoivent les atmosphères à la manière des chatons ; le second, de ma sœur Caroline, qui m'écrit qu'une famille sans l'un de ses membres est tel un squelette dépossédé de l'un de ses os.

Un système bancal, oui, je sais.

Je repose rageusement l'appareil sur la commode. Certains os sont minuscules et leur absence peut tout à fait passer inaperçue, non ? Les osselets de l'oreille, par exemple. D'ailleurs, mamie est sourde comme un pot.

Je m'habille, j'effectue quelques mouvements de Qi Gong à visée relaxante, Phénix rouge, Dessin du soleil et de la lune. Alors que je me redresse, j'aperçois mon reflet dans le miroir de la salle de bains. J'ai l'air d'une karatéka sous amphétamines. Et dire que je dédie ma vie à l'accompagnement de mon prochain sur les chemins de l'harmonie et de la décontraction...

Bon, je renonce à lutter contre mes tensions et ma mauvaise humeur, et descends pour le petit déjeuner.

Christophe et Angélique sont attablés devant leur tasse de café, Louis en face d'eux. Ils doivent déjà être en train de le bombarder de questions sur les lipides de son croissant et le périmètre de son bol de chocolat, comme ils l'ont fait hier au dîner. Christophe est prof de maths, Angélique prof de bio, et ils semblent avoir décidé de transformer leur fils en encyclopédie vivante. Le pauvre. Bonjour les vacances !

Marion est là, elle aussi, qui discute avec un jeune homme aux traits fins et réguliers. Ses cheveux châtains sont un peu en bataille, il porte une barbe de trois jours, ses yeux sont d'un vert saisissant, clair et cristallin, marbré de filaments d'or. Un anorak rouge est posé sur le dossier de sa chaise. Le voici donc, le fameux prof de ski ! Leslie n'avait pas précisé qu'il était aussi beau. Je jubile intérieurement. Le programme prévoit deux heures de cours le matin et deux autres l'après-midi. Soit quatre heures quotidiennes agréables en perspective.

— Bonjour, fais-je en souriant. Vous devez être Arthur ?

Il relève la tête.

— Bonjour, répond-il.

— Je suis Clara, l'une de vos élèves. J'espère que vous êtes patient, car je ne suis jamais montée sur des skis.

— Nous non plus ! s'esclaffe Christophe. On est complètement nuls !

Arthur ne répond rien, il se contente de hocher la tête.

Un voyant clignote immédiatement dans ma tête. Allons bon. Un taiseux, semblable au prototype masculin de ma famille, incapable d'aligner trois mots pour exprimer une émotion ou développer son ressenti. Le genre d'hommes que je fuis.

— Vous serez entre de bonnes mains, intervient Leslie, qui arrive de la cuisine. Arthur est un prof merveilleux ! Et, cerise sur le gâteau, sachez qu'il est infirmier dans la vie.

— Oh ! s'exclame Marion. Je suis infirmière, moi aussi ! Je travaille en psychiatrie à Aix-les-Bains. Tu bosses à l'hôpital ?

— Non, répond Arthur. En libéral. Comme remplaçant.

Sur ce, il attrape son anorak et se lève, l'air un peu mal à l'aise.

— Rendez-vous au vestiaire, ajoute-t-il, avant de passer la porte.

OK. Affaire classée. Il est beau, mais à demi-mutique. On dirait mon père, mon frère ou mon oncle Luc. S'il veut être muet comme un poulpe, grand bien lui fasse, mais, en ce qui me concerne, j'ai mieux à faire que courir après un gars pour lui arracher une phrase d'une longueur décente – *courir* ou *skier*, en l'occurrence.

Tant pis pour la précision des consignes, je ne poserai aucune question. Moi, j'aime les bavards, même s'ils sont parfois pénibles. Tout, même une logorrhée assommante, vaut mieux que l'indifférence.

À 10 heures, une fois nos skis choisis et nos casques enfilés, nous descendons le sentier à pied et suivons Arthur jusqu'à l'enclos des débutants, bordé d'un petit remonte-pente. La station est animée, des files colorées de skieurs s'agglutinent aux abords des télésièges, sous un soleil radieux. Le paysage est éblouissant de beauté, mon regard s'attarde sur la cime des glaciers, le ciel turquoise, les sapins poudrés de blanc sur le flanc de la montagne. Après trente-quatre Noëls pluvieux passés dans la propriété familiale de Château-Chinon à écouter mes ascendants discuter assurances, ce panorama hivernal me procure une forme d'apaisement inédit.

Notre professeur nous enseigne les rudiments du téléski et des techniques de glisse. Je descends la piste dans son sillage, en chasse-neige maximal, les jambes tremblotantes comme deux guimauves, à deux doigts d'un arrachement des adducteurs, avec la grâce d'une autruche paraplégique. Coefficient de séduction : moins dix mille sur l'échelle de Richter.

En l'espace d'une demi-heure, Christophe se plante le nez dans la neige, Angélique dérape sur une plaque de verglas et je termine la tête dans une congère.

Louis, qui pratique le roller à ses heures, ne s'en tire pas trop mal, quant à Marion, elle dévale la piste verte à vive allure, leste, le port altier, nimbée de la superbe de ces autochtones nés une paire de skis aux pieds.

Arthur est doué d'une patience d'ange, à défaut de prolixité. Il nous montre sans relâche les bons gestes, nous encourage d'un signe de la main. Je m'amuse bien, mais je ne me sens pas complètement relâchée. Des détails font affluer en moi, par moments, de petites vagues d'énervement : mon bonnet qui me gratte, la crème solaire qui colle, une fermeture Éclair grippée, le visage en filigrane, dans un nuage floconneux, de ma tante Thérèse...

— Regarde ! La neige fume ! s'exclame Angélique à l'adresse de son fils, alors que nous faisons la queue devant le remonte-pente. Une réaction chimique de sublimation !

Christophe en ramasse une poignée.

— Tu te souviens du nom de la fractale en forme de flocon ?

— Le flocon de Koch, marmonne le garçon.

— Oui, c'est bien ! se rengorge son père avant d'attraper la perche.

J'adresse un regard compatissant à Louis. Je vais organiser une réunion des Vacanciers Martyrs Anonymes. On se saoulera au Coca et au vin chaud, en jouant aux fléchettes sur des portraits de famille !

La pause venue, nous déjeunons de salade et croque-monsieur au soleil, sur la terrasse du chalet. L'après-midi sportif est idyllique, mais je peine à le savourer, tant les récriminations de ma mère tournent en boucle dans ma tête.

À 17 heures, de retour au gîte, j'hésite un instant à rallumer mon portable. Je contemple l'appareil éteint, son écran noir inerte. Je le jetterais volontiers par la fenêtre, cet engin de malheur ! Je pourrais prétexter une panne de réseau ou l'oubli de mon chargeur, et mes problèmes seraient miraculeusement résolus.

Bon, allumage. Cinq bips : un SMS de Salomé et quatre appels manqués de ma sœur Caroline. Je n'en ai pas du tout envie, mais je la rappelle.

— Tu sais, j'ai réfléchi, m'annonce-t-elle de but en blanc, sans même un bonjour. Tu pourrais nous rejoindre dans le Morvan le 24 décembre en milieu de journée, ce qui te laisserait suffisamment de temps pour profiter de ton séjour au ski, sans manquer pour autant notre réveillon.

— Mais il y a cinq heures de route jusqu'à Château-Chinon. Cela amputerait mes vacances de trois jours !

— On peut voir le verre à moitié vide, mais ce schéma te permettrait de skier quatre jours, c'est tout à fait honnête !

— Non, Caroline, désolée, mais je ne peux pas.

Une bouffée de colère me traverse et j'ajoute :

— Et puis, ce n'est pas comme si mamie était seule au monde le reste de l'année. Hormis toi et moi, tout le monde habite Nevers, dans cette famille. Et tout le monde travaille dans la même entreprise ! Je rentre un week-end sur deux ! Nous vivons entassés les uns sur les autres, comme une colonie de cloportes !

— Ne dis pas des choses que tu pourrais regretter, m'assène ma sœur, soudain glaciale. Bonne soirée, Clara.

Et elle raccroche. Ô joie de Noël, quiétude des célébrations de fin d'année, harmonie au cœur des foyers ! Je me sens prise en étau entre l'exaspération et la culpabilité. J'ai pourtant pour habitude de ne jamais m'emporter, de chercher sans relâche la conciliation et la résilience. Le doute me taraude. Dois-je rentrer, telle l'enfant prodigue, faire le bonheur du clan Beauvallon, reconstituer peignes et squelettes, et renoncer de bonne grâce à la moitié de mon séjour lechanfourien ?

Ces considérations ne me quittent pas jusqu'à l'heure du dîner, et c'est en broyant du noir que je rejoins le salon.

— Ça va, Clara ? me demande Marion, qui semble avoir remarqué mon accablement.

Sa sollicitude me fait du bien. Peut-être est-ce son œil d'infirmière en psychiatrie ou simplement la douceur de son sourire qui m'apaise ? Je hoche la tête en silence, la remercie, je suis juste un peu fatiguée.

— Au fait, tu fais quoi dans la vie, Clara ? me demande Christophe en servant les pommes de terre.

— Je suis professeur de Qi Gong.

— Ah oui, c'est à la mode, ça ! s'exclame-t-il.

— Pour moi, c'est surtout une philosophie de vie, dis-je. Une façon de se réunifier.

— Tu devrais dispenser des cours en ligne, déclare Leslie. C'est un secteur porteur.

— Euh... oui. En fait, c'est déjà le cas. Je tiens un blog et j'ai une chaîne YouTube : « Les quatre saisons du Qi ».

Angélique me désigne son fils du menton, assis sur le canapé, sa tablette entre les mains.

— Louis pourra te donner des conseils, il gère une chaîne sur les jeux vid...

— Waouh ! la coupe ce dernier en ouvrant des yeux ronds comme des soucoupes, tu as 200 000 followers ! Mais tu es une star du web !

— C'est gentil, mais tu en rajoutes un peu, dis-je. J'ai une communauté fidèle, c'est vrai. J'essaie de porter un regard neuf sur l'harmonie corps-esprit et de proposer des contenus utiles. Mes abonnés me le rendent au centuple.

— Tu t'appelles Clara Beauvallon, déchiffre Christophe, le nez sur l'épaule de son fils. Le même patronyme que notre compagnie d'assurances, c'est marrant.

— Oui, ce n'est pas sans lien, il s'agit de ma famille. La société Beauvallon a été fondée par mon grand-père, Édouard, à Nevers, puis mon père et mon oncle ont pris la relève. Ma tante y est assistante de direction, mon frère et la plupart de mes cousins y travaillent.

— Et toi, donc, tu es le vilain petit canard ? sourit Leslie. Celui qui quitte le navire des assurances pour le voilier de l'harmonie corps-esprit ?

Je grimace.

— En tout cas, ça m'intéresse, commente Marion, interrompant cette périlleuse conversation. J'ai toujours eu envie de me mettre au Qi Gong.

3

Mardi 21 décembre

Il est 8 heures du matin, je suis percluse de courbatures, j'ai mal dormi et je suis de mauvaise humeur. J'ai tenté de travailler hier soir, d'avancer sur le texte de la conférence que je dois donner dans deux mois à Lausanne sur le thème de la transition hiver-printemps dans la médecine chinoise, mais je n'ai pas été capable d'écrire la moindre ligne. Moi qui me faisais une joie d'animer cette soirée, j'ai perdu le souffle printanier de l'inspiration. Je suis figée dans un hiver morne et triste, congelée dans les glaces éternelles comme un cloporte en cavale.

Depuis que j'ai ouvert les yeux, je pèse et soupèse dans ma tête les avantages et inconvénients d'un départ prématuré vendredi à la première heure. Et si, pour mon malheur, un éclair de lucidité frappait subitement mamie en plein réveillon ? Si elle prenait conscience de mon absence ? Elle serait affreusement triste.

Lorsqu'elle était en pleine possession de ses moyens, elle me disait souvent que j'étais trop éloignée, qu'elle regrettait beaucoup que je sois partie. Alors que je vis à Lyon, quand même. Ce n'est pas non plus le Kazakhstan ! Mais pour elle, c'est tragique. Et je ne suis pas sans savoir que les émotions négatives affectent le système immunitaire. Mamie risque d'être affaiblie, par ma faute. Elle pourrait attraper la grippe ou le tétanos. Voire la variole. Ce serait son dernier hiver, à l'aube de sa quatre-vingt-cinquième bougie, une lente et atroce agonie dont je devrais endosser l'entière responsabilité.

Louis me tire de mes pensées moroses en déposant devant moi un café au lait fumant et un croissant sur une petite assiette. Il me couve amoureusement du regard. Depuis hier soir, lorsqu'il pose les yeux sur moi, j'ai l'impression d'être l'inventrice du Nutella ou la championne du monde de roller freestyle.

— J'ai eu une idée, cette nuit, lance soudain Christophe avec entrain. On pourrait se faire des vacances participatives, le soir après le ski. Chacun de nous organiserait, partant de ses compétences, un atelier pour les autres. Ce serait extrêmement enrichissant.

— Bonne idée ! s'exclame Leslie. En ce qui me concerne, le thème coule de source : je vous prends tous en stage à la cuisine demain pour les biscuits sablés, histoire de joindre l'utile à l'agréable.

— Et Louis pourrait nous initier à l'extraction des racines carrées de tête ! déclare Angélique. Il a appris à le faire récemment. Hein, mon poussin ?

L'extraction des racines carrées ! Et pourquoi pas la résolution du dernier théorème de Fermat ? De toute façon, je vais refuser, ce n'est pas pour moi, ce concept de « vacances participatives ». Je crois que je déteste le monde entier, en ce moment. Je suis en train de virer complètement asociale. Je vais plutôt monter au roc des Verdons en raquettes, avec dix boîtes de bûche glacée passion-framboise, et m'enterrer dans un igloo jusqu'à la Saint-Sylvestre.

Marion s'est tournée vers moi.

— Oh, et toi, Clara, tu pourrais animer un atelier de Qi Gong ce soir ?

— D'accord, m'entends-je gaillardement répondre. Si tu veux.

— Génial ! fait la voix d'Arthur sur ma droite.

Je relève la tête. Notre prof de ski me sourit, son regard lumineux posé sur moi.

— Je suis allé en Chine, il y a quelques années, ajoute-t-il. J'aimais beaucoup observer les gens pratiquer cet art dans les parcs, sous les magnolias en fleur.

Oh, deux phrases ! Je suis en veine, aujourd'hui, je devrais jouer au loto. La teinte de ses yeux est à défaillir. Cet homme aurait tout pour être irrésistible, s'il n'était pas si mutique.

La sensation d'être observée par Arthur ne me quitte pas au fil de la journée et des heures de cours.

— Tu n'as pas d'écharpe ? me demande-t-il en milieu d'après-midi, alors que je frissonne sur le télésiège, assise à ses côtés.

— Je l'ai oubliée au chalet ce midi.

— Tiens, prends la mienne, je n'ai pas froid.

Disant cela, il entrouvre son col, retire son écharpe et me la passe autour du cou avec délicatesse. La laine est douce contre ma peau, elle exhale des parfums de tisanes d'hiver au coin du feu, des effluves d'épices, d'orange et d'anis étoilé. Sa chaleur se répand dans mon corps, le cliquetis du télésiège me berce, j'admire le paysage, la trace sinueuse d'un skieur aventureux dans la poudreuse, les lueurs cuivrées du soleil au-dessus des glaciers.

Je me laisse aller à parler quelques minutes, raconte mon quotidien lyonnais à Arthur, le tournage de mes vidéos, mon studio de Qi Gong et mes cours toujours bondés. Il hoche la tête et me sourit, me pose quelques questions. Son attention me touche et, lorsque nous arrivons au sommet de la grande piste verte sur laquelle il a jeté son dévolu, je suis presque déçue que ce moment s'arrête si vite.

L'après-midi passe à toute allure, et je constate que je progresse, même si, côté allure et glamour, il faudrait des critères aménagés. Les sensations physiques du ski me plaisent, mais il me semble toujours que je traîne derrière moi un boulet encombrant et invisible, l'impression d'avoir commis une faute ou de n'être pas au bon endroit.

De retour au chalet, l'heure du thé passée, les candidats se pressent pour participer à mon atelier. Nous nous installons sur la grande terrasse et je leur propose une initiation au Qi Gong des cinq animaux. Angélique et Christophe gémissent à chaque mouvement, du fait de leurs courbatures, Louis est plutôt souple, Marion se révèle un peu gauche et Arthur prodigieusement doué.

— Attendez-moi, j'arrive ! intervient Leslie, qui accourt en dénouant son tablier. Eh ben dis donc, Arthur, on jurerait que tu as fait ça toute ta vie !

— C'est parce qu'on en est à l'ours, lui répond son ami.

— Ah oui, rigole-t-elle. Je te reconnais bien là. Il y a des ressemblances.

Leslie adresse un clin d'œil à Arthur, paraissant trouver merveilleuse cette histoire d'ursidé mal léché. Elle apprécie vraisemblablement les hommes taiseux et fiers de l'être, elle. Son mari Nicolas n'a, en effet, pas l'air particulièrement versé dans le bavardage, lui non plus. Je ne l'ai entendu dire que « oui », « non », et « avec la dameuse » depuis le début du séjour. Bonjour la communication entre époux !

J'ai bien connu ça, enfant, dans ma famille, le silence de ces hommes qui ne prennent pas la peine de partager ce qu'ils ressentent, aux côtés d'un père qui se contentait de hocher la tête et d'un frère muet comme un bigorneau. Eh bien, les gars, j'ai un scoop : nous ne sommes pas télépathes ! Moi, je n'en peux plus de naviguer entre des moulins à paroles rassurants, mais insipides, et des types séduisants, mais mutiques. Pourquoi ne m'a-t-il jamais été donné de rencontrer un compagnon équilibré, capable d'un juste milieu ? Je n'ai vraiment pas de chance.

Je me sens hyper énervée tout à coup. J'ai envie de casser des bûches à mains nues. De fracasser un gentil bonhomme de neige à grands coups de piolet.

— Bon, voilà, fais-je de but en blanc. C'est fini pour aujourd'hui.

Et je les plante tous sur la terrasse, au beau milieu du Jeu du singe.

— Ah bon, déjà ? s'étonne Christophe alors que je m'éloigne. Les fins de séquence sont un peu abruptes en Qi Gong, non ?

Je monte dans ma chambre, m'assieds sur mon lit en position du lotus, tente de faire le vide en moi.

Inspirer.

Souffler.

Inspirer.

J'aimerais tellement pouvoir me terrer ici sans manquer à personne ! Pourquoi ma sœur ne me comprend-elle pas ? Pourquoi Arthur ne s'épanche-t-il pas plus ? J'ai l'impression d'être une pie jacasseuse à côté de lui.

Souffler.

Alors que ce n'est pas le cas. Je suis plutôt paisible, comme fille, et j'ai le goût de l'échange.

Inspirer.

Et pourquoi m'attire-t-il autant ? Cette douceur qui émane de lui, ses gestes prévenants, son écoute, son sourire.

Inspirer.

Non, souffler.

Mon téléphone sonne et je décroche, machinalement.

— Allô, Clara ? C'est Thérèse.

— Oh, bonjour, Thérèse.

Ma tante est la sœur de mon père. Neversoise, passionnée de tricot, amatrice de chocolats fins, maîtresse de deux chihuahuas, bénévole au Secours catholique. Un tableau absolument inoffensif sur le papier. Dans l'air frais du monde réel, par contre, elle me terrorise littéralement, et ce depuis ma plus tendre enfance.

Ce sont peut-être ses lunettes sévères, son chignon strict ou le ton inflexible de sa voix, mais lorsqu'elle s'adresse à moi, j'ai l'impression d'avoir 6 ans à nouveau : je bégaie, mon cerveau se disloque, j'acquiesce sans réfléchir, je dis oui à tout, pour un cinquième chocolat au cherry, pour un après-midi de toilettage canin, pour la proposition de lecture d'un recueil d'encycliques du pape...

— Ta sœur m'a dit que tu prévoyais de rentrer plus tôt finalement ?

— Ah, euh..., dis-je. Oui, Caroline m'a demandé de...

— C'est une excellente solution, me coupe-t-elle. Et puis cela t'évitera de conduire de nuit. La prise de volant nocturne est dangereuse, tu sais.

— Oui, fais-je. C'est vrai que...

— Au fait, as-tu terminé le recueil d'encycliques que je t'ai prêté ?

— Ah oui, tu me l'as prêté l'autre j...

— Parfait. Tu me diras ce que tu en as pensé. Vendredi soir, du coup. Mamie sera ravie. Tu penseras à appeler ta mère ? Elle était sous le choc, ces jours-ci.

— Oui, je l'appelle régulièrement et...

— Très bien. À vendredi, Clara, je t'embrasse.

— À vendredi.

Et elle raccroche.

À vendredi ! J'ai dit « à vendredi » !

Au secours, à l'aide, alerte à la sublimation chimique intégrale de mes neurones et au rapt de mon libre arbitre ! Je ne suis même pas capable de m'opposer un peu à ma tante. De m'affirmer, pour une fois, de faire passer mon bien-être et mes besoins avant ceux d'autrui. Ce qui serait d'ailleurs tout à fait égoïste, Caroline a raison.

Je ne sais pas ce que je veux. Plus rien, je crois, hormis la résolution spontanée de mon horrible dilemme. Sans mon intervention, cela va sans dire. Un dédoublement subit et miraculeux de mon être, par exemple. Une amnésie brutale de l'ensemble des personnes concernées. L'annulation pure et simple de Noël. Non, quand même.

Bon, je vais descendre.

Je gagne le salon, me laisse tomber mollement sur le canapé, bien décidée à goûter un repos mérité, en chaussettes mérinos face à la cheminée.

Le parquet craque derrière moi. Pas moyen d'être tranquille deux minutes ! Je lève le menton. C'est Louis qui arrive, un sourire ravi sur le visage, les yeux fondants comme deux caramels. Mon agacement retombe. Il me plaît, ce gosse.

— J'ai lu ta fiche Wikipédia, m'annonce-t-il solennellement. Il paraît que tu as vécu plusieurs années en Chine ?

— Oui, c'est vrai. Je suis arrivée à Pékin à l'âge de 24 ans pour approfondir mes études de mandarin, j'envisageais de passer un doctorat et de devenir professeur à l'université. Au final, j'y suis restée quatre ans, avant de rentrer en France sans thèse, mais formée au Qi Gong.

— Tu pourrais me montrer comment écrire mon prénom dans leur langue ?

— Avec plaisir, réponds-je.

Il sort une feuille de sa poche, nous nous installons sur la table basse et j'entreprends de lui enseigner quelques sinogrammes.

— Oh, mais c'est magnifique ! fait soudain la voix d'Angélique derrière nous. Tu apprends l'écriture chinoise ?

Louis hoche la tête, le visage soudain morose.

— Tu les recopieras au propre et tu essaieras de les reproduire sans modèle, d'accord mon poussin ? Tous les soirs, cette semaine. C'est la répétition qui favorise la mémorisation, tu le sais ?

Sa remarque me met en ébullition, je n'y tiens plus, je relève la tête :

— Non, mais vous ne pouvez pas le laisser un peu tranquille, à la fin ? Ce n'est pas parce que nous faisons dix minutes de calligraphie qu'il a l'obligation de devenir bilingue sous cinq jours ! On peut faire les choses par plaisir aussi, sans visée éducative systématique, sans injonction à tout ingurgiter comme un singe de cirque !

Le visage d'Angélique vire au rouge pivoine. Elle balbutie en levant les deux mains :

— Excusez-moi, je... je ne pensais pas à mal. Je ne voulais pas interférer dans votre discussion. Je vous laisse terminer tranquillement, je suis désolée.

Ses mains tremblent et je me sens odieuse, tout à coup.

— Non, dis-je. C'est moi qui suis désolée. Je suis un peu à cran, en ce moment, et je suis allée trop loin.

— Pas du tout, me répond-elle, c'est vous qui avez raison. Nous sommes trop exigeants avec Louis, nous lui en demandons trop.

— Parce que vous vous souciez de son avenir, c'est normal, fais-je. Mais, pour ma part, je n'aurais pas dû vous parler de la sorte.

— Non, c'est moi qui...

— Oh, des *kanjis* ! la coupe Christophe en entrant dans le salon. Tu apprends le japonais, fiston ? Il faudra consigner tout ça dans ton cahier et...

— C'est du chinois, le reprend Louis, tandis qu'Angélique tente, en vain, de gesticuler discrètement dans mon dos afin de faire comprendre à son époux la nécessité de cesser tout commentaire.

— Allez, on vous laisse ! conclut-elle en tirant Christophe par le bras.

Ils s'éloignent et me laissent seule avec Louis. Le garçon semble aussi heureux que s'il venait d'inventer le Nutella ou de remporter le championnat du monde de roller freestyle.

— Franchement, c'était trop bien, ton accès d'énervement ! Le Qi Gong et tous ces trucs pacifistes, c'est super, mais quand tu te mets en colère, tu passes à un autre niveau.

Il hoche la tête, admiratif.

— Tu déchires, clairement.

Et l'on dit que la vérité sort de la bouche des enfants.

4

Mercredi 22 décembre

Petit déjeuner en terrasse, soleil mirifique, poudreuse fraîche, ciel pur, rubans de brume rose et or sur le pourtour des glaciers. J'absorbe mon café noir à petites gorgées, en remontant mentalement le cours du temps pour tenter d'analyser la tournure catastrophique de la situation. J'ai reçu une allègre flopée de SMS hier soir, auxquels je n'ai pas eu le cran de répondre.

Thérèse m'a dit que tu avais pris la bonne décision. Ce sera mieux pour tout le monde. Je t'embrasse.
(Caroline)

Ai eu Caroline. Super que tu puisses venir ! À vendredi !!! Bisous !!
(Salomé)

Merci, ma chérie, d'avoir fait le choix de l'apaisement. Tu feras le bonheur de mamie.
(ma mère)

Concernant le versant masculin des Beauvallon, par contre, silence de fond de grotte à minuit, un premier mai. Pour changer... De toute façon, je sais ce que diraient mon père, mes deux oncles, mon frère et mes cinq cousins dans une telle situation : ils hocheraient la tête.

J'ignore comment trouver une solution qui puisse convenir à tous, moi incluse, mais une chose est certaine : je ne disposerai d'aucune assistance.

Je rentre dans le chalet en songeant à me laisser glisser apathiquement le long de la pente temporelle jusqu'à vendredi matin. Une idée miraculeuse finira bien par tomber spontanément du ciel, sans aucune ingérence de ma part.

— Surpriiiise !

La porte d'entrée du gîte vient de s'ouvrir à la volée sur une jeune femme blonde et pimpante, toute de fourrure vêtue, flanquée d'un cameraman et d'un preneur de son.

— Bonjour à tous ! s'écrie-t-elle. Je suis Cyrielle Delbot, directrice marketing du réseau Lechanfour ! Je suis venue rendre visite aux plus chanceux de nos clients ! Nous allons passer la journée ensemble, escortés par une équipe de DFMTV ! Vous passerez ce soir au journal de 20 heures. N'est-ce pas formidable ?

Non, ce n'est pas spécialement formidable, étant donné la profondeur de mes cernes, ma disponibilité psychique inexistante et la grâce de patate qui me nimbe dès lors que je chausse une paire de skis.

— On peut refuser d'être filmé ? demandé-je alors qu'elle me serre la main.

— Ha, ha, mais non, bien sûr, s'esclaffe-t-elle, comme si je venais de raconter la blague de l'année. Vous avez signé le contrat incluant la cession de vos droits à l'image !

Ah, bien sûr, le contrat. Que je n'ai pas lu, évidemment. Les caractères nanométriques m'ont donné la migraine dès le premier paragraphe. Mais je préférerais calculer vingt-cinq racines carrées de tête plutôt qu'avouer à cette dame que j'ai apposé ma signature sur la dernière page sans avoir pris connaissance du texte.

Le coucou suisse de Leslie sonne 10 heures, et nous voici aspirés dans le tourbillon d'une merveilleuse journée de reportage. Je suis tellement stressée que j'en perds le peu de bases sportives durement acquises aux côtés d'Arthur. L'œil lisse de la caméra ne perd pas une miette de mes exploits, l'envol de l'un de mes bâtons sur le bas-côté, mon embrassade avec le matelas enrobant un canon à neige, ma chute de téléski suivie d'une ascension de 30 mètres à plat ventre, les deux mains cramponnées au rond de caoutchouc noir.

J'ôte la pelletée de neige incrustée dans mon écharpe, réajuste mon masque et mon casque en me répétant intérieurement que le ridicule n'a jamais tué personne et que je ne suis pas totalement identifiable sous cet équipement, mais je peine à me tranquilliser.

Les assurances Beauvallon ont été l'objet d'un reportage dithyrambique il y a quelques semaines, dans l'émission phare de DFMTV, « DFM Business ». Depuis cet épisode, ma famille vénère cette chaîne, ses journalistes fringants et son journal de 20 heures. Moi qui cherchais à me faire oublier, je sais avec certitude que l'ensemble du clan admirera, ce soir, entre les lasagnes et le camembert, l'élégance de mon *schuss* façon mollusque bivalve en demi-grand écart.

« Tu n'as pas l'air de t'amuser, tu ferais mieux de rentrer », voilà ce que ma mère me dira à l'issue du reportage.

— Bravo, Clara ! s'exclame Cyrielle alors que je rejoins le groupe. C'est bien, on voit que vous êtes volontaire, vous y mettez du cœur !

Je grimace, mais elle ne me regarde plus, elle désigne la cime des montagnes au cameraman.

— Filmez ce panorama enchanteur !

Elle rit à gorge déployée, son manteau en fourrure de visons massacrés ondulant dans le vent, elle est enchantée du paysage, enchantée du soleil, enchantée des piquets et du parfum des frites. La directrice marketing du réseau Lechanfour est visiblement tombée dans une potion d'enchantement lorsqu'elle était petite.

Je plante rageusement mon bâton dans la neige. J'ai envie de l'étrangler. Moi qui suis habituellement si optimiste, si gaie, je ne me reconnais pas. Et pour être honnête, je sais parfaitement pourquoi Cyrielle m'énerve : parce qu'elle respire cette joie de vivre qui me fait tant défaut, ces derniers temps.

Ce séjour qui devait être heureux et régénérant, cette parenthèse de Noël que j'avais décidé de m'offrir, a viré au cauchemar interne. La culpabilité me poursuit où que j'aille, et je ne profite pas des cadeaux que la vie me fait.

Les heures défilent, la question de rentrer me taraude, et lorsque je me pose enfin sur une chaise longue de la terrasse, vers 17 heures, je me sens complètement déprimée.

— Ça n'a pas l'air d'aller fort, hein ?

Marion vient de me rejoindre, une cigarette à la main, elle s'assied près de moi. Je secoue la tête.

— C'est peu de le dire. Je me demande si je ne vais pas rentrer dès demain.

— Ah bon ? Tu veux déjà partir ? Tu ne te sens pas bien, ici ?

— Non, au contraire, je me sens bien avec vous. C'est juste que ma famille fait pression pour que je rentre passer Noël auprès de ma grand-mère, dans le Morvan. C'est une tradition immémoriale, à laquelle personne n'a jamais dérogé.

— *Personne ?* s'étonne-t-elle.

Je secoue la tête.

— Il y a cinq ans, mon oncle Luc a attrapé la grippe, mais il est quand même venu. Il a passé le réveillon dans une chambre de l'étage, à grelotter sous dix édredons, en sirotant du bouillon de dinde, mais il était présent et il s'est levé pour figurer sur la photo familiale, ce trophée que l'on accroche ensuite dans le couloir aux côtés de cinquante clichés du même acabit. Ma tante se gargarise régulièrement du fait que le clan y figure au complet depuis des dizaines d'années. Tu imagines le drame que représenterait mon absence...

Marion m'écoute avec bienveillance, et je me laisse aller. Je poursuis mon récit, lui raconte tout, de la mémoire défaillante de mamie aux messages de Caroline, en passant par ma mère et les encycliques du pape. Elle opine du chef, concentrée.

— Ça te parle ? Tu connais ça, toi aussi ? lui demandé-je.

— Oh non, pas du tout. Moi, j'ai quitté la maison à 17 ans, et mes proches ne s'en sont pas inquiétés. Nous nous voyons très peu, on ne me demande pas de comptes.

— Ah bon ?

Je me sens légèrement hébétée, comme si je venais de découvrir l'existence de familles différentes de la mienne, aux rites singuliers.

— C'est étrange pour moi de me dire que tes parents ne te réclament pas à leurs côtés pour les fêtes. Je me sens tellement coupable et confuse, que ça me paraît incongru.

Elle me sourit.

— La sensation d'être perdue est souvent le produit des injonctions paradoxales. On te dit : « Suis ta voie, fais ce qui te rend heureuse » et, au même instant : « Fais ce que nous voulons que tu fasses. »

Elle tapote sa cigarette du bout des doigts, les cendres s'éparpillent dans la brise du soir.

— Tu sais, ajoute-t-elle, l'un des psychiatres auprès desquels je travaille, à l'hôpital, est passionné de psychogénéalogie. Il propose à ses patients de dessiner leurs génogrammes, en précisant les messages implicites ou explicites transmis par chaque membre, la classe sociale, le niveau d'étude, les projets des uns pour les autres, les situations de rupture et divers autres éléments. C'est très intéressant d'observer les loyautés qui émergent, les lois souterraines inscrites sur les blasons familiaux.

Je me frictionne les tempes, déroutée.

— Effectivement, chez nous, le blason est en or massif et clame : « La famille avant tout ! » Je ne sais plus que penser. Comment fais-tu, dans ces cas-là, pour prendre une décision ?

— Je commence par me dire que leur réaction leur appartient. Dans cette situation, tu es le stimulus, mais tu n'es pas la cause du malheur de ta grand-mère. Chacun est propriétaire de ses émotions, car deux personnes peuvent réagir très différemment à une même annonce.

Pour preuve : tes parents se sont offusqués de ta décision de venir ici, alors que les miens s'en fichent royalement.

Elle soupire avant d'ajouter :

— Et puis, leur dire oui, ce serait te dire non à toi-même. Tu as le droit de ne pas te trahir. Le droit de considérer toutes les options avant de choisir en conscience. Tu connais l'histoire du mouton noir ?

— Non. De quoi s'agit-il ?

— D'un très beau texte du psychologue Bert Hellinger, le père des constellations familiales. Le mouton noir de la famille, celui qui fait différemment, qui refuse l'ordre établi, est aussi celui qui permet la nouveauté et enrichit l'arbre généalogique. Il sème l'émancipation, fait voler en éclats les carcans et permet bien souvent la guérison des blessures transgénérationnelles.

J'inspire profondément.

Faire voler en éclats les carcans. Permettre la nouveauté.

Les objectifs sont ambitieux, pour un simple séjour au ski offert par les magasins Lechanfour.

Marion tapote sur son téléphone avant de me le tendre.

— Tiens, lis, ce sera plus clair.

Je parcours le document affiché sur l'écran, les mots m'émeuvent et, pour la première fois depuis cinq jours, j'entrevois la possibilité de rester ici sans me sentir fautive. J'accepte d'avoir le droit d'être découragée ou en colère, celui de réfléchir et de choisir l'endroit où je veux passer Noël, quoi qu'en disent les autres. De m'affirmer mouton noir sur un chemin de traverse.

Sa rébellion est terre fertile, sa folie est eau qui nourrit, son entêtement est air nouveau, sa passion est le feu qui rallume le cœur des ancêtres.

— Tu viens faire les sablés ? me propose Marion. Leslie et Louis ont dû terminer la pâte.

— Oui. J'arrive dans deux minutes.

Elle me laisse seule sur la terrasse de bois dominant la vallée, je m'accoude à la balustrade, observe le paysage immobile, les petites lumières dorées aux fenêtres des chalets, les lueurs orange du ciel au crépuscule, les frêles nuages mauves qui lardent l'horizon.

Mon sentiment de culpabilité s'est comme évaporé d'un coup. Il serait absurde de renoncer à mes vacances, de rouler vers le Morvan à contrecœur et de rejoindre mamie en me languissant des montagnes. Je vais être solide, résister au chantage, assumer ma décision et faire fleurir une branche rebelle à la cime de l'arbre Beauvallon.

À la cuisine, la température est montée de dix degrés, le four préchauffe en ronronnant. Leslie et Louis ont préparé une boule de pâte sablée de la taille d'un chaudron, ils la scindent en petites portions, qu'ils disposent dans des bols de verre avant de les parfumer. Notre cuisinière brasse le contenu de ses placards, en sort de la poudre d'amandes, un tube de cannelle rousse à la fragrance suave, de la noix de coco pilée blanche comme un yaourt bulgare, des citrons d'un jaune vif et brillant. Arthur découpe à l'emporte-pièce des étoiles dans un carré de pâte zébrée de confiture de framboises et de myrtilles. Christophe concasse du chocolat et des noisettes dans un saladier, je râpe le zeste des agrumes avec

Marion tandis que Nicolas beurre et farine les plaques de cuisson.

Angélique a décroché la guitare appendue au mur du salon, elle fredonne des chants de Noël tahitiens, souvenirs de son enfance en Polynésie. Elle est plus détendue avec son fils depuis notre petite altercation. Elle a cessé de l'interroger à tort et à travers sur les protéines, les fractales ou les théorèmes géométriques.

Je l'ai vue donner des coups de coude à son mari hier soir, alors que nous mangions une soupe agrémentée de petites pâtes en forme de chiffres. Christophe avait composé une équation dans son assiette et s'apprêtait, enthousiaste, à la soumettre à Louis, mais les regards réprobateurs de son épouse l'ont fait capituler. Il a ingurgité en silence sa formule féculente et nous a épargné les joies des multiplications à même la soupière.

La guirlande qui ceint le frigo clignote, les fournées se succèdent et, à mesure que le grand plat se remplit de sablés moelleux, l'air se charge d'arômes d'épices, d'orange et de caramel.

Nicolas a préparé du vin chaud, nous dînons de pain, d'olives et de fromage, et lorsque l'heure du journal de 20 heures sonne, je me sens complètement détendue. Nous nous installons devant la télévision et découvrons le reportage de DFMTV. Cyrielle et ses enchantements sautillent à l'écran, Marion file sur la piste comme un bolide et je ris de ma gaucherie.

— Bon, ben, au moins, je suis volontaire, comme dirait notre directrice marketing. Avec un peu de chance, j'obtiendrai mon ourson à la fin du séjour.

Arthur a posé une main sur mon épaule.

— Tu te débrouilles très bien, me dit-il. Tout le monde a été débutant un jour, et c'est vraiment courageux de l'assumer devant la caméra.

Une chaleur agréable se répand dans ma poitrine à ces mots, se mêle à l'ivresse légère du vin, et je me surprends à rêver de nicher ma tête dans son cou, de caresser sa peau du bout des doigts. Nous sommes bien, tous ensemble dans ce salon, les joues hâlées par le soleil d'altitude, engoncés dans nos pulls de laine, auprès du feu qui ronfle et du grand sapin blanc et or.

Je replie les genoux sous mon menton. Dans ma poche, mon téléphone n'en finit pas de vibrer.

De retour dans ma chambre à 22 heures, j'écoute la dizaine de messages qui caracolent sur mon répondeur.

« Tu es passée sur DFMTV ! Avec Cyrielle Delbot, élue directrice marketing de l'année par le magazine *BigBoss* l'an dernier ! Tu as pris ses coordonnées, pour une éventuelle collaboration avec le groupe Beauvallon ? »

(Salomé)

« Je viens de te voir au journal de 20 heures. Ils ont été rudes avec toi, je crois qu'ils ont voulu faire une séance de type bêtisier. C'est malheureux, mais le sensationnel fait vendre, de nos jours. »

(Thérèse)

« Tu es passée dans le journal ! Bravo pour ta prestation, on voit que tu y mets du cœur. »

(Émeline, la femme de mon frère)

« Il n'y a pas de cours de ski prévus au programme du séjour ? Ça aurait quand même été bien que quelqu'un t'enseigne les rudiments avant de t'autoriser à accéder aux pistes. »

(Caroline)

« Je t'ai vue te cogner contre un canon à neige et te laisser traîner au sol par un téléski, ils auraient pu être plus respectueux envers ta dignité. J'espère que tu n'es pas blessée. Ce n'était décidément pas une bonne idée, ce séjour. Tu n'as pas l'air de passer un bon moment, tu ferais mieux de rentrer. »

(ma mère)

Au terme de cinq minutes de monologue, maman a même passé le téléphone à mon père, lui intimant de me dire un mot.

« Ah, oui. Bonjour, Clara. On t'a vue à la télé, tu apprends le ski. À vendredi, je t'embrasse. »

(mon père)

Je raccroche, lasse.

Tu apprends le ski.

Merci, papa, pour ta contribution, ton sens de l'observation et des données factuelles. Il faudra que je pense à te dire que j'aimerais que tu sois plus expansif, lorsque nous nous verrons, le *27 décembre*. Qu'il serait bon que nous ayons des discussions profondes, parfois, et ce même s'il t'en coûte, même si tu ignores comment procéder et que tu te retranches derrière le paravent des coutumes masculines beauvalloniennes.

Je te parlerai de ce que je traverse, je te dirai que j'ai soif de fleurs nouvelles, de dérives en terres inexplorées. Qu'à flotter en surface sans vivre nos rencontres, on devient des inconnus. Et que de l'inconnue au mouton noir, il n'y a qu'un pas, un petit glissement de terrain, le fossé subitement révélé entre la fille que tu pensais connaître et la femme t'annonçant des décisions que tu ne comprends plus.

Je vais leur annoncer ladite décision qu'ils ne comprendront pas, m'extraire de l'habituelle photo sépia figée du clan tout sourire autour du sapin et du rocking-chair de mamie. Je vais m'affirmer un peu, puisqu'il paraît que je « déchire, clairement » lorsque j'exprime mon désaccord.

Je reprends mon téléphone, fais défiler mon répertoire en sélectionnant l'ensemble des membres de ma famille, tape un long SMS.

Bonsoir à tous,

Merci pour vos messages suite à mon passage à la télévision. Je vous confirme, ainsi que prévu depuis quinze jours, que je serai absente pour notre traditionnel réveillon du 24 décembre. Je sais que beaucoup d'entre vous ont à cœur de voir la famille réunie au complet pour Noël, mais il m'en coûterait trop d'annuler la fin de mon séjour à La Plagne. Je tiens à offrir à mamie une présence choisie, sincère et véritablement joyeuse. J'arriverai donc à Château-Chinon le 27 décembre et serai heureuse de voir ceux d'entre vous qui seront encore sur place. Je téléphonerai à mamie le soir du 24 pour lui dire quelques mots. Je vous embrasse et vous souhaite un joyeux Noël.

Clara.

Validé. Envoyé. J'enfonce nerveusement la touche d'arrêt de mon smartphone. L'appareil clignote, vibre, avant de s'immobiliser. Je le range en toute hâte dans le tiroir de ma table de nuit comme s'il risquait de me brûler les doigts, en tentant de ne pas songer à la rafale de messages imminente.

Je respire profondément. Je me sens plus légère que jamais, chargée d'une énergie inédite, et je prends soudain conscience que cette simple sensation me tient lieu de boussole, qu'elle m'indique que j'ai fait le bon choix.

Je suis une brebis noire, solitaire mais bienheureuse, j'ai sillonné les vallons, bondi de collines en rivières et je m'éloigne vers les hauteurs, les cimes blanches et les névés, je tire mon allant de l'inattendu qui enrichit la vie, le feuilleté de l'expérience, et je rentrerai à la bergerie une fois le jour passé, emportant le printemps dans mon sillage, chargée de fleurs fraîches et de rêves enneigés.

5

Jeudi 23 décembre

Il a neigé cette nuit, une nouvelle couche de poudreuse étincelante enrobe la station. Les dameuses sillonnent les pistes, le soleil éclabousse le paysage sculpté de petites dunes couleur sucre glace, quelques fins nuages cotonneux strient l'azur au-dessus de la vallée. Assise dans le télésiège à côté de Louis, j'admire le paysage, je profite du moment.

Aujourd'hui, Arthur a programmé un parcours adapté à notre niveau. Au fil des pistes bleues du domaine, il nous guide de pente en pente, avec patience et pédagogie. Je prends par moments plus de vitesse, je commence véritablement à ressentir ce que peut être le plaisir de skier.

— Oui, c'est ça ! me dit notre professeur, alors que j'arrive au bas de la piste, le chasse-neige stylé et l'écharpe dans le vent. Tu prends de l'assurance, c'est bien. Oh, attends, excuse-moi !

Il agite ses mains en l'air.

— Christophe ! Christophe ! Tourne ! Tourne ! Nous sommes ici ! Attention, plus doucement pour ne pas perdre l'équilibre ! Voilà, c'est ça, plante ton bâton et pivote pour freiner. Parfait ! conclut-il.

Christophe déboule en zigzaguant, les bâtons à l'équerre et le casque de guingois, manquant de peu de nous percuter comme une balle dans un jeu de quilles.

J'observe Arthur quelques instants, pensive. Cet homme est d'une gentillesse sans bornes, il n'a de cesse de nous encourager. Il est enjoué et chaleureux. Ses gestes sont doux, son regard franc, il est d'une beauté renversante.

Mais il parle très peu, objecte une voix en mon for intérieur.

Et tu sais ce que cela signifie, Clara.

Qu'il est hors de question de tomber amoureuse de lui, parce que les conversations à sens unique ne te réussissent pas. Parce que ce type de relation te mène systématiquement au doute puis à l'effondrement de ton amour-propre, dans un abîme de solitude. Et parce que essayer de rendre un taiseux prolixe, ce serait comme tenter de recoller une dent vagabonde sur son peigne ou de réinsérer un os dans un squelette : une mission vouée à l'échec.

De retour au chalet, nous aidons Leslie à garnir les chaussettes décoratives de sucres d'orge et de sachets d'oranges confites, tout en sirotant du chocolat chaud.

— Tu réveillonnes avec nous demain, Arthur ? demande notre hôte.

— Non, désolé, répond-il. Je resterai pour l'apéritif, puis j'irai guider la descente aux flambeaux à 20 heures, avant de descendre chez mon père à Chambéry. Je tiens à passer Noël auprès de lui.

— Je comprends, acquiesce Leslie. Tu lui passeras le bonjour de notre part. Tu guides le groupe des débutants ou des confirmés, cette année, pour l'événement ?

— Des confirmés, je pense. Richard a encore un peu mal au genou, il sera mieux avec les débutants.

— Bonsoir, fait Marion, en entrant dans le salon. J'ai réfléchi pour aujourd'hui, et je souhaite vous proposer un atelier créatif voisin des séances d'art-thérapie que je propose aux patients de mon service. Nous pourrions échanger, écrire ou dessiner ce que Noël représente pour nous, parler de nos plaisirs, de nos souvenirs, voire de nos enfances si vous le souhaitez.

— Super idée, commente Angélique.

— Je vais vous laisser, je suis fatigué ce soir, fait Arthur de but en blanc, avant de tourner les talons et de disparaître dans l'escalier.

Et voilà. Typique ! On prononce à peine le mot « parler », et le voici qui se volatilise comme un flocon de Koch en pleine sublimation ! C'est vraiment contrariant. Alors que nous pourrions partager un bon moment tous ensemble. Évoquer le champagne rosé, les langoustes rôties, les doux moments auprès de nos proches et les truffes au chocolat praliné.

6

Vendredi 24 décembre

Il est 19 h 30, Leslie a recouvert la grande table de toasts de saumon fumé à la chantilly citronnée, de verrines aux noix de Saint-Jacques, de feuilletés au gorgonzola, de foie gras sur pain d'épices nappé de chutney aux figues et de brochettes de crevettes au beurre d'avocat. Elle sait nous prendre par les sentiments. J'ai déjà mangé comme quatre, et je sors souffler un instant sur la terrasse.

Arthur est là, seul sur les dalles de bois, il contemple les premières étoiles du soir, accoudé à la balustrade. Je le rejoins et m'installe près de lui. Il va s'en aller ce soir. Mon cœur se serre un bref instant à cette idée.

— Ça me fait tout drôle de me dire que nous skierons sans toi, ce week-end, fais-je. J'ai vraiment apprécié tes cours et ta patience, j'en garderai de très bons souvenirs.

— Moi aussi, dit-il en souriant.

Il laisse passer un silence, frotte ses mains l'une contre l'autre au-dessus du bois clair.

— Tu sais, ajoute-t-il d'un ton hésitant, je n'ai pas osé te le demander jusqu'à maintenant, mais j'aimerais bien prendre ton numéro de téléphone. Ça me ferait plaisir de te revoir. On pourrait peut-être passer du temps ensemble, d'ici la fin des vacances. Lyon n'est pas si loin de Grenoble.

Je reste interloquée, le cerveau paralysé tandis que, en moi, quelque chose s'agite à la manière d'un papillon prisonnier d'un bocal, fébrile et étourdi par la lumière.

— Tu serais d'accord ? me demande-t-il. Je ne suis pas très adroit pour dire ce genre de choses, mais tu me plais.

— Je ne sais pas, balbutié-je en tentant de recouvrer mon calme. Tu sais, je pense que ça ne pourrait pas marcher entre toi et moi. Tu m'attires, c'est sûr, mais tu es tellement silencieux... j'ai besoin d'un homme qui communique et j'ai bien compris que ce n'était pas ton fort.

— C'est comme ça que tu me vois ? demande-t-il, l'air abattu tout à coup.

— Ne le prends pas mal, mais lorsque tu es parti hier soir, par exemple, après la proposition de Marion, en refusant de parler de toi, cela m'a mise en colère. Je ne veux pas d'un homme renfermé, incapable de participer à une simple discussion entre amis, rebuté à l'idée de prendre la parole.

Il secoue la tête.

— Tu ne comprends pas.

— Probablement, le coupé-je, et malheureusement, je n'ai pas envie d'essayer. Les hommes de ma famille sont tous bâtis sur ton modèle, et j'ai trop souffert de leur indifférence.

Il se lève d'un coup, repoussant sa chaise en arrière.

— D'accord. Il vaut mieux que j'y aille. C'est l'heure de la retraite aux flambeaux. Content de t'avoir rencontrée. Bonne continuation.

Il s'éloigne à grands pas et claque la porte sans même me laisser le temps d'un au revoir. Super. Ma gorge se noue douloureusement. Je viens de piétiner magistralement l'éventualité d'un début de relation avec l'homme le plus attirant que j'aie rencontré ces dix dernières années.

C'est mieux ainsi, Clara. Tu n'as que trop connu la souffrance en amour.

Je me lève à mon tour, un peu abasourdie. Puisque l'on nage en pleine félicité, l'heure de la prochaine réjouissance a sonné : il est temps de rallumer mon téléphone portable.

Je monte dans ma chambre, tandis que les autres sortent s'installer sur les chaises longues pour suivre la descente aux flambeaux. Je récupère l'appareil dans le tiroir de la table de nuit, presse le bouton et l'écran s'illumine. Une légère angoisse me tenaille. Dix-neuf messages. En quarante-huit heures seulement, c'est un score tout à fait honorable. Merci à tous pour vos contributions, auxquelles j'offre généreusement et immédiatement un voyage sans retour vers la poubelle acoustique du réseau télécom.

Je redescends à la cuisine, en quête de quelque toast de foie gras au chutney pour me revigorer. Leslie est là, au milieu des plats et des flûtes, elle fait mijoter des champignons dans une casserole.

— Ça va, Clara ? me demande-t-elle. Tu n'as pas l'air dans ton assiette.

— Bof, réponds-je. Ce n'est pas la grande forme.

— Tu as parlé avec Arthur ? Il voulait ton numéro de téléphone.

Elle sourit.

— Je crois que tu lui plais et, le connaissant, c'est sérieux. Il n'est pas du genre à déclarer sa flamme à toutes les femmes qu'il croise.

Je fais la moue.

— Arthur est très séduisant, mais il est bien trop silencieux pour moi. J'ai besoin d'un homme qui parle.

— Il en est tout à fait capable. De se montrer très bavard, même. Mais il lui faut du temps.

— Je n'ai pas eu cette impression.

— Parce que c'est court, une semaine. Tu sais, il est infirmier, il s'occupe des autres en permanence, mais il ne prend que rarement le temps de s'occuper de lui. Je le connais depuis l'école primaire, il a toujours été mon meilleur ami.

Elle soupire en se passant la main dans les cheveux.

— Il a perdu sa mère très jeune, lorsqu'il avait 12 ans. Ça a été une période vraiment difficile pour lui, seul auprès de son père qui était très vieille école, en matière d'éducation, et qui ne lui laissait aucune latitude pour exprimer ses émotions. Il est devenu timide, il a traîné sa peine comme un boulet pendant des années, mais depuis quelques mois, il change. Il voit une thérapeute, il a participé à des stages de développement personnel. Et il parle, oui. De plus en plus. Il se confie et il sait écouter.

Je m'étonne :

— Je ne l'ai pas beaucoup entendu s'épancher, cette semaine.

— Oui, ces jours-ci, ce n'est pas vraiment surprenant. Sa mère est morte un 25 décembre, sur le glacier de Bellecôte. C'est une époque douloureuse pour lui.

— Oh, dis-je. C'est pour cette raison qu'il s'en est allé lorsque Marion nous a demandé de parler de Noël ?

Leslie hoche la tête et je me sens très stupide, tout à coup. Je n'ai vu Arthur que sous le filtre de mes impressions. Je lui ai dit que je ne souhaitais pas le comprendre.

Je suis complètement déconfite, et voici que mon téléphone sonne, au moment propice, comme toujours. L'appel provient de Château-Chinon. J'ai envie de parler à ma mère autant que de me jeter en monoski sur la piste de bobsleigh, mais j'ai promis de souhaiter un joyeux réveillon à mamie. Je décroche.

— Allô ? Clara ? fait la voix de ma mère dans le combiné.

— Oui, c'est moi.

— Tu étais injoignable, ces derniers jours, on s'est fait un sang d'encre. Tu aurais pu répondre, quand même.

— Oui, désolée, j'ai été très prise, ici.

— Nous sommes tous à Château-Chinon. Il ne manque que toi. La photo de famille va paraître bien vide. Enfin, tu as choisi tes priorités, c'est ainsi. Bon, je te passe mamie.

Je l'entends transférer le téléphone dans la main de ma grand-mère.

— Allôôôô ? fait cette dernière d'une voix chevrotante.

— Allô, mamie, c'est Clara.

— Oh, bonjour ma chérie.

J'inspire profondément pour chasser la bouffée de culpabilité qui m'assaille. Je sais qu'elle ne comprendra pas un mot de ce que je raconte, mais je me lance quand même, j'ai besoin d'expliciter ma décision à haute voix.

— Je suis désolée de ne pas pouvoir être auprès de toi, je suis au ski cette année. J'ai gagné un séjour à La Plagne et...

— À La Plagne ? me coupe-t-elle. En Savoie ? Oui, j'y suis allée avec Édouard et les enfants en 1972. La voiture était tombée en panne sur la route, nous étions arrivés de nuit, ce fut une sacrée aventure, cet hiver-là !

Allons bon ! Mamie me raconte une anecdote de manière opportune. Je l'interroge :

— Tu skiais, toi ?

— Mais oui, bien sûr ! s'exclame-t-elle. J'étais encore alerte, à l'époque. J'avais à peine 36 ans, j'étais sportive.

Je l'entends alpaguer mon oncle.

— Tu t'en souviens, Luc ? Tu étais petit, tu avais passé ta première étoile. Avec ton bonnet jaune tricoté par Germaine.

Oh non ! Je viens de gagner à la grande loterie les quinze minutes de lucidité mensuelles de mamie. Il ne manquait plus que ça ! Elle ne va pas tarder à se mettre à pleurer en réalisant que 400 kilomètres nous séparent et qu'une dent fait défaut sur le peigne familial. Et si cet épisode était son dernier instant de clairvoyance ? Si j'avais raté l'unique occasion de serrer sa main en la remerciant pour tout ce qu'elle m'a transmis ?

J'avale ma salive avec peine, les mains très moites tout à coup.

— Je suis désolée, mamie, dis-je. Je sais que le fait de voir ta famille réunie pour Noël compte beaucoup pour toi, et j'espère que tu ne m'en voudras pas trop.

— T'en vouloir ? Mais pourquoi donc, ma chérie ?

J'entends ma mère marmonner derrière ma grand-mère.

— Nous avons essayé de lui faire entendre raison, mais elle n'en a fait qu'à sa tête.

— Et elle a très bien fait ! lui rétorque mon aïeule. Voyons, ma chérie, quel âge as-tu déjà ? 30 ans ?

— 34 ans, mamie.

— Oui, c'est ça, et tu as tout à fait raison de t'absenter ! Tu es jeune, il est temps de vivre ta vie, de t'en aller courir le monde. Et vous devriez faire de même, tous autant que vous êtes, ajoute-t-elle à l'adresse de ses convives. La famille, c'est très bien, mais nous ne sommes pas faits pour rester entassés les uns sur les autres comme une bande de cloportes. Il nous faut de l'air frais. J'espère que tu profites de ton séjour, Clara.

— Oui, j'en ai bien profité, réponds-je, un peu déstabilisée.

— Parfait ! N'oublie pas de dire à ceux que tu aimes qu'ils comptent pour toi. Le temps file à toute allure, ma chérie, et il faut vivre pleinement chaque instant pour ne rien regretter. Allez, je te laisse, passe un bon réveillon.

— Merci, mamie, joyeux Noël à toi aussi !

Elle a raccroché. Je reste un moment immobile, les jambes tremblantes, debout entre les plats et les flûtes, au milieu de la cuisine de Leslie.

Le mouton noir s'éloigne vers les hauteurs, les cimes blanches et les névés, il tire son allant de l'inattendu qui enrichit la vie.

Sa passion est le feu qui rallume le cœur des ancêtres. Sa folie est eau qui nourrit.

Il faut que je voie Arthur. Immédiatement. Avant qu'il parte pour Chambéry et qu'il m'oublie définitivement. C'est une urgence absolue.

Je jette un œil à la fenêtre. Les pistes sont toujours sombres, la descente aux flambeaux n'a pas encore commencé. J'attrape mon anorak, ouvre la porte, descends l'escalier et me précipite jusqu'au local à skis. Mon matériel sous le bras, je cours jusqu'aux télécabines en ahanant, j'interpelle le pisteur :

— Attendez ! Attendez ! crié-je. Je veux monter aussi, pour la descente aux flambeaux.

— Pour le groupe des confirmés ?

— Oui, c'est ça.

— Vous arrivez pile, je m'apprêtais à fermer. Allez-y, je lance un dernier aller, puis j'arrêterai la machine. Ils sont sur la piste Rochette. Le temps qu'ils allument les flambeaux, vous devriez être sur place avant le départ.

Ni une ni deux, je bondis dans la cabine, et la porte se referme en chuintant derrière moi. La bulle s'élève lentement dans les airs et commence son ascension au-dessus de la station illuminée, sous le ciel tacheté de milliers d'étoiles. Direction la piste Rochette. J'ai de la chance, je crois qu'il s'agit d'une bleue.

Je me laisse bercer par le roulis, encore enivrée par les paroles de ma grand-mère, par les révélations de Leslie, le cœur battant à l'idée de retrouver Arthur, de l'enlacer en lui demandant de me pardonner.

Le téléphérique ralentit, j'arrive au sommet, je sors sur le tapis de caoutchouc, mes skis à la main. Le silence est pesant, tout à coup, l'air est glacial et la nuit est d'un noir d'encre. Les autres sont déjà partis, j'aperçois en contrebas un serpentin lumineux qui file sur la piste.

Mince, il faut que je les rattrape. J'enfile mon casque et mes skis à la hâte. Bon, concentrons-nous, réfléchissons aux bases.

Piquer, pivoter, freiner, penser aux carres.

Je me laisse glisser sur la neige avec précaution, le début est plutôt encourageant. Je prends de l'assurance, je passe en roue libre devant le panneau rond indiquant : « 1, Rochette ».

C'est une piste noire.

À compter de ce moment, tout se passe très vite. Dans la pénombre, je distingue mal la pente, et mes skis accélèrent dangereusement, d'une façon totalement incontrôlée. Je tente de rester en chasse-neige, mais mes jambes ondulent comme deux boudins de pâte à modeler, et les planches ne me répondent plus.

Le serpentin lumineux grossit à l'horizon, je franchis une bosse en réalisant un saut de l'extrême, façon kangourou sous cocaïne. Par je ne sais quel miracle, je retombe sur mes pieds et poursuis ma descente. Mon cerveau impuissant tourne à plein régime.

Garde le contrôle, cramponne-toi à tes bâtons, freine, aaaaah !

Je ne maîtrise plus rien. Mes skis semblent avoir décidé unilatéralement de franchir le mur du son.

Les flambeaux sont devant moi, je m'apprête à les dépasser et je hurle à gorge déployée :

— Arthuuuuur ! J'ai changé d'aviiiiiis ! J'ai envie de te revoir, tu me plaaaaiiiiis ! Je vais te donner mon numérooooooo !

Je tente un freinage d'urgence, mais mon bâton vient frapper ma chaussure et je perds l'équilibre. Ma trajectoire s'infléchit, et je sors de la piste. Avant de heurter le tronc d'un sapin, j'ai juste le temps d'entendre une voix crier :

— Il n'est pas là, Arthur ! Il guide la descente aux flambeaux des débutants sur la piste verte !

Le choc est brutal, je perds connaissance.

Du fin fond de la pénombre, l'écho ténu d'un bip me parvient et, peu à peu, se fait plus insistant. Un rai de lumière s'immisce entre mes cils, je cligne des yeux avec difficulté. Au-dessus de mon visage, le flacon translucide d'une perfusion égraine son goutte-à-goutte. Les néons m'éblouissent, une migraine lancinante me vrille la tempe.

Je suis allongée entre les draps blancs d'un lit d'hôpital. Leslie est assise près de moi, elle me tient la main.

— Bienvenue sur Terre, me dit-elle. Tu nous as fait peur. Heureusement que tu avais ton casque. Sur une piste noire, quand même !

Je porte la main à mon crâne en grimaçant.

— Oui, j'ai pensé que ce serait le bon moment pour m'entraîner en vue des jeux Olympiques. Je crois que j'ai une carte à jouer, pour le saut artistique.

Elle sourit.

— Tu es toujours toi-même, les autres vont être rassurés. Ils sont dans la salle d'attente. Nous avons tous sauté dans les voitures dès que les pompiers nous ont appelés.

— Oh, là, là, fais-je. J'ai complètement gâché votre réveillon.

— Ça nous fera des souvenirs. Et puis, rapppelle-toi ce que tu as raconté lors de l'atelier de Marion : l'important, à Noël, ce sont les moments passés ensemble.

— Tu surévalues ma philanthropie. J'ai surtout dit que l'important était de bien manger, c'est mon critère principal.

— Pas d'inquiétude, on a tout mis au frigo, il y a de quoi se nourrir tout le week-end. J'avais cuisiné pour soixante-dix personnes.

Elle se lève et contourne mon lit.

— Je crois que quelqu'un a quelque chose à te dire. Arthur ? chuchote-t-elle en ouvrant la porte. Tu es là ?

Des pas résonnent dans le couloir. Il est là, sur le seuil, dans son anorak rouge de moniteur. Il porte encore sur lui l'air vif de la montagne.

— Je vous laisse, fait Leslie en sortant.

Arthur s'approche et s'assied près de moi.

— Comment vas-tu ? me demande-t-il.

— Pas trop mal. Je pense avoir préservé la majeure partie de mes neurones grâce à ce casque hideux que tu m'as sommée de porter en toutes circonstances.

— Le groupe des confirmés m'a transmis ton message, dit-il en souriant. Ils ont trouvé ça plus palpitant qu'un rebondissement de série B. Ils retiennent leur souffle, là, ils attendent tous le prochain épisode.

— Je suis désolée, dis-je. Je ne savais pas, pour ta mère. J'ai été aveuglée par les a priori que je projetais sur toi.

— Non, c'est moi qui suis désolé. J'aurais dû t'en dire plus. Je n'ai pas été très expansif, cette semaine.

— Tu vas être en retard à Chambéry, du coup.

— Tant pis, répond-il. J'ai décidé de rester ici pour le week-end. Mon père risque de râler un peu, mais je ferai avec. Marion m'a raconté des histoires de mouton noir, dans la salle d'attente, elle m'a donné à réfléchir.

— Bonne nouvelle. Pour ma part, je visiterais bien Grenoble, la semaine prochaine.

— Tu ne devais pas rentrer voir ta grand-mère ?

— Si, mais j'ai changé mes plans. Le choc sur la tête, sans doute, et puis je suis un mouton noir de première catégorie.

Sa main glisse sur le drap et caresse mon bras, sa paume est douce contre ma peau.

— Quand deux moutons noirs se rencontrent..., dit-il. Qui sait ce que ça peut donner ?

Ses lèvres se sont posées sur les miennes et je ferme les yeux.

Un printemps en plein Noël, peut-être.

GEORGIA CALDERA

Le Cercle des Pères Noël Disparus

1

Définitivement, je détestais Noël !

Je baissai la tête pour ne plus avoir à soutenir le regard de mon ex-petit ami assis en face de moi dans le café bondé. Puis je tâchai de me concentrer sur la voix nasillarde à tendance snob de ma mère, résonnant à travers le téléphone auquel je m'agrippais, le serrant contre ma joue. Je m'efforçai également de ne pas trop penser à ce que ces maudites fêtes de fin d'année me poussaient à faire...

À quoi bon, de toute façon ? Pouvais-je tomber plus bas ? Il me semblait avoir touché le fond, cette fois...

Mes joues se mirent soudain à brûler ; j'étais consumée par une étouffante bouffée d'humiliation lorsque je songeai à l'abominable teinte rouge fluo que devait avoir prise mon visage. D'un ton hésitant, je soufflai :

— Ce n'est plus la peine de t'inquiéter, maman. Maxence a réussi à se libérer, finalement. Il a promis qu'il serait avec nous pour le soir du réveillon ainsi que le jour de Noël.

Ce dernier se tenait les bras croisés et m'observait en silence, ne perdant pas une miette de ma conversation téléphonique. Il m'adressa un regard amusé, esquissant cet habituel sourire charmeur – quoique bancal, puisque seul le coin gauche de sa lèvre se retroussait, trahissant une certaine condescendance. Cette expression, chez lui, m'avait toujours quelque peu irritée, voire parfois vexée. Il n'empêche que cela m'avait manqué pendant ces douze mois loin de lui…

Ma mère se passa de commentaire quant à cet intempestif revirement et, à la place, voulut s'assurer :

— Dans ce cas, vous resterez avec nous pour toute la durée des vacances, n'est-ce pas ?

— Je ne sais pas trop… Je…

Maxence recouvrit de la sienne la main que j'avais posée sur la table et se pencha vers moi. Je songeai subitement que, peut-être, je lui plaisais encore. Peut-être, d'ailleurs, était-ce pour cette raison qu'il avait accepté sans broncher ma proposition désespérée ? Après tout, sans doute désirait-il, lui aussi, que nous nous remettions ensemble ?

Je rougis davantage à cette idée, me sentant encore plus ridicule et stupide… Je me berçais d'illusions, c'était évident.

Maxence tapota ma peau d'un index impérieux et chuchota, de manière à ne pas être entendu de mon interlocutrice :

— Dis-lui que c'est d'accord, Armance, nous passerons la semaine à Courchevel avec tout le monde. J'ai bien envie d'en profiter pour skier, étant donné que j'en ai été privé la dernière fois.

Et pour cause, notre rupture était survenue durant la période des fêtes, quasiment un an auparavant, à quelques jours près.

C'était lors du trajet nous menant tous deux au chalet où nous devions retrouver ma famille pour ces incontournables vacances hivernales que Maxence – avec qui je sortais depuis mes 14 ans – avait jugé opportun de me faire savoir qu'il souhaitait mettre un terme à notre relation. Sept années de vie de couple envolées, vidées de tout leur sens en un battement de cils, sans autre motif qu'un besoin de nouveauté et de changement.

Maxence avait fini par se lasser de moi, et je ne m'étais aperçue de rien, n'avais décelé aucun signe avant-coureur...

Je m'obligeai à revenir au présent et fermai les yeux, m'avouant vaincue, sans même avoir cherché à lutter. Dans un timide balbutiement, je rectifiai :

— Je veux dire : bien sûr, maman. Évidemment que nous resterons avec vous pour les vacances.

— Parfait, approuva-t-elle sèchement à l'autre bout du fil. Parce qu'il est hors de question de te laisser à nouveau nous gâcher ce moment, ma chérie. Votre départ anticipé de l'année dernière a suffisamment fait jaser tes tantes et tes cousines comme ça. J'espère que tu sauras te montrer un peu plus affable et enthousiaste, cette fois, quels que soient les problèmes que Maxence et toi puissiez avoir.

J'avais cru que personne, lors de ce réveillon, ne s'était rendu compte de mon trouble. D'autant plus que – comme je m'étais réfugiée dans un silence apathique à la suite de l'annonce de Maxence – presque aucun convive ne m'avait adressé la parole de tout le dîner. Apparemment, en dépit de mes efforts pour me retenir de fondre en larmes durant ces quelques heures, je n'étais guère parvenue à donner le change. Pire : le simple fait que Maxence et moi nous soyons éclipsés – à ma demande – avant la fin du séjour avait désappointé mes proches et entraîné des commérages sur mon compte...

Merveilleux, vraiment ! On peut donc toujours compter sur le club des langues de vipère de ma famille pour sauter sur la moindre occasion de gloser...

Mais dans ce cas, pourquoi ma mère avait-elle attendu aussi longtemps avant d'évoquer le sujet ?

Si seulement elle avait daigné me poser la moindre question et s'inquiéter un tant soit peu de mon état, ce jour-là – ou même ceux qui avaient suivi... –, peut-être alors aurais-je pu lui avouer que le seul homme que j'avais connu en vingt et un ans, et avec lequel je pensais me marier, m'avait laissée tomber du jour au lendemain comme une vieille chaussette. Peut-être alors ne me serais-je pas sentie contrainte de lui cacher la vérité, mentant depuis lors, en faisant comme si Maxence et moi étions toujours ensemble et que mon existence n'avait pas pris un tour complètement différent...

— Tu as beaucoup de chance d'être tombée si tôt dans ta vie sur la perle rare, Armance, reprit ma mère, enfonçant un peu plus le couteau dans la plaie. Tu sais combien il est difficile, de nos jours, de réussir à intéresser un jeune homme de cet acabit, aussi intelligent et diplômé, doté d'un physique exemplaire et issu d'une famille d'un niveau équivalent au nôtre.

— Oui, j'en ai conscience, soupirai-je contre mon mobile, priant pour que Maxence, à moins d'un mètre de là, n'ait pas entendu ses propos. Désolée, mais comme je te l'ai dit, je suis dehors avec des amis. Je vais devoir raccrocher.

— Salue Maxence de ma part, veux-tu ? Et prends soin de lui, ne sois pas trop intransigeante, c'est important, ma chérie.

Bah voyons, c'est tout moi..., songeai-je intérieurement avec ironie.

J'acquiesçai mollement et coupai enfin la communication. Après quoi, j'avisai la table, fixant ma main, que Maxence tenait encore dans la sienne.

Waouh, sérieux ? Alors ça y est, j'en ai enfin terminé avec cette année pourrie de célibat ?

Son geste n'était clairement pas anodin. Je ne me faisais pas d'idées, il était prêt à revenir.

Cela ne pouvait pas signifier autre chose...

N'est-ce pas ?

— Merci d'avoir accepté de m'accompagner à Courchevel pour les fêtes malgré notre séparation, marmonnai-je, de plus en plus confuse et mal à l'aise. C'est très gentil de bien vouloir jouer le jeu pour cette fois.

— Je t'en prie, répondit-il en relâchant mes doigts, s'adossant ensuite nonchalamment à son siège. J'aurais cru tes proches au courant de notre situation, mais dans la mesure où tu ne leur as rien dit, ce ne devrait pas être trop difficile.

Une honte aussi malvenue qu'oppressante m'avait poussée à taire notre rupture, si bien que je n'avais averti ni mes parents, ni mes deux frères aînés, ni aucun autre membre de ma famille. Quant aux amis, j'avais découvert que, au bout du compte, je n'en possédais guère. Tous ceux que je considérais comme tels faisaient en réalité partie du cercle de Maxence. La seule personne à qui j'aurais aimé me confier n'étant plus de ce monde, je m'efforçais depuis près de douze mois de garder le secret.

Révéler tout maintenant, après tant de temps passé à mentir à mes proches, me semblait absolument insurmontable. Aussi était-ce pour cette raison que, Noël approchant, j'avais pris la décision de recontacter Maxence et de réclamer son aide, estimant qu'il me devait bien ce maigre service...

— Et puis, les vacances d'hiver chez les Delacroix sont tellement cool que je m'en voudrais de rater ça, compléta-t-il, excluant toute autre motivation – tel qu'un quelconque intérêt pour moi.

Ah, OK, donc je compte pour des prunes, en fin de compte...

De son point de vue, elles l'étaient peut-être, mais, en ce qui me concernait, ce rituel ridicule était devenu un véritable calvaire...

Chaque année, mes parents louaient le même gigantesque et luxueux chalet à Courchevel pour le réveillon. Tous mes oncles et tantes et leurs enfants y étaient conviés pour cette grand-messe annuelle, et nous nous retrouvions lors de ces quelques jours afin de profiter de la station de ski et de toutes les activités qu'offrait la région. Maxence s'étant toujours bien entendu avec mes frères et mes cousins, il n'était sans doute pas si étonnant qu'il préfère se joindre à nous – quitte à devoir jouer la comédie du couple heureux – plutôt que de passer ce moment seul dans un manoir vide – ses parents étant, comme d'habitude, en déplacement.

— À vrai dire, cela ne me dérange pas de prétendre que nous sommes encore ensemble, ajouta-t-il dans un haussement d'épaules flegmatique. Après tout, nous avons été en couple pendant tellement longtemps.

Un couple modèle, que tout le monde enviait et tenait pour indéfectible – moi la première...

Consciente d'être à présent d'un rouge tomate intense et uniforme, je me jetai à l'eau et hasardai :

— Tu... Tu vois quelqu'un en ce moment ?

Maxence baissa le nez, l'air vaguement gêné. Il plongea les doigts dans ses cheveux blonds à la coupe un peu trop longue et à la structure légèrement décoiffée – mais que je savais savamment étudiée.

— Bah, ça va, ça vient. En tout cas, je n'ai aucune relation sérieuse ni définie actuellement.

— Oh... je comprends. Enfin, je crois...

De nouveau, il eut ce petit sourire bancal et entendu, un brin complaisant.

Un sourire d'abruti, oui ! Et dire que je trouvais ça charmant fut un temps...

— Nous avons commencé à nous fréquenter tellement jeunes tous les deux, tenta-t-il de se justifier. J'avais besoin d'un peu de liberté, de connaître d'autres choses. Je suis sûr que tu peux l'entendre, Armance.

Dans ce contexte, « choses » signifiait « femmes ». J'étais certes naïve, mais pas au point de ne pas tiquer face à ce parallèle des plus hasardeux.

Et donc quoi ? Après un an à faire le tour du sujet, il en avait fini et souhaitait reprendre où nous en étions restés ? Était-ce bien ce qu'il essayait de me dire ?

J'aurais dû me réjouir à cette simple perspective et me contenter d'opiner avant de ramener la conversation vers un sujet moins conflictuel. Pourtant, je ne pus m'empêcher de rebondir et de lancer :

— Tu ne m'as jamais vraiment expliqué ce qui n'allait pas avec moi. Parce que, si tout avait collé entre nous, si tu m'avais aimée autant que tu le prétendais à l'époque, tu n'aurais pas ressenti ce besoin, cette... *frustration* dont tu parles.

Maxence soupira et ouvrit les mains, paumes vers le ciel, en signe d'impuissance.

— C'est difficile à justifier, tu es si… si irréprochable, si *parfaite*. Rien ne dépasse du cadre. Tu es toujours d'humeur égale. Jamais tu n'exploses de rire ou en larmes. Tu ne t'en rends probablement pas compte, mais il est presque impossible de se disputer avec toi. Tu te plies constamment en quatre pour satisfaire tout le monde, ce qui est, en général, une bonne chose, mais… mais au final, tu es tellement gentille et dévouée, tellement réservée et effacée que même moi, je ne suis pas certain d'avoir jamais su véritablement qui tu étais au fond.

2

Après avoir quitté le café où j'avais retrouvé Maxence pour cette embarrassante entrevue, je rentrai à mon appartement d'un pas las. Le dépit et l'amertume ne cessaient d'enfler dans ma poitrine, jusqu'à remonter dans ma gorge, menaçant de m'asphyxier.

Terne et sans éclat. Tellement quelconque que j'en deviens inexistante...

Voilà ce que j'étais.

Voilà ce que Maxence avait cherché à me dire, sans pouvoir le formuler de manière aussi claire et tranchante.

« Parfaite », mon œil !

L'adjectif utilisé par mon ex-petit ami pour me décrire ne révélait-il pas plutôt l'exact inverse ? L'absence de défaut flagrant ne revenait pas pour autant à la perfection, preuve en était...

À l'instar de chaque vendredi soir, je me laissai tomber sur le canapé du salon, les volets de mon petit logement parisien clos. Je tirai à moi le carton de l'immense pizza que je venais de commander, le faisant glisser sur la table basse, et j'allumai mon PC portable, en quête de vidéos YouTube distrayantes.

Ma mère aurait hurlé de me voir engloutir autant de fromage fondu et de pepperoni en un seul repas, elle qui avait mis un point d'honneur à m'inculquer, dès mon plus jeune âge, les règles de la diététique.

Eh ouais, maman, je peux avaler 1 000 calories en un seul repas si je veux, maintenant !

Comme quoi, en grattant bien le vernis, il n'était pas si difficile de me trouver des imperfections, encore fallait-il faire l'effort de me connaître un minimum. Enfin, si tant est que quiconque fût au courant de cette passion immodérée que je vouais à la cuisine italienne sous toutes ses formes – dans la mesure où j'avais toujours veillé à ne rien montrer de mes penchants gourmands...

Au bout du compte, quelle personne pouvait sérieusement prétendre savoir qui j'étais, quand je m'acharnais continuellement à lisser chacune de mes aspérités, enfouissant mes défaillances de manière à mieux incarner celle que les autres voulaient que je sois ? Après tout, n'étais-je pas la première responsable de cette situation ? N'étais-je pas à l'origine de ce sentiment étrange dont Maxence m'avait fait part ?

Les propos qu'il avait tenus lors de cette discussion m'avaient particulièrement blessée. Il fallait cependant que je me rende à l'évidence : Maxence avait raison...

D'aussi loin que remontaient mes souvenirs, je m'étais systématiquement appliquée à jouer les petites amies idéales avec lui. Jamais aucune requête, jamais de question indésirable, jamais un mot plus haut que l'autre ni – ô grand jamais – d'opinion contredisant les siennes, puisqu'il devait nécessairement avoir un avis plus éclairé que le mien.

D'ailleurs, à bien y réfléchir, ne m'étais-je pas toujours comportée ainsi, avec absolument tout le monde ?

Agacée par la publicité de Noël surgissant sur mon écran, je relevai la tête et promenai le regard dans la pièce. Cet appartement où je vivais depuis près d'un an et demi n'était certes pas très grand, mais ma mère l'avait fait décorer avec beaucoup de goût. Chaque meuble, au design dernier cri et d'excellente qualité, s'harmonisait incroyablement avec les autres.

Pourtant, il n'y avait rien à faire, je n'arrivais pas à m'y sentir chez moi. J'étais tellement seule depuis un an et demi, quand j'avais emménagé à Paris pour mes études...

J'aurais dû être ravie d'avoir enfin réussi le concours d'entrée dans cette grande école de marketing, que j'avais si longtemps rêvé d'intégrer, suivant ainsi les traces de mon père et de mes frères. Mais nulle part je ne trouvais ma place. Ni cet établissement ni la formation – réputée néanmoins exceptionnelle – qu'il dispensait ne me satisfaisaient. C'était à croire que rien ne parvenait à m'intéresser véritablement.

C'est normal, puisque tu n'as pas la moindre personnalité...

Je poussai un lourd soupir et me hâtai de cliquer sur le bouton apparaissant en bas de la vidéo, permettant de passer la réclame.

Désormais, tout ce qui avait trait à Noël me hérissait le poil. C'en était manifestement devenu épidermique.

Penser aux réunions de famille idiotes et hypocrites qui m'attendaient me déprimait au-delà du raisonnable. Cela faisait des mois que je réfléchissais à un plan pour y échapper. Et, faute de trouver une issue à mon problème, je m'étais jetée dans la gueule du loup, quitte à m'humilier comme jamais, en requérant l'assistance de mon ex-petit ami...

Enfant, quand ma grand-mère était encore en vie, j'adorais cette époque de l'année et la magie qu'elle m'inspirait. Or, désormais, je la haïssais. Le charme avait disparu avec bonne mamie, et la désillusion de la réalité avait fini par s'imposer à moi. Ce séjour en compagnie de mes oncles, tantes et cousins n'était qu'une occasion de tenir le rôle – une seule et unique fois par an – de la famille modèle et unie – une mascarade de plus en plus grossière et insupportable à mes yeux.

En réalité, durant ces quelques jours passés ensemble, personne n'écoutait ni ne prêtait vraiment attention aux autres. Ces retrouvailles hivernales donnaient en revanche lieu à un déballage en règle d'exploits en tout genre : scolaires, professionnels, acquisitions mirobolantes... Sans oublier la valorisation de son relationnel – manière détournée et surtout peu coûteuse de se vanter au travers de son réseau. Chaque convive cherchait par tous les moyens à tirer son épingle du jeu, à monopoliser l'attention et à épater au maximum la galerie. Au menu ne figuraient que superficialité et apparences, rien ne comptant davantage que de faire bonne impression.

Et cela s'arrêtait là.

Pour moi, qui ne savais tout bonnement pas me mettre en avant, ces moments ne rimaient qu'avec solitude. Car, aussi paradoxal que cela puisse être, jamais je ne me sentais aussi triste et isolée qu'alors, entourée de ma famille au grand complet...

Mon moral s'en voyait systématiquement entamé, et je peinais chaque fois un peu plus à me remettre de ces prétendues vacances à Courchevel.

D'ailleurs, à présent que j'y songeais, je me rendais compte qu'il n'y avait absolument rien de bon pour moi là-bas. Contrairement à mes proches, je n'aimais pas particulièrement le ski, et les paysages montagneux me laissaient totalement indifférente. Et puisque je passais généralement mon temps, lors de ce séjour, à faire la potiche et à écouter les autres, je me demandais même si ma présence avait une quelconque utilité...

Quoi qu'il en soit, ce n'était pas comme si je pouvais couper à ce rendez-vous institutionnel des Delacroix sans risquer de froisser mes parents et me mettre à dos le reste de ma famille. Autant donc m'armer de courage et tâcher de ne pas trop y penser, au moins cette année encore – bien qu'il ne soit question que d'une mauvaise comédie – Maxence serait à mes côtés...

Croquant farouchement dans la dernière part de pizza, je tapai quelques mots sur Google, puis lançai une recherche.

Je ne devais pas être la seule à déprimer à l'approche des fêtes, et j'éprouvais le besoin de trouver un peu de réconfort auprès d'articles offrant des conseils et autres techniques pour mieux surmonter cette période.

Je fis défiler les pages, peu convaincue. Puis, arrivée à la cinquième, un lien Facebook attira mon attention. Je cliquai spontanément, intriguée, et tombai alors sur un groupe nommé le Cercle des Pères Noël Disparus. Dans l'onglet « Informations », leur objectif était expliqué :

`Libérer tous les pères Noël de l'aliénation du consumérisme capitaliste.`

Je ne parvenais pas à décider s'ils se prenaient au sérieux ou s'il s'agissait juste d'une blague. Le contenu était clairement orienté anti-fêtes de fin d'année et présentait des argumentaires plus ou moins bien rédigés, ainsi que d'étranges vidéos.

Curieuse de voir de quoi il retournait exactement, je lançai l'une d'entre elles au hasard.

Une banale rue de quartier résidentiel apparut. L'endroit était baigné par les ombres du petit matin, mais on pouvait apercevoir des tas de guirlandes colorées et autres ornements festifs criards disséminés sur les façades et dans les jardins.

Trois personnes vêtues de noir échangeaient des messes basses d'un air joyeux, s'efforçant visiblement de ne pas rire. La caméra se focalisa ensuite sur le plus âgé de la bande. L'homme franchit d'un bond le portail d'une des maisons – la plus chargée en décorations, semblait-il. Il avança jusqu'au mur et l'escalada avec aisance. Une fois hissé sur le balcon, il décrocha un mannequin figurant un père Noël suspendu à la rambarde et redescendit avec son larcin.

Après quoi, il le déposa à l'arrière d'une camionnette remplie d'objets du même type – statuettes, figurines, poupées et autres avatars gonflables identifiables à leurs universels barbes blanches et manteaux rouges.

Le plan changea subitement et la caméra se focalisa sur un autre membre de la troupe : une jeune fille portant un bonnet de laine sombre, d'où s'échappaient des mèches de cheveux mauves. Une moue aussi espiègle qu'insolente incurvait ses lèvres lorsqu'elle tendit une enveloppe devant l'objectif, montrant ce qui y était écrit :

Votre père Noël a été libéré. Si vous l'aimez, ne le cherchez pas.

Puis, s'adressant aux spectateurs du film amateur, elle précisa dans un chuchotement :

— Si ces gens souhaitent absolument récupérer leurs affaires, les indices pour les retrouver sont dans ce courrier. Souhaitons-leur une bonne chasse au trésor !

Elle adressa un clin d'œil à la caméra et glissa ensuite la missive dans la boîte aux lettres. La vidéo s'interrompit sur cette image. Un fond noir envahit alors l'écran, puis le nom du groupe, le Cercle des Pères Noël Disparus, s'afficha.

Un peu déconcertée, mais surtout amusée par cette étonnante farce, je jetai un coup d'œil aux commentaires, me demandant bien quel était le but de la manœuvre. Aucune indication n'était fournie. Seuls des encouragements, des émoticônes et autres GIF représentant des rires, ainsi que des slogans du type : « Libérons tous les pères Noël du monde ! », « Pères Noël Disparus = retour aux valeurs fondamentales » ou encore « Dire non au père Noël, c'est dire non au capitalisme ! ».

À la réflexion, peut-être que l'idée derrière ces opérations menées par cet insolite groupe d'activistes n'était pas aussi loufoque qu'elle en avait l'air de prime abord...

Sur un coup de tête – des plus inexplicables tant cela ne me ressemblait pas –, je cliquai sur la messagerie de la page et écrivis :

`Bonjour, j'aime ce que vous faites. Comment peut-on participer ?`

Sans me laisser le temps de la réflexion, j'appuyai sur le bouton d'envoi.

Quelques secondes plus tard – avant même que j'aie eu le loisir de regretter mon geste –, je reçus pour toute réponse :

```
RDV parvis de La Défense, demain à 5 heures. Fringues noires obligatoires.
```

Les doigts au-dessus de mon clavier, je m'apprêtai à réclamer des précisions – notamment à propos des poursuites encourues en cas de problèmes –, mais finalement je m'abstins.

Jamais encore je n'avais fait quoi que ce soit hors de la légalité. Jamais non plus je n'avais osé rencontrer de parfaits inconnus via Internet. Tout cela me paraissait extrêmement risqué, déraisonnable, absurde...

Voire franchement débile.

Pourtant, il fallait que j'aille à ce rendez-vous. Que je sache si Armance Delacroix était capable d'agir de manière totalement insensée, prête à se mêler à un groupe d'excentriques juste pour « libérer des pères Noël ».

Cela avait beau être complètement saugrenu et délirant, j'éprouvais tout au fond de moi l'envie aussi incompréhensible qu'irrépressible de prendre part à ces activités – flirtant par ailleurs avec le criminel.

Tu es complètement dingue, ma pauvre fille. À croire que cette discussion avec Maxence t'a fait perdre les pédales et que tu ne sais plus quoi faire pour exister un tant soit peu...

J'ignorai la petite voix de ma conscience et filai me coucher, réglant l'alarme de mon téléphone aux aurores.

3

Lorsque la sonnerie retentit, j'errai dans un brouillard cotonneux, peinant à m'éveiller. Nous étions samedi et j'étais épuisée de ma semaine de cours. J'aurais dû profiter de ce début de vacances afin de me reposer et renoncer à mes plans idiots : il était encore temps. Je me fis cependant violence pour quitter la confortable chaleur de mon lit et me dépêchai de rejoindre la cabine de douche.

Je n'avais pas la moindre idée de ce qui m'attirait autant dans la perspective de me mêler à ces gens aux manières fantasques. J'avais néanmoins rarement été aussi déterminée.

Comme demandé, je sélectionnai les rares vêtements noirs de ma garde-robe – un jean et un pull quelconques –, puis sortis de mon appartement.

Une part de moi – la fille timide et effacée dont parlait Maxence – avait peur d'aller à ce rendez-vous. Une autre, toutefois – plus grande encore –, brûlait de curiosité et d'impatience.

Je traversai le parking souterrain désert, puis montai dans ma voiture. Là, je réglai le GPS de mon smartphone sur l'adresse indiquée et démarrai avant de ressentir le moindre regret. Une certaine excitation me gagna alors, l'emportant finalement sur le reste.

Je n'en revenais pas ! Étais-je vraiment sur le point de rejoindre une bande de délinquants dont le but était de troller Noël, façon Grinch ? Pouvais-je réellement faire preuve d'autant de bêtise et de témérité à la fois ?

Après avoir perdu quelques minutes à chercher une place entre les hauts immeubles du quartier, je me garai au premier emplacement libre. Je dus courir pour arriver au parvis de La Défense à l'heure exigée.

Un marché de Noël y avait été temporairement installé, mais les chalets faisant office de boutiques étaient encore clos. L'endroit paraissait étrangement triste et dépeuplé, ainsi vidé de ses visiteurs. Devant l'entrée se trouvaient cinq personnes.

Je reconnus immédiatement la jeune fille aux cheveux mauves et son acolyte barbu, capable d'escalader des balcons en moins de dix secondes.

— Je ne pensais pas que tu viendrais, lança-t-elle sans autre préambule. Armance, c'est ça ?

Elle me tendit la main et je la serrai mécaniquement.

— Moi, c'est Lila. Lui, c'est Fat Joe, et derrière, c'est le reste de notre joyeuse bande de cas sociaux...

Je fronçai les sourcils en saisissant la paume que Fat Joe m'offrait, ce surnom étant pour le moins surprenant dans la mesure où l'homme était on ne peut plus svelte.

Nicolas, Maëlle et Loris – oscillant entre 25 et 32 ans et arborant unanimement un look hippie – se présentèrent également. Tous semblaient enthousiastes à l'idée d'accueillir un nouveau membre parmi eux.

— On se débrouillera pour éviter de te filmer, si tu préfères ne pas apparaître sur les vidéos, reprit Lila, désignant d'un geste le smartphone que tenait Loris.

— Ça m'est égal, répondis-je hâtivement. Je veux dire que cela me convient. Je suis d'accord pour être sur vos films aussi.

Mes premiers pas d'actrice et de vandale ! Voilà qui promet...

C'était donc officiel, j'avais perdu la raison.

— Cool, approuva Lila, plissant ses yeux bleus soulignés de larges traits de khôl.

— D'ordinaire, on n'accepte pas les nouveaux lors des opérations, précisa Fat Joe. Mais bon, c'est Lila qui décide, puisque tout est son idée...

— Ton profil de Marie-Chantal en puissance m'a vachement intriguée, avoua Lila. Euh, enfin... ne le prends pas mal, surtout, hein. Ce n'est pas méchant. C'est juste que nous n'avons pas l'habitude que des personnes de ton... euh, de ton *niveau social*, disons, s'intéressent à nous ou aient quoi que ce soit contre Noël. Du coup, j'étais vraiment curieuse de voir si tu te fichais de moi ou pas, quand tu m'as proposé de nous rejoindre.

— Pas de souci...

Il en fallait plus pour me vexer. En outre, j'étais consciente d'appartenir – du fait de ma situation familiale – à une certaine classe. Que cela transparaisse en revanche de manière aussi flagrante sur mon compte Facebook me perturbait tout de même un peu.

— Je... Je veux libérer des pères Noël, moi aussi, bredouillai-je maladroitement.

Lila retroussa les lèvres dans un sourire radieux.

— On est justement là pour ça, ma belle !

— La récolte sera moins importante que les fois précédentes, mais c'est avant tout pour marquer les esprits que nous visons ce lieu, indiqua Fat Joe, avant de se diriger vers l'entrée du marché.

— Enfin, c'est aussi parce qu'il connaît l'agent de sécurité, ajouta Lila à mon adresse, se tournant ensuite pour suivre son ami.

Nous leur emboîtâmes alors le pas, pénétrant dans les allées désertes. Nous circulâmes entre les chalets en quête de personnages à barbe blanche et manteau rouge, et n'en repérâmes que quatre – que Fat Joe dut lui-même déloger, ces derniers étant tous perchés sur les toits des maisonnettes de bois. Des enveloppes contenant les indications nécessaires pour permettre aux propriétaires de retrouver leur objet confisqué furent laissées coincées entre les planches des stands concernés.

— Alors comme ça, toi non plus, tu n'aimes pas Noël ? me demanda Lila tandis que nous déposions notre butin dans une camionnette.

— Je ne sais pas trop comment j'en suis arrivée là, c'est venu au fil des années, tentai-je d'expliquer.

— Un peu comme nous tous, opina Loris, m'incitant d'un signe à poursuivre.

— Je n'ai pas d'histoire dramatique à raconter, m'exécutai-je, faisant fi de ma gêne coutumière lorsque je m'exprimais en public. Je ne suis pas censée me sentir particulièrement seule à cette période. Pourtant, j'ai de plus en plus l'impression de devenir invisible quand toute ma famille est réunie… ce qui ne se produit justement qu'une fois l'an, à l'occasion des fêtes.

— Ouais, je vois ce que tu veux dire, rétorqua Lila en se hissant à l'arrière du véhicule. C'est pareil pour moi. J'ai horreur de l'hypocrisie qui sature l'atmosphère, à ce moment de l'année. Tout ça, ce n'est que du vent. Parce que, dans la pratique, personne ne se comporte mieux avec les autres, sous prétexte que c'est Noël. Si seulement les gens manifestaient ce qu'ils appellent de la générosité autrement qu'en amassant des objets inutiles sous un foutu sapin...

— Amen, sista ! approuva Maëlle. Tout le monde sait que cette fête n'est plus que commerciale, qu'elle est l'occasion d'un pic de surconsommation des plus nocifs pour la planète. Et pourtant, personne n'essaie de changer quoi que ce soit...

Lila se baissa pour ramasser un panneau à l'arrière de l'utilitaire et sortit d'un bond.

— Et ça, c'est la cerise sur le gâteau, souffla-t-elle en prenant un air mystérieux.

Elle retourna jusqu'au marché, et nous la suivîmes d'un même élan, Loris s'efforçant de la filmer avec son smartphone. Lila s'enfonça de nouveau au cœur du marché, en silence, maintenant le suspense. Au bout d'un moment de tours et détours, elle parvint à un endroit plus dégagé. Elle se dirigea vers le centre de la petite place, où un grand fauteuil était installé sur une estrade – à l'évidence prévu pour l'incontournable photo de bambins sur les genoux du père Noël.

Lila agrafa alors la pancarte qu'elle avait préparée en haut du dossier. Après quoi, elle s'écarta et tendit les bras devant elle, présentant son œuvre avec fierté.

Sur le carton était écrit au feutre noir :

Le véritable père Noël est en grève ! Non à l'esclavage !

En tant que pilier de la société, j'exige un salaire décent. Marre de trimer toute l'année à fabriquer des jouets pour n'être rémunéré qu'en cookies et verres de lait.

P.-S. : Si quelqu'un qui me ressemble a pris ma place, sachez qu'il s'agit seulement d'un acteur affublé d'une fausse barbe !

J'éclatai de rire à la lecture du message, imaginant tous les enfants réclamer le *vrai* père Noël – enfin, ceux capables de lire le panneau, du moins avant qu'il soit retiré, ce qui était en définitive assez improbable...

Peu importait. Seule comptait la beauté du geste. En outre, je trouvais les mots de Lila particulièrement drôles.

Cette dernière pouffa à son tour, partageant mon hilarité. Puis les rires se propagèrent à l'ensemble de la bande. La jeune fille aux cheveux mauves posa les mains sur ses hanches, faisant mine de réfléchir à un nouveau mauvais coup. Elle dégaina ensuite une bombe de peinture de la poche de son manteau à boucles et clous métalliques. Avec, elle inscrivit directement sur le décor, juste derrière le grand fauteuil :

Le véritable père Noël soutient les Gilets Jaunes !

Elle ajouta de l'autre côté :

Le véritable père Noël déteste le capitalisme !

Et, pour faire bonne mesure, elle grimpa sur l'espèce de trône en faux bois afin d'inscrire au-dessus de la pancarte le « A » des anarchistes.

Tout le groupe l'acclama, à l'exception de Fat Joe. Ce dernier – indéniablement plus âgé que les autres – se contenta d'un soupir de lassitude, se passant la main sur les yeux d'un geste désabusé.

— On avait dit pas de tags, Lila...

— Ouais, ouais, marmonna-t-elle en rempochant la bombe de peinture, avant de descendre de son perchoir.

— Allez, les enfants, ça va comme ça les conneries, sermonna de nouveau Fat Joe. On lève le camp avant d'être repérés. Nous avons des pères Noël à relâcher maintenant !

— Tu n'as qu'à venir avec nous, me proposa Lila. Il reste une place. Nous te déposerons à ta voiture au retour, quand nous aurons terminé.

J'étais très curieuse de découvrir en quoi consistait exactement la « libération » de nos otages à barbe blanche. Aussi m'empressai-je d'accepter.

Le trajet en compagnie de Fat Joe – au volant du véhicule – et de Lila – à côté de qui j'étais assise – me permit de faire plus ample connaissance avec eux. Lui avait récemment ouvert son propre salon de tatouage en banlieue, tandis qu'elle venait d'être licenciée de son emploi de serveuse dans un de ces nouveaux fast-foods branchés de la capitale. Lila avait apparemment pris la défense d'une collègue que le chef de salle harcelait, et cela s'était mal terminé...

— Tu ne sais jamais quand il faut la fermer, lui reprocha Fat Joe à l'issue de son récit.

— C'est sûr, mieux vaut rester sans réagir quand une pauvre fille se retrouve à pleurer tous les jours, cachée dans les toilettes, parce que son connard de supérieur l'a prise comme tête de Turc !

— Ce n'est pas ce que j'ai dit, rectifia-t-il. Seulement, c'est le quatrième job d'où tu te fais virer en moins d'un an. Et ça, ça craint sur un CV...

— Moi, je crois surtout que tu as peur de me voir revenir squatter ton canapé.

— N'importe quoi ! Ce n'est pas le problème, tu sais que tu es toujours la bienvenue, petite idiote.

— Hum... et... et sinon, intervins-je tout à trac, tentant plus ou moins habilement de changer de sujet, comment vous est donc venue l'idée de créer le Cercle des Pères Noël Disparus ?

Lila pivota dans ma direction, et son petit sourire facétieux revint aussitôt éclairer son visage.

— Tu te souviens de ce mouvement totalement improbable durant les années 1990, le front de Libération des Nains de Jardin ?

— Euh, pas vraiment, non. Je ne crois pas en avoir jamais entendu parler.

— C'est normal, tu es trop jeune, observa Fat Joe.

Sans doute était-ce la raison de mon ignorance quant à cette histoire, toutefois il me semblait que Lila n'était guère plus âgée que moi...

— On voulait mener des actions anti-Noël, reprit Lila. Mais on souhaitait avant tout faire quelque chose de fun, qui provoquerait le rire plutôt que la colère et l'animosité, comme cela aurait été le cas avec de simples protestations contre les fêtes de fin d'année. Alors, on s'est inspirés des procédés de ce groupe...

J'aurais bien aimé en apprendre davantage, mais Fat Joe arrêta la camionnette sur le bas-côté d'une route déserte, encadrée de part et d'autre par une épaisse forêt. Tout près, un étroit chemin de terre s'enfonçait entre les arbres. Quelques secondes plus tard, une voiture bleue nuit se gara derrière nous. Loris, Maëlle et Nicolas en sortirent, et nous récupérâmes les pères Noël volés. Chargés de notre précieux butin du jour, nous nous enfonçâmes alors ensemble dans les bois, tandis que les ombres de la nuit se dissipaient peu à peu alentour.

Après une dizaine de minutes de marche intensive, Maëlle s'interrompit et pointa l'index vers un arbre marqué d'une trace de peinture rouge.

— C'est juste ici, indiqua-t-elle. Nous avons préparé l'abri hier. Tout devrait être encore en place.

Entre deux chênes se trouvait une cabane réalisée avec quelques planches et des branchages. À l'intérieur, un carton retourné faisait office de table. Une bouteille de vin trônait en son centre, entourée de quelques verres, de manière à planter le décor. Comprenant en quoi consistait l'opération, j'aidai Lila et Nicolas à disposer les personnages dans le petit espace couvert, tâchant de simuler une scène de détente entre pères Noël fraîchement libérés.

Une fois que ce fut fait, Lila apporta sa touche personnelle en dessinant à l'aide de sa bombe de peinture le symbole anarchiste sur la planche du fond. Puis Nicolas filma l'insolite scénographie ainsi créée.

Aussi interloquée qu'amusée, je m'enquis :

— Vous faites ça chaque fois ?

— Bien sûr, acquiesça Maëlle. Les gens doivent pouvoir récupérer leur matériel en bon état, sinon ce ne serait pas drôle.

— Et puis, il faut bien que ces pauvres bonhommes profitent un peu des petites vacances qu'on leur offre, renchérit Lila dans un haussement de sourcils malicieux.

— Et voilà, mission accomplie ! s'exclama Nicolas en sortant de la cabane.

— Encore un coup de maître du Cercle des Pères Noël Disparus ! se félicita Maëlle. Bon, on remet ça quand ? Vous avez de nouvelles idées ?

— Eh bien, en ce qui me concerne, je ne suis pas sûre d'être disponible ces prochains jours, rétorqua Lila en se frottant la nuque, le nez froncé d'embarras.

— Oh, alors tu as décidé d'aller en Bretagne, finalement ? s'étonna Fat Joe, comme si le sujet était particulièrement sensible.

— Je ne sais pas trop. J'y réfléchis encore, à vrai dire...

— Et si nous allions tous prendre un verre, en attendant ? proposa Maëlle. Vous n'avez qu'à venir chez moi, je n'habite pas très loin d'ici.

L'espace d'un instant, je paniquai. Ne faisant pas partie de leur bande, je n'étais sans doute pas vraiment conviée. Or, je ne pouvais partir de mon côté, ma voiture étant restée stationnée à La Défense. J'allais devoir m'imposer et je détestais cette idée...

De nouveau, j'eus la désagréable impression de ne pas être à ma place.

Lila me surprit lorsqu'elle passa un bras amical autour de mes épaules.

— J'espère que tu n'as rien de prévu, ce matin, déclara-t-elle, me rassérénant immédiatement. Ce serait vraiment chouette que tu restes encore un peu avec nous.

4

Les discussions s'enchaînèrent à bâtons rompus, et nous demeurâmes chez Maëlle jusqu'à midi passé. Les autres connaissaient ces histoires, mais pour moi, chacun raconta ce qui l'avait conduit à détester Noël.

Loris avait beaucoup de problèmes avec ses proches depuis qu'il leur avait avoué qu'il était gay, et il évitait autant que possible toute réunion de famille. Maëlle était végétarienne et ne supportait plus d'entendre sa mère et ses tantes lui répéter chaque année qu'elle était pénible avec ses exigences alimentaires, qu'il était trop compliqué de lui prévoir un menu particulier lors de ces interminables repas. Nicolas avait à peine 18 ans lorsqu'il avait été mis à la porte de chez lui, en décembre, à la suite d'une grosse dispute avec ses parents. Fat Joe avait été un enfant de la DDASS et avait grandi ballotté de foyer en foyer jusqu'à l'âge adulte. Pour lui, qui était orphelin, Noël était un moment particulièrement douloureux. Lila, quant à elle, était fâchée avec sa mère et son beau-père et ne les avait pas revus depuis qu'elle avait quitté le domicile familial, six ans plus tôt, afin de s'installer à Paris avec son petit ami de l'époque.

Puisque tous s'étaient livrés sans rechigner et avec honnêteté, je détaillai à mon tour les raisons de mon aversion pour Noël. Je me surpris même à évoquer ma grand-mère et le vide que son décès avait laissé en moi, lequel se faisait plus intense à chaque réveillon passé sans elle...

Les autres m'écoutèrent avec attention et aucun d'entre eux ne se permit la moindre réflexion quant à mon récit, pourtant bien moins dramatique que la plupart de ceux précédemment exposés.

Loris devant retrouver son petit ami pour le déjeuner, nous nous séparâmes là-dessus – non sans que tous m'aient réclamé au préalable mon numéro de téléphone. Cependant, dans la mesure où Lila n'était pas sûre de pouvoir participer de nouveau, il fut décidé que le coup du matin serait le dernier de l'année.

Fat Joe me reconduisit à ma voiture en compagnie de Lila, et je retrouvai bien trop rapidement à mon goût la solitude et la monotonie de mon appartement. J'avais toutefois la sensation d'être un tout petit peu moins isolée qu'auparavant. Comme si quelque chose de significatif avait changé dans ma vie. Ce sentiment était aussi idiot qu'illusoire, mais j'avais beau tâcher de me raisonner afin de ne pas m'emballer, cela persistait...

En réalité, j'ignorais sur quoi pourraient bien déboucher ces nouvelles relations, si nous nous reverrions véritablement, ainsi que nous en étions convenus. Mais j'avais l'impression d'avoir intégré un groupe. En moi enflait l'espoir naissant d'amitiés sincères...

Le soir, je dus d'ailleurs me retenir d'écrire à Lila, Maëlle ou Loris, ayant à cœur de ne pas me montrer trop pressante et envahissante.

Puis, le lendemain, alors que je m'apprêtais à lancer un film sur Netflix pour occuper mon après-midi, j'eus la surprise de recevoir un SMS de la part de Lila. Elle me demandait si j'étais partante pour venir prendre un pot avec elle dans son salon de thé préféré.

J'étais un peu étonnée qu'elle soit du genre à fréquenter ce type d'établissements – plutôt désuets à mon sens. Je m'empressai néanmoins d'accepter sa proposition, heureuse d'avoir tout à coup quelque chose de prévu un dimanche – quand, d'ordinaire, je passais ce jour seule dans mon salon.

Moins d'une heure plus tard, j'arrivai à l'adresse indiquée, m'arrêtant un instant devant la porte du salon de thé pour jeter un coup d'œil à travers la vitrine. L'endroit était plein à craquer, très prisé des connaisseurs, manifestement. Je repérai presque aussitôt les cheveux mauves de Lila, assise seule à une table pour deux.

Je poussai la porte et la rejoignis, ne pouvant m'empêcher d'admirer au passage la décoration de la salle, évoquant un mélange étrange entre *Alice au pays des merveilles* et *Harry Potter*.

— C'est cool d'être venue, commença Lila, se levant pour me faire la bise.

— Je suis ravie de te revoir. Et puis, je ne faisais rien de spécial, je suis assez casanière le week-end, en général.

Quel euphémisme ! Dire que j'étais encore plus pantouflarde que le petit vieux résidant au-dessus de mon appartement aurait été nettement plus honnête.

Contrairement à elle, qui devait être de toutes les fêtes et autres sorties...

Durant un instant, je me demandai si, au final, nous avions quoi que ce soit en commun. Après tout, Lila semblait avoir une ribambelle d'amis, affichait un look punk complètement opposé au mien et aimait tagger des messages anarchistes un peu partout... Qu'est-ce qu'une fille comme elle pouvait bien avoir à partager avec quelqu'un d'aussi vieux jeux, fade et insipide que moi ?

— Si tu aimes le chocolat chaud, tu te rendras vite compte que ça valait le déplacement, assura-t-elle en se rasseyant. Celui qu'ils servent ici est juste à tomber...

Elle ferma les paupières, affectant l'extase, pour appuyer son propos.

Ravie de nous découvrir un penchant gourmand identique, je confirmai :

— J'adore le chocolat sous toutes ses formes.

— Alors tu es indéniablement au bon endroit ! Mate un peu ça.

Elle fit glisser une carte sur la table dans ma direction. Je l'ouvris et clignai les yeux face à toutes les déclinaisons de boissons chaudes proposées.

Parcourant la liste, je hasardai :

— Au fait, je me demandais : *Lila*, c'est un pseudo, non ?

— Bien vu. Mais ne compte pas sur moi pour te donner mon nom de baptême. Si jamais un jour, par inadvertance, je te lâchais l'info, je me verrais aussitôt dans l'obligation de te descendre. Et aucune de nous deux ne souhaite ça...

Elle rit de sa propre plaisanterie et je l'imitai, aussi hilare que déconcertée par son humour.

— En vérité, mon prénom est affreux, justifia-t-elle ensuite, fronçant le nez de dégoût. C'est trop la honte. Mes parents ont vraiment déconné. Je crois que je leur en voudrai toute ma vie pour les moqueries que j'ai subies à l'école...

— C'est si horrible ?

— Pire encore...

— Hmm, laisse-moi deviner, tu t'appelles Janine ?

Lila éclata de rire et je l'imitai.

— Et puis quoi encore !

— Alors ce doit être Georgette ? essayai-je derechef, avant de me lancer dans une énumération de tous les prénoms les plus vieillots et laids que je connaissais : Germaine ? Marcelle ? Simone ? Lucienne ? Josiane ? Henriette ?

— J'espère que personne n'ose plus filer ces noms moisis à leurs pauvres gosses ! Mais non, perdu. Ce n'est aucun de ceux-là et, de toute façon, il n'y a pas moyen, je ne te le dirai pas.

Comme le serveur se dirigeait vers notre table, son carnet de commandes à la main, je dus m'avouer vaincue. Lila opta pour un chocolat viennois nommé « Douceur d'Hiver », aux saveurs extrêmement prometteuses de pain d'épices et de caramel, et je pris le même, ne sachant trop quoi choisir dans cette vaste carte.

— Je t'avais prévenue, lança-t-elle en me voyant écarquiller les yeux à l'arrivée de nos boissons. Ici, c'est du sérieux. On n'est pas là pour amuser la galerie, ma belle !

À l'aide d'une longue cuillère, je piochai dans la chantilly surplombant l'épais liquide brun, enfournai la crème dans ma bouche et fermai les paupières de délice.

— S'il y avait une seule chose que je devais sauver dans Noël, c'est bien ça, avoua Lila : le chocolat...

— Ma famille n'est pas très sucreries de ce genre. Chez nous, c'est plutôt bûche aux parfums et à l'architecture improbables. Quand je pense qu'avant on préparait des tonnes de truffes et de pâtes de fruits avec ma grand-mère et que tout le monde s'en satisfaisait...

— Tu avais quel âge quand elle vous a quittés ? s'enquit Lila, adoptant tout à coup un ton plus doux.

— 12 ans. À l'époque, j'adorais les fêtes de fin d'année... J'étais aussi nettement plus proche de mes frères et j'avais encore des choses en commun avec mes cousines.

Tout à coup, je me rendis compte que je venais de casser l'ambiance en me laissant ainsi aller à la confidence. D'ordinaire, je n'exposais pas ma vie et mes états d'âme aussi facilement...

À bien y réfléchir, je ne le faisais jamais. Plus depuis des années...

Autrefois, durant la période du collège et du lycée, j'avais bien quelques amies à qui il m'arrivait de parler à cœur ouvert. Mais nous nous étions peu à peu perdues de vue, et je n'avais guère réussi à leur trouver de remplaçantes dignes de ce nom dans les diverses écoles supérieures que j'avais depuis fréquentées.

— Enfin bref, peu importe, m'efforçai-je de conclure. Nous ne sommes pas là pour ça. Nous avons amplement fait le tour du sujet hier.

— Ben, c'est quand même ce qui nous a réunis à la base, non ? Tu sais, notre petite bande n'est constituée que de personnes souffrant de solitude, pour qui ce sentiment est plus douloureux encore au moment de Noël. C'est pour ça que nous avons décidé de nous lancer dans ces opérations complètement loufoques de libération de pères Noël. Afin de lutter, de faire front commun contre notre mélancolie et d'avoir une raison de nous amuser malgré tout, mais d'une manière différente.

— Et c'était une super idée, approuvai-je.

En vérité, moi aussi, cette escapade anti-Noël m'avait aidée à combattre la triste monotonie de mon quotidien le temps d'une journée.

— Que veux-tu, sous mes airs de paumée mal dégrossie se cache en fait un véritable génie, ricana-t-elle en redressant fièrement le menton. C'est seulement dommage que tu aies intégré la bande sur le tard. C'était la première fois, cette année, que nous tentions un truc pareil, mais je pense que nous remettrons ça en 2020. J'espère que tu seras toujours partante d'ici là...

Difficile de se projeter aussi loin en compagnie de personnes que je n'avais rencontrées que l'avant-veille. Pourtant, je m'entendis répondre avec une assurance qui me scotcha moi-même :

— Évidemment, je ne manquerai ça pour rien au monde.

Un sourire complice éclaira le visage aux traits gracieux de Lila. Sa chaleur et son entrain étaient extrêmement communicatifs. J'eus alors le brusque et rare sentiment d'être en phase avec quelqu'un. Si bien que – sans trop savoir comment j'en étais arrivée là – je me retrouvai quelques minutes plus tard à lui faire le récit détaillé de l'abominable situation dans laquelle je m'étais fourrée avec mes mensonges et mes plans de parodie de couple heureux et stable...

— Attends, tu ne peux quand même pas faire ça, décréta-t-elle après m'avoir écoutée, une moue outrée aux lèvres. Sans déconner, il n'y a aucune honte à être célibataire. Pourquoi tu flippes à ce point à la perspective que ta famille apprenne ta rupture avec ce connard ? Ils devraient savoir qu'il t'a fait souffrir, que ça fait douze mois que tu essaies de te remettre de tes blessures que votre séparation t'a causées.

— C'est... C'est compliqué... En fait, j'ai l'impression de n'exister pour mes proches qu'à travers le couple que je formais avec Maxence. C'est comme si, depuis toutes ces années, c'était devenu ce qui me définissait, voire mon seul véritable intérêt à leurs yeux. À vrai dire, c'est comme si c'était même l'unique chose qui rendait mes parents – enfin ma mère, plus précisément – fiers de moi...

— Waouh, eh ben, c'est plus être vieux jeu, à ce niveau-là. C'est carrément le Moyen Âge, chez toi...

Je haussai les épaules, ne pouvant réellement la contredire sur ce point.

— Ça craint, ajouta-t-elle avec une grimace de dépit. Si tu veux mon avis, tu devrais tout bonnement planter ces nazes et leur pince-fesses à la con.

Honnêtement, j'en crevais d'envie. Mais cela aurait été manquer de respect à mes parents, qui se donnaient tant de mal chaque année pour tous nous réunir en grande pompe, l'espace de quelques jours. Cela aurait été beaucoup trop égoïste également. Il s'agissait de mes proches, après tout...

— C'est plus facile à dire qu'à faire, soufflai-je de dépit.

— Pourquoi refuser de se plier à une tradition familiale stupide, qui en plus t'est néfaste, serait difficile ? résuma-t-elle simplement.

Je baissai les yeux sur l'immense coupe vide devant moi. Lila n'avait sans doute pas complètement tort. Peut-être n'y avait-il qu'à franchir le pas ? Mais le problème se situait ailleurs : je détestais contrarier les autres. En fait, j'avais même une peur panique du conflit. Comment, dans ce cas, parvenir à rompre avec des conventions familiales qui, pourtant, m'insupportaient de plus en plus ?

— À la place, tu n'as qu'à venir en Bretagne avec moi, proposa-t-elle d'un ton soudain enjoué. Alors, bon, je n'ai pas vu ma mère et mon abruti de beau-père depuis des années, mais je suis à peu près certaine qu'ils ne nous serviront pas de bûche Pierre Hermé à la structure façon palais de Versailles...

Je secouai la tête, amusée par sa réflexion, mais également interloquée par son offre. Était-elle sérieuse ou ne s'agissait-il que d'une autre de ses plaisanteries ? Nous nous connaissions depuis trop peu de temps pour prévoir de passer Noël ensemble, non ?

Enfin, cela n'avait pas vraiment d'importance. Ce n'était pas comme si je pouvais me permettre d'accepter et prendre ainsi le risque de m'attirer les foudres de toute une famille mécontente. J'étais à mille lieues de posséder le cran de Lila...

Je saisis l'opportunité et rebondis sur le sujet, rappelant les paroles que cette dernière avait eues l'avant-veille pour évoquer sa propre situation :

— Je croyais que tu ne t'étais pas encore décidée, que tu ne savais pas si tu irais voir ta mère ou non.

— Ouais, c'est vrai, mais elle insiste tellement... Elle prétend que cette année est spéciale et qu'il est extrêmement important que nous passions ce moment ensemble. Avant, j'avoue, je l'envoyais systématiquement bouler. Mais je ne sais pas, cette fois, à force qu'elle me bassine comme ça, je vais finir par céder, je pense...

— Tu n'as pas précisé, samedi dernier, quel était le motif de cette fameuse dispute entre ta famille et toi...

J'ignorais si ma question était indiscrète ou non. Il était difficile de déterminer à quel degré se situait notre toute récente amitié.

Elle passa la main dans ses cheveux aux tons pastel et laissa échapper un soupir triste.

— Je ne me suis jamais entendue avec le crétin que ma mère a épousé. Elle l'a rencontré seulement deux ans après le décès de mon père, et il s'est incrusté dans notre vie comme si rien n'était plus naturel. Du jour au lendemain, ce connard s'est installé chez nous et a cru pouvoir tout régenter. J'avais à peine 15 ans, et lui estimait légitime de me dire qui j'avais le droit de fréquenter ou non, de décréter les horaires que je devais respecter, de vérifier mes devoirs et de me punir quand il jugeait que c'était nécessaire. En bref, il se prenait pour mon père, et ma mère le laissait faire. Autant te dire que j'ai pris un malin plaisir à donner du fil à retordre à ce bouffon. Je me suis mise à traîner avec les pires cas sociaux du coin, à fumer de la beuh à tout va, à fuguer régulièrement, à piquer un tas de trucs dans les magasins, tout ça juste pour l'emmerder. Durant des années, ça a été hyper tendu entre nous. Mais le point de non-retour a été atteint quand, à 18 ans, j'ai voulu partir m'installer avec mon mec de l'époque à Paname. Là, mon enfoiré de beau-père m'a carrément dit que si je quittais la maison je n'aurais plus jamais le droit d'y revenir et que je pouvais faire une croix sur les études.

Lila arqua un sourcil et croisa les bras avec un air de défi, coutumier chez elle. Son récit ne me surprenait pas vraiment, je n'avais aucun mal à imaginer la jeune délinquante qu'elle avait dû être...

— Bah, du coup, je l'ai pris au mot, conclut-elle. Je ne suis jamais rentrée. Le type que j'avais suivi m'a jetée comme une merde seulement deux mois après mon emménagement chez lui. Je me suis retrouvée seule à Paris, sans rien, et j'ai dû me démerder. Depuis cette dispute, je n'ai plus parlé à ma mère que par téléphone. Mon beau-père a bien essayé plusieurs fois de me présenter ses excuses, mais il n'y a pas moyen que je l'écoute débiter ses conneries. Je suis plutôt du genre butée, tu vois...

En effet, on pouvait le dire. Lila était décidément mon opposé. Je ne savais pas rester fâchée contre quelqu'un, encore moins lorsque la personne en question cherchait à se faire pardonner. Peut-être qu'entre ma faiblesse de caractère et son entêtement à toute épreuve existait un juste milieu, un équilibre que nous pourrions nous apporter l'une à l'autre ?

— Tu devrais vraiment accepter la proposition de ta mère, cette année, l'incitai-je. Tu n'es plus cette ado révoltée, de l'eau a coulé sous les ponts depuis cette époque. Ce serait trop bête de laisser ton beau-père t'éloigner plus longtemps de ta famille, tu ne crois pas ?

— Tu sais quoi, la belle ? lança-t-elle en plissant les yeux de provocation. J'ai un marché pour toi : je n'irai en Bretagne pour ces maudites fêtes que si tu dis merde à tes parents, et qu'au lieu d'aller te geler les miches sur des skis à Courchevel, tu viens avec moi pour cette année.

Donc Lila était bel et bien sérieuse...

— En gros, je te conseille de te réconcilier avec tes proches, et toi, tu me recommandes de prendre mes distances avec les miens ?

J'avais conscience que je n'aurais jamais le cran de faire ce qu'elle attendait, mais je ne pouvais malgré tout m'empêcher d'envisager sa proposition.

— Les membres de ta famille ne sont pas forcément des *proches*, tu sais. D'ailleurs, si ces derniers te font te sentir encore plus seule que d'ordinaire, alors ils ne méritent clairement pas ce statut. Toutes les traditions ne sont pas nécessairement bonnes non plus. Si participer à cette sauterie annuelle t'emmerde au point de devoir supplier ton ex de t'aider à endurer ce supplice, c'est qu'il y a un vrai souci.

Confuse, je remuais mécaniquement la cuillère dans la coupe au bord maculé de traces de chocolat.

— Est-ce que je peux y réfléchir ? demandai-je, de plus en plus hésitante.

— Je dois être à Rennes le 24 au soir, pour le réveillon. Tu as donc jusqu'au jeudi 23 minuit pour me donner ta réponse.

Elle appuya son ultimatum d'un clin d'œil malicieux et je fus encore plus perdue.

Comment se faisait-il que la perspective de passer Noël chez de parfaits inconnus – aux rapports manifestement hautement dysfonctionnels et conflictuels –, en compagnie d'une jeune femme rencontrée seulement deux jours plus tôt, me tentait davantage que celle de passer ces fêtes dans ma propre famille ? Comment était-il possible que je me sente moins gênée à l'idée de m'imposer au repas organisé par la mère de Lila que d'annoncer à mes proches que j'étais célibataire ?

Cette dernière avait définitivement raison : quelque chose clochait chez moi.

5

Je passai la semaine enfermée dans mon appartement, à bosser mes cours – comme je l'avais initialement prévu –, la proposition de Lila tournant en boucle dans mon esprit.

Elle m'envoya plusieurs SMS durant ces quelques jours, et je m'empressai chaque fois d'y répondre, même si cela me faisait perdre le fil de mes révisions. Plus les heures s'égrenaient, tandis que je planchais sur ces livres barbants, plus je guettais ses messages et plus j'avais envie d'accepter de me joindre à elle – et plus, également, je me rendais compte de mon profond désintérêt pour ces matières que j'étais censée étudier...

Une éternité semblait s'être écoulée depuis notre entrevue du dimanche lorsque, enfin, le soir du jeudi 23 décembre arriva.

Et j'ignorais toujours quoi faire...

J'étais encore assise à mon bureau, mon PC ouvert sur une page de cours, quand mon téléphone s'alluma, affichant un appel de ma mère. Une vague de panique déferla en moi. C'était le moment de se décider une bonne fois pour toutes...

— Bonjour, maman, lançai-je après avoir décroché.

— Comment vas-tu, Armance ? commença-t-elle, avant d'enchaîner, sans même me laisser le loisir de répondre : Tes affaires pour Courchevel sont-elles prêtes ? Oh, surtout, n'apporte pas cette affreuse robe rose, tu as l'air d'un bonbon dedans. Prends plutôt celle en velours noir, je sais que Maxence l'aime beaucoup, lui aussi.

— Finalement, je ne viendrai pas, m'entendis-je décréter, abasourdie par ma propre fermeté. Maxence non plus, d'ailleurs. Je ne t'en avais pas parlé, mais en fait, il m'a larguée il y a maintenant un an. Une amie m'a invitée à passer les fêtes avec elle, et elle a besoin que je sois à ses côtés, donc je vais l'accompagner. Et moi, je l'adore, cette robe rose...

— Armance, tu... tu te moques de moi, n'est-ce pas ? Il est hors de question que tu ne sois pas avec tes parents pour Noël. Tu ne vas pas encore faire de vagues cette année ! Et comment ça, tu as rompu avec Maxence ? Je ne peux pas le croire...

— Il faudra bien. Bon, je te laisse, j'ai des choses à faire.

— Armance, je t'interdis de...

Je coupai la communication, ne lui laissant guère davantage le temps de me sermonner. Elle me rappela aussitôt, mais je décidai de l'ignorer. Je savais déjà ce qu'elle allait me dire. Elle s'emploierait par tous les moyens à me convaincre de renoncer à mes plans pour me ranger aux siens, tout en me rebattant les oreilles des possibles erreurs que j'avais commises, selon elle, avec Maxence. Il n'y avait pas moyen, je refusais d'écouter cela...

À la place, j'envoyai un SMS à Lila pour lui annoncer que j'acceptais son marché. Sa réponse ne se fit guère attendre : quelques secondes plus tard, je reçus un nouveau message regorgeant d'emojis à la mine réjouie. Puis un autre, dans lequel elle me demandait mon adresse, m'avertissant qu'elle viendrait me chercher en voiture le lendemain dès 8 h 30. Le but de ce départ matinal était d'arriver à Rennes pour le déjeuner, afin de profiter de la journée pour faire ensemble le tour de sa ville natale, avant de se rendre chez sa mère le soir venu.

Après avoir répondu que cela me convenait, averti Maxence par texto de l'annulation de nos plans et constaté que j'avais déjà sept appels en absence de ma mère plus un message vocal, j'éteignis carrément mon smartphone.

Pour la première fois depuis des années, je me sentais libre. Je me sentais moi-même...

J'étais cette fille qui n'aimait pas Noël – à moins que ce ne soit plutôt le fait de le passer avec une famille telle que la mienne. Cette fille qui venait de tenir tête à sa mère pour satisfaire ses propres envies, plutôt que les exigences de cette dernière, et qui avait désormais pour amie une punk au pseudonyme assorti à la couleur de ses cheveux.

Lila avait raison, en fin de compte : refuser de se conformer aux desiderata que tentaient de vous imposer les autres n'était pas si difficile. Il suffisait de le décider, et surtout, de s'y tenir...

Lila et moi prîmes la route ensemble comme prévu le lendemain matin. Sa voiture était hors d'âge et pas particulièrement bien entretenue – des paquets de cigarettes et de gâteaux vides traînaient un peu partout sur le sol et le tableau de bord –, néanmoins, je m'y sentis tout de suite à l'aise. Durant le trajet, nous écoutâmes ses playlists – soit essentiellement du métal et du punk-rock – et discutâmes de tout et de rien, comme si nous nous connaissions depuis des années.

J'aimais vraiment le lien qui se formait entre nous, simple et sans faux-semblant. Jamais elle ne me jugeait ou ne me donnait l'impression de me trouver coincée, insipide ou trop réservée. Elle me prenait comme j'étais, et je faisais de même.

Une fois arrivée à Rennes, Lila me conduisit dans son restaurant favori, où nous savourâmes de délicieux sushis. Après quoi, elle me fit découvrir les endroits qu'elle aimait le plus, me racontant des tas d'anecdotes rocambolesques sur son enfance, tout en me posant des questions sur la mienne – nettement plus sage, cela allait sans dire... Je me surpris à rire aussi fort qu'elle à de nombreuses reprises, éprouvant de moins en moins d'embarras à mesure que les heures défilaient.

Lorsque la nuit tomba, l'enthousiasme exalté de Lila s'essouffla, et ses traits s'assombrirent progressivement.

— Ta mère n'est pas trop contrariée de devoir recevoir chez elle une totale inconnue ? m'enquis-je en montant dans la Renault R5 à la peinture défraîchie, tandis qu'elle s'installait au volant.

— Oh non, t'inquiète pas. Au contraire, elle est ravie que je lui présente une de mes amies.

Entendre confirmer que c'était bien là ce que nous étions me fit chaud au cœur. C'était sans doute un peu idiot, mais cela faisait si longtemps que je n'en avais pas eu de véritable...

— En plus, tu sais, elle tient un restaurant, donc cuisiner pour des gens qu'elle ne connaît pas, c'est son kiffe dans la vie, ajouta Lila dans un sourire qui ne monta pas jusqu'à ses yeux.

— Haut les cœurs ! lui répondis-je en posant une main sur la sienne, encore au-dessus du levier de vitesse. Tout se passera bien, j'en suis sûre.

Malgré sa tristesse et son angoisse évidentes, Lila me sourit.

— Je ne te remercierai jamais assez d'avoir accepté de venir. J'avais vraiment besoin de soutien. Tu sais, revenir dans cette maison où j'ai passé mon enfance, puis où j'ai vécu des moments si difficiles après la mort de mon père, c'est l'horreur pour moi... Noël, c'est trop de la merde...

— Pas celui-ci, promis-je spontanément, sans réellement savoir ce qui me permettait d'affirmer une telle chose. Tu verras. On va traverser ça ensemble, et ensuite, tout ira mieux. Et si jamais on trouve un autre de ces pauvres pères Noël chez ta mère, on l'embarque direct avec nous !

Lila hocha la tête avec un sourire complice, l'air rasséréné, puis elle démarra.

Nous nous garâmes devant un pavillon de banlieue presque identique à tous les autres de ce quartier résidentiel et descendîmes pour récupérer nos bagages dans le coffre. La maison était entourée d'un petit jardin à la pelouse et aux haies parfaitement taillées, pas un gravillon ne dépassait de l'allée.

À peine avions-nous atteint le portail qu'une femme d'une cinquantaine d'années ouvrait la porte d'entrée, s'empressant de nous rejoindre. Elle courut vers Lila, des larmes plein les yeux, et lui sauta au cou.

— Maman..., soupira Lila, entre malaise et émotion. Je ne suis pas toute seule, je te rappelle...

— Je sais, ma puce, marmonna la femme aux cheveux blonds, avant de planter plusieurs énergiques baisers sur la joue de sa fille. Mais je suis tellement heureuse de te revoir...

Elle finit par s'écarter pour se tourner dans ma direction.

— Pardon, tu es Armance, c'est ça ? Moi, c'est Nicole.

— Merci beaucoup de me recevoir, je suis vraiment ravie de faire votre connaissance.

Je lui tendis poliment la main, mais elle l'ignora pour m'embrasser chaleureusement.

— C'est avec plaisir, assura-t-elle. Allez, venez vite à l'intérieur, David a fait du feu dans la cheminée.

Lila leva les yeux au ciel, déjà agacée par son beau-père apparemment.

Nicole nous conduisit d'abord jusqu'à l'ancienne chambre de sa fille – pleine de posters de rock et de citations écrites au feutre à même les murs – où nous déposâmes nos sacs de voyage. Puis nous rejoignîmes le séjour, où David terminait de mettre le couvert.

— Ah, enfin te voilà, commença-t-il avec un sourire hésitant, se dirigeant vers Lila en tendant les bras.

— David, articula-t-elle froidement, interrompant sa tentative d'accolade en lui présentant sa main.

Il la serra d'un air gêné, puis se hâta de pivoter dans ma direction. Il se présenta avec timidité, le malaise ayant déjà envahi l'atmosphère.

— Et si nous prenions l'apéritif ? intervint Nicole. Armance, qu'aimerais-tu boire ?

Le dîner se passa sans nouvel accroc. David demeura en retrait, ne prenant que peu la parole, mais Nicole se chargea d'entretenir la conversation. Au milieu du repas, l'ambiance était suffisamment détendue pour qu'elle me fasse le récit de toutes les bêtises d'enfance de Lila – omettant bien sûr d'évoquer celles de son adolescence, nettement plus problématiques –, suscitant les rires de toute l'assemblée.

Nous en étions au dessert lorsque Lila commença à parler de son quotidien parisien durant ces dernières années passées loin de son premier foyer.

— Lila, écoute, se lança abruptement David, alors que nous terminions tout juste nos parts de bûche glacée au chocolat. Il faut vraiment que tu saches que je suis désolé de t'avoir mené la vie aussi dure lorsque tu vivais ici.

— C'est bon, je sais, rétorqua-t-elle un peu sèchement, détournant le regard pour observer le sapin qui clignotait au fond du salon. Inutile de revenir là-dessus.

— À cette époque, je pensais vraiment bien faire, insista-t-il néanmoins, l'air sincèrement navré. Je voulais ce qu'il y a de mieux pour toi, que tu aies de bonnes notes à l'école, que tu fasses de grandes études, enfin que... Tu sais, ton père était...

— Ne me parle pas de mon père ! s'exclama Lila, braquant soudain des yeux brillants de colère sur David. Tu en as encore moins le droit que nous ! Je croyais que personne, ici, ne devait jamais aborder le sujet, que c'était tabou.

— Mais enfin, pourquoi dis-tu une chose pareille ? s'étonna Nicole.

— Pourquoi ? s'écria Lila, perdant contenance. Bah, peut-être parce que depuis qu'il est mort tu t'es toujours employée à fuir toute conversation se rapportant à lui ? Peut-être parce que, du jour où on l'a enterré, tu as retiré de la maison toutes les photos sur lesquelles il apparaissait ? Ou encore, peut-être parce que, quand je te posais des questions sur lui, tu faisais semblant de ne pas comprendre pour mieux te défiler ? À ton avis, à 15 ans, qu'est-ce que je pouvais bien en conclure ?

— Oh, ma puce, marmonna Nicole en secouant la tête avec tristesse.

— Bon, ça va, j'en ai assez vu, conclut Lila en se levant d'un bond, manquant de peu faire basculer sa chaise. Viens, Armance, on se casse.

— Si ta maman a réagi de cette manière, c'est seulement parce que c'était trop dur pour elle de faire autrement, plaida David. Elle était incapable de croiser une photo de ton père sans craquer et pleurer pendant des jours entiers...

— Alors quoi, c'est toi qui lui as conseillé de faire comme s'il n'avait jamais existé ? s'emporta Lila en jetant sa serviette de table devant elle. Franchement, je ne sais pas ce qui est pire : ça ou avoir profité de ton taf d'infirmier pour séduire ma mère pendant que tu t'occupais de mon père qui était en train de crever sur son lit d'hôpital ?

— C'est complètement faux ! s'indigna tout à coup Nicole, les yeux embués de larmes. Comment as-tu pu croire quelque chose d'aussi ignoble ? David et moi n'avons commencé à nous fréquenter qu'un an et demi après le décès de ton papa. Je te le jure sur ce que j'ai de plus cher !

— Je te promets que c'est la vérité, confirma David.

Lila me jeta un coup d'œil perdu, et des larmes dévalèrent la pente de ses joues. Ne sachant quoi faire, je lui fis signe de se rasseoir, et elle s'exécuta, semblant aussi abattue que stupéfaite de ce qu'elle venait d'apprendre.

— Noëlle, ma chérie, si je tenais tant à ce que tu viennes pour ton anniversaire cette année, c'est parce que ton père voulait que nous t'offrions le restaurant pour tes 25 ans...

Lila s'essuya le visage d'une main nerveuse, puis balbutia :

— Attends... Quoi ?

— Je sais que tu rêvais d'ouvrir un jour un café en centre-ville, poursuivit Nicole. Si tu en as envie, tu pourras transformer l'établissement, te le réapproprier... ou le vendre et monter autre chose ailleurs si tu préfères. Enfin bref, ce sera à toi d'en décider. Je prends ma retraite. À partir de maintenant, le restaurant et tout ce qui s'y trouve sont à toi.

Il y eut un long silence, à la fois douloureux et songeur, tandis que Lila battait des paupières, totalement déstabilisée. Comme cela durait, que Nicole et David paraissaient trop troublés pour continuer, je finis par hasarder :

— Alors comme ça, ton vrai prénom c'est Noëlle ? Et aujourd'hui c'est le jour de ton anniversaire ?

Lila se tourna vers moi et, entre ses larmes, éclata brusquement de rire.

— N'est-ce pas le truc le plus con que tu aies jamais entendu ? Je suis née un 25 décembre, et mes parents ont cru marrant de se référer au calendrier pour me baptiser...

— Tu étais notre cadeau à l'un comme à l'autre, ma puce, expliqua Nicole. Et ton père adorait l'idée de te prénommer en l'honneur de cette fête qu'il aimait tant...

ÉPILOGUE

Un an plus tard.

Après avoir ajusté une dernière guirlande sur la devanture, je zigzaguai entre les tables pour rejoindre Lila, assise derrière le comptoir, occupée à parcourir notre livre de comptes. Elle ne leva le nez que lorsque je tendis le bras au-dessus de sa tête pour y déposer un bonnet de père Noël identique à celui que je portais.

— Sérieux ? Il faut vraiment que je mette ce truc ridicule ?

— Dis-toi que c'est pour l'ambiance du salon de thé. Tu sais bien que la plupart de nos clients adorent Noël…

— Bon, d'accord. Au fait, c'est toi qui as ajouté à la carte le chocolat chaud du moment, non ?

— Le « Douceurs de Noëlle » ? m'enquis-je, me trouvant particulièrement amusante. C'est ton préféré, saveurs pain d'épices et caramel…

Lila ne put réprimer une moue hilare.

— Il va cartonner, c'est obligé, me répondit-elle, ponctuant sa phrase d'un clin d'œil complice.

FANNY ANDRÉ

Du pain d'épices et des photos de famille

We keep this love in this photograph
We made these memories for ourselves
Where our eyes are never closing
Our hearts were never broken
Time's forever frozen still

Photograph, Ed SHEERAN et John MCDAID

« On garde cet amour dans une photographie
On crée ces souvenirs pour nous
Là où nos yeux ne se ferment jamais
Nos cœurs n'ont jamais été brisés
Et le temps est pour toujours gelé, immobile. »

1

Je me gare le long de la route ; ici, je ne dérangerai personne. Il fait froid, le temps sent peut-être même la neige, à moins que je ne me fasse des idées tant j'aimerais que ce soit vrai. Dans mon trench trop léger pour la saison, je contemple ma maison. *La* maison.

Le lieu qui m'a vue grandir, mes parents y ayant emménagé avant ma naissance. Quand on me dit le mot « maison », c'est cette image qui s'affiche dans ma tête. Un jour, je suppose qu'il y aura un autre chez-moi plus convaincant que l'appartement parisien trop petit que je loue actuellement.

Devant moi s'étend le jardin, qui m'est familier, même s'il était plus négligé dans le temps. À présent, pas une herbe ne dépasse. Les boiseries des fenêtres ont été repeintes, ma mère a choisi une teinte bleutée assez foncée. La couleur précédente faisait trop mas provençal à mon sens, je préfère donc celle-ci.

Dans une seconde, je vais rentrer. Il y aura ma tribu, ceux auprès de qui j'ai évolué. Ceux que je connais par cœur. De leurs rires à leurs plus horripilantes habitudes. Mon père, qui ne pensera jamais à éteindre aucune lumière, Rub, qui n'est qu'un idiot exagérant tout, ou

Raf, qui se comporte toujours en bourrin et vous laisse un bleu sans honte, car vous étiez dans le passage – selon lui !

— Tu prends racine ou tu attends le père Noël ?

Mes yeux se ferment. Dos à lui, je souris. La voix de Ruben est douce et basse ; c'est simple, on dirait qu'il a été aphone toute l'année. Je me tourne lentement pour lui faire face.

Ruben a déménagé à Londres ; il a fait plus fort que moi, en quittant la France. Il hésitait à revenir à Paris ou Lyon, puis a failli partir à Chicago pour son travail, mais on lui a finalement préféré un collègue ayant plus d'ancienneté. On a encore un doute quant à son prochain objectif, même si ça lui ressemble bien ; ses projets changent constamment, ce qui fait râler notre mère.

Son sourire est large, même le Joker l'admirerait, et ses yeux bruns pétillent. Il porte deux sachets en papier, et je devine qu'il s'est rendu à la boulangerie du village, qui se trouve à dix minutes à pied.

— Tu vas me faire un câlin ? C'est toi la fille, non ? Ne me force pas à faire le mec sentimental, ajoute-t-il en soupirant.

Et merde, il m'a eue. Les commissures de mes lèvres se lèvent malgré moi.

Mon triste sort depuis toujours : étant l'unique fille, je dois faire avec les blagues sur le sujet – à croire que c'est une engeance incompréhensible, vouée aux railleries douteuses.

— Allez, viens là !

On se prend dans les bras. Ruben est tactile, une sorte de Bisounours. Je m'en accommode plutôt facilement, même si je fais rarement le premier pas – contrairement à Raf, dernier membre de notre fratrie, qui déteste la moindre effusion de tendresse.

— Tu es arrivé quand de Londres ?

— Il y a deux jours. Je voulais venir tôt pour réclamer aux parents mes plats préférés. Ce coup-ci, je ne me ferai pas doubler par Raf.

J'éclate de rire. Rafael a un rapport à la nourriture qu'on pourrait qualifier d'obsessionnel.

Mon frère m'entraîne vers le pavillon, et on se chamaille pour passer la porte le premier. Il y a un aspect merveilleux au fait de se retrouver en famille : dans le monde, tout peut changer. Tout. Sauf *eux*. C'est un peu pour le pire et le meilleur : bien sûr, on aimerait voir certains défauts disparaître par magie, et en même temps, qui pourrait nier le côté rassurant des choses immuables ?

Quand je franchis le seuil, une odeur bien connue m'accueille. Je trépigne sur place : du pain d'épices ! Ma mère en fait à chaque Noël. Si je n'ai pas pu les rejoindre pour l'occasion – les deux années précédentes, par exemple –, elle m'en envoie par la Poste.

Dans l'entrée, j'inspire doucement, alors qu'à mes côtés Ruben beugle déjà :

— Maman ! Elle est arrivée !

Il m'abandonne après avoir balancé en vrac ses baskets dans le placard à chaussures, puis se dirige vers la cuisine avec son chargement.

— Ferme, sinon tu sais ce qui va se passer.

Très vrai : personne n'a intérêt à laisser entrer de courant d'air l'hiver, sous peine de voir ma frileuse de mère se mettre en colère. Je me déleste de mes vêtements d'extérieur, puis cherche dans le meuble mes chaussons. Bien que je n'habite plus ici depuis cinq ans, ils m'attendent encore sagement.

Enfin, je repère mes deux licornes et enfile ces doudous bariolés et increvables. Les chaussons de Raf, à l'effigie de Homer Simpson, sont dans un coin. Il n'y a que Ruben qui fait son rebelle, refusant d'en mettre. Pourtant, maman lui en a déjà acheté trois paires aux styles différents, qui prennent la poussière. Il a besoin d'être pieds nus, même par froid polaire, et aucun compromis n'est possible.

Sans réfléchir, je reprends mes habitudes et crie en émergeant de l'entrée :

— Raf arrive quand ?

— Pour dîner ! répond mon frère sur le même ton.

À croire que le fait que nous ayons 25 et 28 ans n'y change rien : dès qu'on est ici, on se comporte en gamins.

L'escalier tremble sous le pas de charge de ma mère, qui le descend à fond de train, faisant craquer les vieilles marches.

— Poussin !

Je lève les yeux au ciel, plus amusée qu'énervée ; je pense qu'elle continuera d'employer ce surnom quel que soit mon âge. Peu importe, c'est Noël, le ridicule avec les siens ne tue pas.

Parée de l'un des châles bariolés qu'elle a tricotés elle-même, celle qui m'a mise au monde – et ne manque jamais de me raconter ce glorieux moment – se jette sur moi, m'étouffant dans une étreinte que son mètre cinquante ne laisse pas présager. Son parfum m'enveloppe, presque trop – elle a toujours un peu abusé en la matière.

— Coucou, maman, je la salue, la serrant à mon tour contre moi.

— Je suis tellement heureuse ! Dès que Raf sera là, nous serons au complet !

Quand elle me relâche, je réalise enfin que quelque chose cloche.

— Où est passé Tolkien ?

Ma mère secoue la tête.

— Ce vieux nigaud a les pattes raides... Arthrite. Si tu veux le saluer, il va falloir aller le voir toi-même, il s'économise. On a installé son panier à côté de la cheminée. J'y amène le plateau du goûter ?

Pourquoi demande-t-elle ?

— Évidemment, quelle question !

Effectivement, je tombe sur Tolkien, allongé de tout son long près de l'âtre. Accroupie à ses côtés, je le caresse. Il ouvre les yeux, et sa queue se met à battre en cadence tandis que je lui gratouille l'oreille. Notre mascotte, un labrador de 15 ans – âge canonique vu sa race –, a pris un coup de vieux.

— Salut, Rowling, comment va ? je demande doucement.

Le rire de Ruben retentit derrière moi.

— Arrête un peu ! On a voté, c'est Raf et moi qui avions gagné.

Je hausse les épaules avant de rétorquer :

— Si papa n'avait pas été de votre côté, je suis sûre que maman aurait validé Rowling.

— Tu parles, elle voulait l'appeler Austen !

Ma mère arrive avec le plateau où trône une théière, que je n'ai jamais vue. Sa collection doit devenir impressionnante, à force. Il faudra que je pense à asticoter mon père à ce sujet.

Elle affiche un grand sourire, et je m'attarde sur sa nouvelle coupe garçonne, qui met en valeur son visage.

— Comment va ma Romane ?

— Oui, poussin, dis-nous ?

— Rub, tais-toi.

— Ne commencez pas ! Prenez plutôt du pain d'épices, une mandarine et du thé. Exécution.

Ma mère, toute gentille qu'elle semble être, a toujours eu une sacrée autorité. C'est grâce à elle que nous avons réussi à nous réunir cette année, après trois Noëls manqués.

Ruben et moi ayant le sens des priorités, nous obéissons. Le pain d'épices maternel est parfait : pas trop corsé et avec une bonne dose de miel d'oranger, qu'on adore – ça se mange très bien à la cuillère, de préférence à minuit et en cachette.

Rêveuse, je contemple le glaçage au citron qui orne la croûte de ma tranche. Ça doit relever du conditionnement et d'une certaine routine, pourtant le combo pain d'épices en bouche, feu dans mon dos et Tolkien avachi sur un de mes pieds me fait soupirer de bien-être.

Ruben doit lire dans mon esprit, car il me sourit et se renfonce dans son siège. Le gros malin a réussi à s'approprier *le* fauteuil. Celui que nous convoitons tous vu sa situation idéale, permettant de regarder par la fenêtre le jardin, tout en profitant de la chaleur des flammes.

— Bienvenue, poussin, me nargue-t-il.

— Merci, lapin !

Ruben souffle par le nez, l'air de me snober. Qu'espérait-il ? Bien sûr que j'allais dégainer aussitôt son animal totem ! Et encore, il nous manque le dernier, « chaton », mais Raf ne va pas tarder.

— Alors, Romane, qu'est-ce que tu as fait cette semaine ? Ce mois-ci ? Dis-nous tout.

Ma mère et moi essayons de nous appeler régulièrement, pourtant elle attend de mes nouvelles comme si nous ne nous étions pas parlé depuis des années. Ruben, avec qui j'ai peu échangé sur WhatsApp avant les vacances, me dévisage, plus attentif.

Une tasse d'Earl Grey dans une main – le thé que je bois depuis des années –, une deuxième tranche de pain d'épices dans l'autre, j'évoque le boulot et les travaux dans ma rue.

Pas de doute, je suis bel et bien à la maison !

2

Installés autour de la table ronde, nous commençons à manger vers 21 heures, Rafael s'étant fait désirer. Mon père, à ma gauche, semble saliver devant sa part de gratin dauphinois et la salade qui trône dans son assiette.

Il m'a transmis plusieurs choses dans la vie : l'amour de la bonne chère, de la lecture et une envie de fuir quand les conflits surgissent. Selon lui, notre monde gagnerait à être pacifiste. Il a les cheveux plus sel que poivre, pourtant on peut noter que la calvitie lui sera épargnée, ce dont mes frères peuvent le remercier ; vive le capital génétique !

Ma mère nous couve du regard à tour de rôle. Elle a ses trois « R » à la maison. Elle raconte souvent qu'au moment du choix des prénoms elle a beaucoup hésité pour Ruben, notre cadet, avec Isidore. Ce dernier prénom étant, selon l'intéressé, totalement ringard, il a eu de la chance.

Quand je suis arrivée, il était évident qu'ils souhaitaient continuer cette logique et que je devrais, moi aussi, avoir un R au début de mon prénom. Rachel a été évoqué, cependant, une légende familiale prétend que, mon père ayant eu une ex nommée ainsi, la décision finale fut Romane. Et comme j'aime bien, j'en suis très contente.

— Vous êtes tous là ! s'exclame finalement ma mère, pas loin d'avoir des trémolos dans la voix.

Cette fois, nous échangeons un coup d'œil complice avec mes frères.

— Difficile de faire autrement, vu la pression que tu nous as mise, fait valoir Raf, toujours direct.

Je bloque à nouveau sur ses cheveux rasés, coupe qu'il a adoptée il y a un an et qui le vieillit un peu. À mon avis, c'est le but, car selon Ruben, il fréquenterait une femme de sept ans son aînée – info top secrète.

Maman prend son air de matriarche sérieuse, qui ne trompe pourtant personne.

— Il était temps de tous nous réunir. Je sais que vous vous êtes envolés du nid, que vous êtes indépendants...

Elle s'interrompt, comme pour marquer une minute de silence. Et voilà. Comment est-on censé gérer ça ? Je me retiens de ricaner.

— ... je sais que vous êtes adultes, majeurs et vaccinés, mais on parle de Noël. Et Noël, c'est la famille.

Son ton n'admet aucune réplique. Après une hésitation, elle et mon père ont un de leurs échanges télépathiques, et c'est ce dernier qui reprend :

— La famille, ça peut aussi être les éventuelles... « pièces rapportées » sonne assez mal, non ?

Comme s'il cherchait confirmation, il se frotte la barbe, alors que ma mère réprime un petit rire.

— Votre père veut dire que vous avez l'âge de venir accompagnés, donc n'hésitez pas. Votre voisin, un ou une amie, la maison est grande...

Je me demande si elle dirait toujours ça en me voyant débarquer avec Mme Miquael ; ma voisine doit être une des personnes les moins sympathiques au monde. Leur petit duo m'évoque un sujet que j'aurais bien évité, et je me force à rester impassible.

Je vérifie la réaction de Ruben et de Raf. Ce dernier a frémi, l'autre s'est contenté d'avaler sa salade sans moufter.

— Nous sommes en 2020. Un chiffre rond, symbolique. Et il m'a semblé important de marquer cette date par un événement particulier, puisque l'année a été rude pour tout le monde.

— D'où le défi photo, enchaîne Ruben, qui préférerait sûrement se concentrer sur son gratin. C'est plutôt une bonne idée, je suis juste étonné que tu nous le proposes.

Ma mère, l'air surpris, repose son verre de vin.

— Pourquoi donc ?

— Tu as découvert Pinterest l'an dernier, mais je ne pensais pas que ça influencerait si vite nos vies.

Raf éclate de rire.

— Il a raison, tu intègres la technologie en un éclair. D'abord, les appels WhatsApp, maintenant le coup des photos que je vois passer sur les réseaux sociaux, chapeau, maman !

Mon père approuve, enthousiaste.

— Votre mère a décidé qu'elle devait rester à la page. Elle a même pensé à TikTok à cause de celle-là.

Le « celle-là » me désignant. Cette fois, je lève les yeux au ciel, amusée, et me défends :

— Quoi ? J'aime bien, c'est rapide, drôle...

Ruben me jette un morceau de pain.

— Gamine, va !

Il s'en faut d'un cheveu que je lui tire la langue et lui donne raison. Oups.

— Ne me juge pas ! Et puis une amie a pu annoncer à sa sœur qu'elle était lesbienne grâce à un des challenges qui circulaient sur l'appli TikTok. Si tu crois qu'on n'a pas remarqué que tu abusais des GIF au lieu de faire l'effort de formuler de vraies réponses...

— Stop, ma puce, ne te vexe pas, laisse couler, propose mon père en soupirant.

Penaude, j'approuve, réalisant que la technique de « la meilleure défense, c'est l'attaque » n'est pas super en période de fêtes de fin d'année. Ma mère émet un bruit réprobateur.

— Les enfants !

Un silence étonné lui répond, et elle éclate de rire.

— Nous venons de faire un bond dans le passé ! Bon, vous avez tous accepté qu'on reproduise à l'identique nos vieilles photos d'il y a dix ans ou plus, avec la même pose et dans le même lieu. J'aimerais savoir si vous y avez réfléchi. Lesquelles voulez-vous privilégier ? On ne va pas toutes les refaire, forcément, mais plusieurs, ce serait sympa. On pourrait concocter un album sur un site en ligne, je le ferais imprimer et je vous l'enverrais.

— Bonne idée, intervient aussitôt Raf, tout sourire, ce qui n'est jamais bon signe.

— Raf ?

— Je veux refaire la photo de Romane et moi dans le hamac du jardin.

Évidemment ! Il fallait qu'il sorte une idiotie de ce genre. Ruben, gros lâcheur, se marre. Je visualise parfaitement celle dont il parle : je suis à moitié à poil, j'ai la varicelle et de bonnes cuisses – qui aurait pu penser que la peau d'orange pouvait arriver si tôt ?

— Ou celle sur le lit des parents, où vous êtes endormis avec de la fièvre, quand vous nous avez fait la rougeole en duo ? je propose, faussement innocente.

Sur ce fameux cliché, mes frères sont eux aussi dénudés, juste recouverts d'un lange, et on aperçoit un bout de fesse de Rafael. La légende raconte que la « grande rougeole de 1990 » a mis chaos les frères Stern. Heureusement pour ma mère, je n'étais pas encore là pour succomber en prime.

Raf me dévisage par en dessous. Il semble bien comprendre qu'à ce petit jeu j'ai aussi des munitions en réserve. En silence, je forme avec mes doigts un colt imaginaire et le vise, faisant semblant de tirer puis de souffler sur l'embout du canon – Clint Eastwood m'a tout appris.

Ma mère réalise la dérive de son grand projet de regroupement familial et reprend le contrôle de la situation.

— On va y réfléchir, et chacun pourra émettre un veto... raisonnable. Si c'est seulement que la photo ne lui plaît pas, ce sera discuté. Maintenant, qui veut du flan ?

C'est fou, ma mère se transforme en véritable Cyril Lignac dès qu'on se retrouve. Mon père préfère cuisiner salé ou les classiques, du type crêpes au sarrasin... Mais elle, elle est définitivement un bec sucré.

On dirait qu'elle tente de remplir le frigo et nos estomacs de toutes les recettes qu'elle se garde sous le coude pendant l'année. Le seul qui ne semble pas s'en plaindre est mon père : peut-être prévoit-il chaque fois une petite diète après les vacances ?

Nous nous levons pour débarrasser – voilà au moins une chose qui ne tourne plus au conflit ! –, puis nous nous installons avec le déca du soir, alors que je réfléchis sérieusement à la question. Quelles photos inoubliables je souhaiterais reproduire à l'identique, dix, quinze ou vingt ans plus tard ?

3

Vers minuit, ma mère et mon père sont allés se coucher. Pour ma part, j'ai envie de traîner un peu, étant enfin en vacances.

Quand je regarde mon portable, un SMS s'y affiche.

`Nous pourrions en discuter de vive voix, non ? Rom, s'il te plaît.`

Le message me fait grincer intérieurement. C'est si facile, après coup ! Je préfère ne pas répondre et me prépare une tisane, puis je me dirige vers la bibliothèque. Avant, cette pièce n'existait pas, mais mes parents ont fait quelques travaux pour mieux utiliser l'ancien garage – les voitures restaient tout le temps dans l'allée sous un large auvent –, dont ils se servaient uniquement pour entasser des choses.

Ma mère a croisé le livre de Marie Kondō sur le rangement, ce qui l'a poussée à tout réorganiser. Résultat : la maison a perdu une trentaine de sacs-poubelle d'objets divers, qui sont partis dans les ressourceries et à l'Emmaüs du coin, et le garage a intégralement été vidé. Tous ces « et si » et ces « au cas où » se sont subitement transformés à ses yeux en un bazar inutile. En revanche, la bibliothèque minimaliste proposée par la méthode originale a été drastiquement revue à la hausse sur l'insistance de mon père. Ils se sont donc résolus ensemble à créer une bibliothèque décadente.

J'aime beaucoup ce qu'est devenue cette pièce. Une grande baie vitrée a remplacé la porte en bois initial, laissant entrer une belle lumière dès le milieu de la matinée. Bien sûr, à cette heure, le volet électrique est descendu, et les rideaux occultent le tout. Mais les trois murs restants, entièrement couverts de livres, me donnent le sourire. Mon père a passé du temps à aménager cet espace au mieux, et même le dessus de la porte a eu droit à deux rangées de romans. Quant à la tapisserie trompe-l'œil de qualité qu'ils ont ajoutée, elle laisse croire qu'on va pénétrer dans un passage secret.

Je cherche dans les rayonnages la section dédiée à nos albums et la trouve enfin. Si le cloud a fait son arrivée dans nos vies, et que bon nombre de photos restent numériques, ma mère s'escrime à faire des albums papier régulièrement.

En premier, je récupère les plus anciens pour remonter aux prémices de notre tribu. J'appartiens à cette catégorie de personnes qui aiment avoir une bande-son adaptée à sa vie, aussi je cherche des chansons sur Spotify, une fois installée en tailleur au centre du tapis. La première qui s'impose à moi est *Photograph* d'Ed Sheeran. Ed, c'est un peu le *crush* qu'on a toutes envie d'avoir – selon moi. Puis d'autres, comme *My Lomo and Me (Je photographie des gens heureux)* d'Olivia Ruiz. Je continue à fouiner sur l'appli, qui me propose *Polaroid* des Imagine Dragons, et je valide ma playlist.

Enfin parfaitement parée, j'ouvre le premier album de la famille Stern. Dans celui-là, je n'y suis pas. Il est composé des photos du mariage de mes parents, puis de leur appartement, où seul Rafael a vécu. Ils ont déménagé dans un plus grand pour Ruben, avant de pouvoir s'acheter, peu avant ma naissance, la maison qu'ils n'ont jamais quittée depuis.

Il y a quelque chose d'étrange à observer ces premières années où je n'existais pas. Entre nos naissances à Raf et moi, dix ans se sont écoulés. Quelque part, ça n'est rien, pourtant, si. Mes parents ont toujours dit qu'ils voulaient profiter de chaque enfant avant d'en accueillir un nouveau, voilà pourquoi l'écart entre nous est important. Ce qui fait que Raf et moi n'avons vécu que dix ans dans le même foyer. Il a quitté la maison à ses vingt piges, et encore, ça aurait pu être plus tôt s'il avait décollé dès sa majorité.

Je regarde ces photos, quand Raf était fils unique, et observe les sourires lumineux de mes parents. Leurs tenues en jean et le côté vaguement bohème de ma mère. Ils ont l'air si jeunes et insouciants. Nos grands-parents maternels sont encore présents, ce qui me fait bizarre. Mon grand-père est parti tôt d'une crise cardiaque, ma grand-mère a eu un AVC quelques années après.

Du côté de mon père, je n'ai connu que mon grand-père, mort il y a quinze ans maintenant d'un cancer. C'était un homme assez silencieux et discret, presque secret, je n'ai jamais beaucoup développé de liens avec lui.

Dans l'album suivant, Ruben et Rafael évoluent ensemble, ils grandissent. Je ne suis pas encore là, mais j'arrive à grands pas, bientôt nous serons trois. Notre trio infernal – ou magique, selon les jours. Celui qui a fait crier ma mère, l'a fait rire et a donné quelques cheveux blancs à mon père.

Trier les photos pour en sélectionner se révèle un exercice plus ardu que prévu. Lesquelles méritent de sortir du lot ?

— Je me demandais où tu étais, lance une voix.

Je sursaute, n'ayant pas entendu l'arrivée de Ruben. Sans un mot supplémentaire, il me rejoint et prend place à mes côtés. Je replie les jambes pour qu'il soit plus à l'aise. Aussitôt, il tend la paume vers moi et je souris, pas vraiment étonnée.

Je décroche donc un écouteur de mon oreille et le lui cède ; nous avons écouté ensemble plus de chansons que je ne saurais le dire. Allongés l'un à côté de l'autre sur mon lit ou le sien, les pieds – parfois sales, les tapisseries en témoignent ! – en l'air, collés au mur.

Mes parents nous ont élevés en musique. Ma mère avait des affinités avec des sonorités d'origines lointaines, comme Mahalia Jackson et Aretha Franklin. Mon père, quant à lui, lorgnait plus sur les Anglo-Saxons. Les Stones, les Beatles ou Led Zep... C'est resté important pour nous, même à l'adolescence, quand nous faisions nos propres découvertes ; sans musique, je dépéris.

— J'aime bien cette chanson, remarque-t-il.

Pourtant, comme Rub est Rub, dès que le morceau s'achève, il lance un album des Pink Floyd sur mon téléphone. Je ne m'en formalise pas, il a toujours fait ça.

— La tête de Raf sur celle-là, non mais tu te demandes s'il n'était pas ivre, se moque-t-il.

— À 10 ans ?

— Il a toujours été précoce.

Je ris avec lui. Alors que les années défilent sous nos yeux, nous commentons : les coupes de cheveux inacceptables, les histoires derrière les sourires figés sur papier glacé.

— Raf venait de m'en coller une juste avant. Regarde, j'ai encore la joue rouge.

— Il ne t'avait pas raté, je compatis en me penchant en avant.

Si le pauvre Rafael a toujours eu droit au couplet : « Laisse ce jouet à ta sœur, à ton frère, ils sont plus petits », il a su se venger en douce plus d'une fois.

— Sur celle-là, à Pâques, ajoute Ruben, je venais de lui bouffer en douce tout son œuf en chocolat. Il était au chocolat blanc !

Cette fois, je suis hilare à mon tour ; aucun de nos parents n'aimant ça, il n'avait pas été compliqué de trouver le coupable.

— Grillé !

Il approuve d'un mouvement du menton, avant de passer à la page suivante. Tous ces fous rires en photos, ces vêtements mis de travers ou tachés – et la façon dont mes parents semblaient totalement s'en ficher – me font étrangement chaud au cœur. Clairement, on ne fait pas partie de ces gens qui n'ont que de beaux clichés à montrer, qui évitent les dossiers en posant avec des brushs parfaits et un look irréprochable.

Ma mère a pris dix ans depuis le début de ma rétrospective, et on voit que son style bohème est devenu beaucoup plus pratique : jeans, tee-shirts larges... Elle ne s'encombre plus de fioritures. Pourtant, je ne la trouve pas moins belle. La bouche rouge cerise a disparu, les traits de liner se font plus rares, mais son sourire n'a pas changé. Elle mûrit avec nous.

Mon père, de son côté, semble traverser une période de recherche capillaire. Il a les cheveux courts, puis longs, puis frôle la coupe mulet – oh, mon Dieu ! –, tente le bouc, la moustache seule – oh, mon Dieu ! bis –, la barbe courte, celle à la père Fouras, tout y passe. Nos parents n'ont donc pas toujours été ces gens sûrs d'eux et sérieux. Non, ma mère possédait d'ailleurs de magnifiques jeans « mom » ; elle a dû les bazarder, dommage.

Nous en sommes au troisième album, je suis là. Un bébé joufflu, aux cheveux rares, mais bien entouré. Sur une photo, mes deux frères sont chacun d'un côté du berceau et me tirent la joue pour me faire sourire – je crois qu'ils tentent de me torturer. D'un même élan, nous pointons le cliché du doigt avec Ruben.

— Celle-là !

— Je veux tellement refaire ça, mon gros bébé ! s'exclame-t-il de son côté.

Je ris.

— On va éviter de trop s'acharner, quand même. Si vous me faites un bleu, j'en cherche une où je suis étalée sur vous pour vous écrabouiller !

— Romane, je sais que tu complexes sur ton poids, ça a l'air d'être le talent de toutes les femmes, mais tu n'es pas près de m'écraser. Rafael par contre…

Il me pousse de l'épaule.

Je prends une mine choquée.

— Si je lui répète, tu es tellement foutu !

Rub ricane dans sa paume.

— Euh… no comment !

On continue notre recherche un moment, et cette fois, je repère seule une image sur la page de gauche.

— Celle-là, avec la brouette ?

Ruben semble réfléchir en se penchant en avant pour nous détailler : Raf, lui et moi sommes installés du plus petit au plus grand, moi devant, entre les jambes écartées de mes frères.

— Je pense que papa l'a toujours, admet-il.

— Mais y tenir à trois, ça va être sport, non ?

Nous hochons la tête de concert, visiblement conscients que les gamins de la photo ont depuis pris des fesses et quelques centimètres.

— Peut-être en truandant un peu ? On colle un tabouret à l'arrière, et Raf y pose son cul. Je devrais parvenir à cacher ça, vu ma taille, et toi, si tu avances au max à l'avant...

Il a raison, à seulement deux, on passe, nous n'aurons qu'à récupérer les jambes de Rafael sur le côté, pour qu'il semble vraiment assis dans la brouette avec nous. Je lui souris.

— Eh, ça en fait deux, déjà.

Sérieux, il acquiesce.

— On doit peut-être éviter d'en trouver dix, car je vois bien maman arriver de son côté avec plein de suggestions. Si papa et Raf s'y mettent, ça sera chaud.

Je fais la moue.

— Raf, faire l'effort de fouiner dans les albums ? Il est où, d'ailleurs ?

— Il a ressorti les DVD de sa chambre. Je crois qu'il veut se regarder un vieux film d'horreur, mais je l'ai surtout entendu parler à celle qu'il ne nous a toujours pas présentée !

— Alors c'est vrai, cette histoire ?

— J'ai vu passer une identification Facebook, mais elle a disparu le soir même. Depuis, il ne veut pas en parler.

J'approuve, pensive, me demandant si j'aurai des réponses si je tente de l'interroger.

— Dis, s'enquiert soudain Ruben, plus grave, ses cheveux bruns partant dans tous les sens.

Presque les mêmes que les miens, en fait, bien que je discipline le tout avec un lisseur.

— Pourquoi tu as accepté ? J'ai vu sur Insta que ton groupe d'amis allait à Berlin, cette année. Vous avez fait Barcelone l'an dernier, non ?

Mon cœur fait un bond. Berlin... ai-je vraiment envie d'y repenser, là, tout de suite ?

— J'ai compris que c'était important pour maman, elle m'a assuré que toi et Raf aviez déjà dit oui.

Cette fois, c'est lui qui semble sur les fesses ; il me détaille comme s'il cherchait à déterminer si j'étais sérieuse.

— Quoi ?

— Maman n'est qu'une grosse menteuse, remarque-t-il tranquillement.

— Attends... elle t'a dit la même chose ?

Il secoue la tête et s'esclaffe, quand je suis choquée de cette traîtrise manifeste. Puis il se lance dans une imitation de notre respectée – mais souvent raillée – figure maternelle.

— Mais Rub, lapin, tu ne peux pas me dire non ! Raf sera là, et ta sœur arrête enfin de croire que les capitales européennes se collectionnent à Noël.

Son ton est parfait, on dirait la version originale. Je mettrais ma main à couper que ma mère lui a vraiment sorti ça, vu qu'elle l'a déjà sous-entendu devant moi. Malgré tout, je continue d'adorer l'idée de ma copine Alyson : cette tradition du Noël itinérant ; le séjour à Prague a été dément, par exemple.

Au début, nous faisions ça au nouvel an, mais certains de mes amis étant sans leur famille pour Noël, nous avons petit à petit préféré avancer la date pour leur éviter une déprime de fin d'année. J'ai conscience que cela fait râler ma mère, mais j'ai toujours été présente à un moment donné : pour le réveillon du 24 au soir sans rester le 25, le nouvel an ou durant une semaine entière un peu après, que je veille à passer avec eux. Comme un rituel.

— Alors, pourquoi être ici, à Bordeaux, et pas à Berlin ?

Parce qu'il y aurait eu Gabriel. Non, ce n'est pas la bonne réponse.

Je capte le regard intrigué de Ruben et préfère enchaîner, avant qu'il passe en mode Columbo :

— Maman m'a piégée, je te l'ai dit. Et puis j'avais mauvaise conscience. À Noël dernier, Rafael n'a pas pu venir comme prévu pour le repas, même papa avait l'air déprimé. Et toi, alors ?

— En dehors de la fourberie parentale ?

J'acquiesce, l'examinant à mon tour. Je ne pourrais pas dire pourquoi, mais quelque chose dans son attitude m'alerte : il y a un os.

— Eh bien... ça y est, petite sœur, je décolle pour Chicago dans un gros mois. Mon passeport est prêt, un boulot m'attend...

Bouche bée, je le dévisage.

— T'es sérieux ? Et tu vas balancer ça entre le chapon et la bûche ?

— Pourquoi pas ?

C'est le moment de rester parfaitement impassible, bien que mon propre projet soit menacé.

— J'aurai joué au fils attentionné, je risque même de porter des couches pour adulte, si maman s'emballe. Ça sera le timing idéal pour éviter tout reproche.

Je pouffe aussitôt, imaginant la scène – me disant d'ailleurs que, si maman n'y pense pas, je dois absolument le lui suggérer !

— Dieu, faites que non ! continue Ruben. Bref, expliquer que je pars à Chicago et que, si je m'adapte bien, ça pourrait être définitif passera mieux. Ils verront que je ne vivrai qu'à un océan et deux avions d'ici...

Ma gorge se serre. *Un océan et deux avions ?* De Paris, je suis peut-être à un avion, mais qu'est-ce que ça change ? Rub est mon plus fidèle allié, dans cette famille. Si j'ai merdé, que je suis triste et que je n'ai pas envie de parler à mes amies, c'est lui que je vais trouver. C'est d'ailleurs vers lui que j'allais dès que j'ai été en âge de marcher. Jamais je n'envahissais le lit de mes parents, seulement le sien, sûrement car il me laissait me coller contre lui, au lieu de me ramener dans ma chambre une fois que j'étais endormie.

— Eh, Rom, me fais pas ça. J'ai besoin de poussin dans mon camp. On ne peut pas tous vivre à quelques kilomètres de distance, juste parce qu'on a grandi dans le même utérus.

Ce sont des larmes qui me piquent les yeux ?

— Je sais, je le rabroue, évitant malgré tout de me racler la gorge et de me trahir. Mais... Chicago, quoi !

— Ça se passe bien pour toi, non ? Tu évolueras sous peu, dans ta maison d'édition ?

J'approuve, repensant à tous les ouvrages qui m'attendent à mon retour, aux illustrateurs à contacter et au fait que je pourrai sûrement me dire bientôt officiellement éditrice. Si je n'avais pas prévu de bosser dans le secteur de la jeunesse, après un premier stage, je suis pourtant tombée amoureuse de cet univers aux contraintes techniques multiples.

— C'est vrai. Mais si tu essaies de me convaincre que j'aurai un énorme compte en banque et que prendre un avion pour me rendre aux États-Unis sera comme d'attraper un taxi à La Défense, tu vas avoir du mal...

Rub a le bon goût de paraître gêné.

— Allez, Romane, ça ne changera rien entre nous.

Il dit ça, car on déteste rappeler aux gens que rien n'est éternel, surtout à ceux qu'on aime. Moi-même, je devrais bientôt affronter ce moment avec ma grande nouvelle, le prévenir que notre univers est sur le point d'être bouleversé.

— Si, et tu le sais. Mais peu importe, ça sera positif pour toi, et je vais essayer de m'en souvenir.

Ruben fronce le nez. J'ignore pourquoi, pourtant, depuis qu'on est gamins, dès qu'il fait ça, je me marre. Et ça ne rate pas. Il hausse un sourcil, sûr de son effet, et c'est à mon tour de le pousser de l'épaule.

— Tu ne veux pas dormir avec moi, quand même ?

Blasée, je lève les yeux au ciel.

— Je n'ai plus 5 ans ! Et tu bouges trop, maintenant... la dernière fois, tu m'as pété dessus, gros malin.

Sans répondre, il se redresse.

— Que tu es grossière... Fais gaffe, que je ne me venge pas ! Bon, je vais au lit.

J'approuve, le regard toujours perdu sur les pages qui s'étalent devant moi.

— Bonne nuit.

Demain, on fait les photos. Le soir, c'est le réveillon, et après-demain sera le matin de Noël... Pourquoi j'ai à ce point la sensation que celui-ci marque un tournant ? La réponse s'impose à moi, évidente. Car c'est le cas.

4

Le petit déjeuner est presque fini. Nous avons débarrassé, même si l'immense – vraiment immense ! – pile de pancakes que notre père a préparés pour notre retour trône encore au centre de la table. Et que je lorgne dessus. À la place, je me ressers du café et regarde les photos que nous avons sélectionnées jusque-là. Il y en a cinq. Nous débattons plus âprement que je ne m'y attendais et, je le sens, c'est dans l'air comme la neige : ce qui n'était qu'une lubie de maman devient un challenge auquel nous commençons tous à nous raccrocher, maintenant que le train est en marche.

Pour l'instant, nous sommes d'accord sur la photo « grimace » avec les gars, sur une autre dans le lit de mes parents, où ma mère dort et où nous sommes tous allongés devant elle, par ordre de taille, du plus grand au plus petit. Si mon père a obtenu un tel résultat, je ne doute pas qu'il avait profité du fait que mes frères ont le sommeil lourd ; réveillés, nous n'aurions jamais été si sages et si bien ordonnés. L'angle de vue qu'il a choisi ajoute encore à cette impression de fratrie version Dalton.

La photo dans la brouette, où nous sommes en short, a aussi été sélectionnée. On va avoir froid en la refaisant, au fond du jardin, mais nos vêtements dessus étant très neutres, je pense qu'elle sera simple à reproduire.

Nous en avons aussi trouvé une où nous sommes tous accrochés à mon père, un garçon à chaque jambe, tandis qu'il me fait voler comme un avion. Ce point précis nous questionne tous un peu : j'ai grandi et pris quelques kilos.

— On n'y arrivera pas, je remarque, dubitative.

— Si tu mangeais moins de pancakes aussi...

Pour me venger de cette remarque mesquine de Raf, j'en attrape un de plus.

— Peut-être qu'il nous faut trouver une astuce, comme pour le siège derrière la brouette.

Ma mère se lève brusquement, l'air décidé.

— Les garçons, si vous rangiez la fin du petit déjeuner ? Romane, viens avec moi. Pendant que je vais fouiner à la recherche de déco, tu vérifieras de ton côté le matériel, tu es notre technicienne. Notre appareil numérique n'a pas bougé du bureau depuis quelque temps.

— Je vais te montrer où il est, propose mon père, qui est dispensé de corvée de débarrassage après avoir tout préparé.

Je le suis et garde en main les clichés qu'on a sélectionnés.

— Tu veux qu'on les scanne avec l'imprimante ? On pourrait les sortir en plus grand, cela nous aidera pour les positions, l'angle et tout le reste.

— Bonne idée, paps !

Dans le bureau, je récupère l'appareil photo numérique et change les piles, pour éviter de tomber en rade, avant de mettre les anciennes à recharger, juste au cas où.

Mon père a commencé à photocopier les photos qu'on compte reproduire en premier. Sur la table, une de lui et de son père attire mon regard ; il la détaille, l'air pensif. Papi se tient à ses côtés, une canne à la main, et ils posent dans l'allée qui mène à notre maison, l'un souriant, comme je le connais depuis des années, et l'autre aussi réservé que l'a toujours été mon grand-père.

Quand il relève les yeux, au bip de l'imprimante, mon père réalise que je le dévisage.

— Désolé, c'est juste que, s'il était encore là, nous pourrions faire une photo vingt-cinq ans après. J'en avais une avec lui, où je suis tout môme, on était dans sa vieille voiture. Ça ferait même soixante ans plus tard, mais...

Il ne termine pas, je le peux pour lui : « ... mais il n'est plus là pour poser. » Sans tergiverser, je me glisse sous son bras et enserre sa taille pour lui faire un câlin. Je le sens tout ému et j'adore ce trait de sa personnalité : il a beau avoir élevé deux fils, jamais je ne l'ai vu se comporter en macho, et je suis sûre que c'est la raison pour laquelle mes frères sont des mecs bien – même si je ne leur avouerai jamais.

Alors que je lui frotte le dos et qu'il me demande si j'ai tout ce qu'il me faut, je réalise qu'un jour, moi aussi, je contemplerai ces portraits, et il ne sera plus là pour relever le défi. C'est presque ridicule tant il est aujourd'hui si solide et souriant... Et pourtant, le temps nous rattrapera. Je presse ma hanche contre lui, sentant les larmes monter. Qu'est-ce qui me prend de virer si émotive ?

Il pose un baiser sur ma tempe.

— Je suis sûr qu'on va passer une bonne journée et créer de nouveaux souvenirs à chérir.

J'approuve contre son torse, la gorge trop serrée. Pourtant, l'heure n'est pas à la tristesse, alors je repousse mes états d'âme pour me concentrer sur notre objectif : lancer la séance photo !

Assise dans un short trop grand appartenant à ma mère, mais de la bonne couleur, je fixe l'objectif. Derrière, mes parents se relaient, discutant avec sérieux du cadrage. Ruben frissonne dans mon dos.

— Je vais attraper une crève d'enfer avec ces conneries.

Mes fesses gelées par le métal de la brouette lui donnent raison. Rafael, pas beaucoup plus habillé, se décide à rappeler à l'ordre nos Robert Doisneau.

— Eh ! On se caille ! C'est bon, non ?

— Oui, ça me semble assez fidèle. Romane, tu dois pencher un peu la tête.

J'obéis, guettant à l'expression de ma mère si je dois encore modifier ma position.

— Stop ! Parfait, m'encourage papa. Rafael, resserre tes jambes sur Ruben.

J'entends que ça remue derrière moi.

— Très bien, on est bon, personne ne bouge...

Ma mère a à peine le temps de prononcer ces mots qu'un juron me parvient et qu'apparaît dans mon champ de vision le pied de Raf, qui vole en l'air. En me retournant brusquement pour comprendre ce qu'il se passe, je pince la peau de la cuisse de Ruben avec ma paume, qui se met à beugler. Il me faut quelques secondes pour réaliser et le libérer.

— Rom ! Tu m'as tué, sérieux, râle Ruben.

— Désolée !

Mais Rub m'ignore, il se dévisse la tête pour observer derrière lui. Je l'imite aussitôt – sans causer de dommage collatéral, cette fois. Raf a les fesses par terre, sur le sol humide et boueux. J'aperçois la grosse tache qui orne maintenant son postérieur et ses reins. Je ne peux m'empêcher de m'esclaffer. Ma mère, qui a tenté de garder son sérieux alors que mon père a déjà abandonné, joint son rire au mien.

— Oh, chaton...

— Maman, stop ! Je suis en équilibre sur le tabouret, et ça me casse le dos, vous ne pouvez pas traîner deux heures à tout vérifier ! râle Rafael en se frottant le postérieur.

Le regard de Ruben croise le mien. On aimerait tellement que ce moment soit filmé : voilà ce qu'on pourrait repasser à chaque Noël ! Rafael, cul par terre, en train d'aligner les jurons. Pas sûr qu'à l'époque de la photo il en connaissait autant !

Ma mère réussit à l'amadouer et, enfin, il reprend place. Malgré toutes ses menaces, mes parents repartent à nouveau dans leurs chamailleries pour rectifier l'angle de vue. Ils reculent d'un pas, papa lui saisit l'appareil des mains, estimant qu'elle est trop petite, et ainsi de suite.

— Maman ! la prévient Raf, visiblement prêt à fuir.

Cette dernière donne enfin le feu vert à mon père. Ils font plusieurs clichés, juste au cas où, et je suis rappelée à l'ordre : je ne grimace pas comme sur la photo. J'obtempère sans rien dire, consciente que Raf continue à maronner dans son coin.

— Et... c'est bon !

Ma mère rayonne littéralement. Nous nous relevons illico et nous rapprochons d'elle pour observer ce que donne cette première tentative. Mon père nous montre l'écran et brandit en parallèle l'agrandissement imprimé. Mince, c'est vraiment pas mal, ce premier essai est plutôt concluant !

Alors que Ruben ouvre la bouche, Raf a son sourire de Loki – il a toujours la même expression quand il va faire une connerie. Je n'ai pas le temps d'intervenir que, d'un coup d'épaule bien placé, il envoie déjà Ruben les fesses dans la boue. N'étant pas une sainte, je pouffe tout en reculant pour éviter des représailles. Ma mère les photographie, comme si elle voulait immortaliser une remise de diplôme.

— Parfait pour le bêtisier !

— Misère, je gémis, commençant à me demander si elle ne se prend pas un peu trop au jeu.

Tandis que mes frères partent se changer, Ruben bougonnant toujours, je cherche Tolkien, alias Rowling, dans la maison. En vieillissant, il s'est habitué à se planquer pour pioncer tranquille, mais j'ai besoin de lui.

Mon portable vibre alors dans ma poche.

`Romane, je sais que j'ai mal réagi. On doit en parler et se voir. C'est le 24, je ne peux pas croire qu'on passe Noël totalement fâchés. S'il te plaît.`

Cette fois, ignorer l'appel puis le message qu'il m'a laissé est plus difficile. Je repense à la façon dont mon cœur s'est serré à notre dernière « discussion » comme il dit – de mon côté, je l'ai trouvé plutôt silencieux. Et s'il avait raison ? S'il regrettait sa réaction ? Pourtant, je dois être encore assez peinée pour rempocher mon smartphone sans plus tergiverser. De toute façon, pour l'instant, Gabriel est loin.

Enfin, je repère Tolkien.

— Mon chien ! Viens, je l'encourage en frappant dans mes mains.

Il a beau être vieux, je ne crois pas qu'il y ait plus bonne pâte que lui. Alors qu'il lève son train arrière, ce qui semble lui demander un gros effort, je l'entraîne dans le couloir du premier étage. Au bout, il y a une baie vitrée, mais elle est toujours fermée et ne sert qu'à apporter de la luminosité – d'ailleurs elle ouvre sur un garde-corps et non sur un balcon à proprement parler. À côté, ma mère a installé le seul miroir en pied de la maison. Large, avec un cadre en bois, il donne une petite touche art déco.

Je déroule un tapis rond et rouge, que j'ai acheté chez le géant suédois de meubles en kit, puis m'accroupis pour tapoter le tissu et inviter Tolkien à s'y poser. Toujours coopératif, il obéit.

Bien sûr, il n'est pas centré, et je lutte une minute pour pousser ses fesses au bon endroit, avant de tirer à nouveau le tapis.

— Allez, Tolkien ! Fais un effort... voilà. Tu n'es pas au Mordor, voyons, mais en Terre du Milieu, tout est cool.

Évidemment, ce vieux patapouf secoue sa queue noire pour m'exprimer que l'idée lui plaît. Je recule sur les genoux de quelques pas et vérifie la photo que j'ai apportée. Il faut me relever un peu et me positionner à l'entrée de la salle de bains. Quand Tolkien me voit bouger, il fait mine de se lever pour me suivre, et je lui parle à nouveau d'une voix douce :

— Gentil chien, pas bouger. Juste une minute... oui, là, c'est le bon angle... Et voilà !

Par sécurité, je passe en mode rafale, l'une des photos sera forcément correcte. Je dois appuyer sur le bouton un quart de seconde avant que notre chien s'effondre comme une loque, mais quand je vérifie, le portrait est top !

Je n'en ai pas parlé à maman, mais cela devrait lui plaire. Après tout, pourquoi photographier toute la famille excepté son membre le plus accommodant et poilu, sérieusement ?

— Rom ! beugle Ruben.

— Poussin ? crie presque aussitôt ma mère du rez-de-chaussée.

— J'arrive !

Je caresse la tête de Tolkien, et il remue la queue, même s'il semble bien près de se rendormir sur place. Vu qu'il s'est décalé, j'en profite pour récupérer le tapis, histoire de ne pas griller ma surprise.

— Allez, Romane ! On doit voir si ce qu'on a préparé avec Raf fonctionne pour la photo où papa te fait voler.

Clairement, ça n'est pas celle que je sens le mieux, mais n'ayant pas trop le choix, je descends. En priant. Sans être vraiment croyante. Qui sait, ça peut marcher ?

5

La soirée se profile. Nous sommes tous réunis autour de l'ordinateur, à faire le point sur notre « journée shooting », comme s'amuse à l'appeler Rafael.

Force est d'admettre que nous avons bien bossé, et que j'ai survécu au plan de Raf et de Ruben pour la photo où mon père me portait à bout de bras. L'idée d'un escabeau sur lequel j'attendrais – hors champ ! – avant de sauter devant mon père, pour que ce dernier fasse semblant de me tenir en l'air, a bien fonctionné. Par contre, on a dû recommencer une bonne trentaine de fois pour que l'illusion soit parfaite.

La photo du lit a été la plus simple. Ma mère a dû trouver un substitut à notre ancienne parure de draps, mais sa passion pour le liberty nous a sauvé la mise. Chacun à tour de rôle, nous avons posé avec l'un ou l'autre de nos parents, recroquevillés en boule, pour reproduire les clichés de nous en parfaits nourrissons. Raf, qui a fait semblant de baver sur mon père, a particulièrement aimé la sienne !

Nous avons aussi dû nous allonger les uns sur les autres, Raf en bas, moi en haut, en nous tenant à bout de bras. Je suis tombée comme un sac à patates pas moins de deux fois, mais je soupçonne les garçons d'en être responsables : je sentais bien qu'ils nous faisaient tanguer !

La photo « grimace » s'est plutôt bien déroulée : mes joues n'ont pas trop souffert. Ils ont essayé, mais ma mère les a rappelé à l'ordre avant que je me venge en tentant de leur envoyer un petit coup à chacun pour les calmer. Ne pas rire et mimer la surprise en louchant m'a demandé un peu de travail, je craquais toutes les deux minutes.

La photo des garçons qui dessinent avec un rouge à lèvres sur le carrelage de la salle de bains a aussi été un jeu d'enfant, même si on a dû les mettre à genoux, sinon le cadre n'allait pas.

Ruben et moi avons fait semblant de dormir ensemble, moi fesses en l'air, car c'est si classe – maman a retrouvé ce cliché que je ne me rappelais pas, mais on l'a tous adoré. Il illustre parfaitement mes fameuses virées nocturnes pour squatter le lit de mon frère !

Les photos défilent à l'écran, anciennes comme nouvelles, rassemblées chaque fois dans un montage, grâce à un logiciel que Raf a l'habitude d'utiliser.

Si je pensais le défi juste fun, assise sur les genoux de Rub, ce que je ressens est plus que de l'amusement. Je suis fière. Je suis émue. Ma tribu a passé une journée entière parfaitement soudée, sans toucher à un téléphone, un livre, une télé ou n'importe quoi d'autre de ce style. Depuis quand n'avons-nous pas fait ce genre de choses et resserré autant nos liens ? Je ne pourrais le dire.

Enfants, on s'accordait au moins un jour, lors des vacances de fin d'année, pour jouer à tous les jeux de société que nous avions, tous, un par un : Pictionary, Trivial Pursuit junior, Anti-Monopoly – acheté par mon père, trop scandalisé par le vrai et ses « affreuses valeurs capitalistes » ! Les parties s'enchaînaient, et ce souvenir de gosse appartient au top ten des meilleurs. Eh bien, cette journée de mise en scène et de défis m'a fait retrouver cette sensation d'être intensément à ma place.

En contemplant les photos, je réalise à quel point nous avons donné de nous-mêmes pour relever le challenge. Chacun y a mis le temps et l'attention nécessaire, nous avons tous résisté aux appels du dehors pour rester concentrer sur notre tribu. Aucun ami, collègue ni excuse de dernière minute ne nous ont détournés ou isolés des autres. Non, on est tous là, *ici* et *maintenant*, contents surtout.

Je jette un œil à Ruben, mine de rien, repensant à son déménagement tout proche. Ma main se pose sur mon ventre sans que j'y réfléchisse. Je suis tellement heureuse qu'on vive ce Noël-ci. C'est vraiment la meilleure année.

— Du thé ?

Nous répondons tous par la positive, et les tasses circulent. Avec ou sans lait – un zeste de citron pour mon père –, le goût de la bergamote subtile sur les papilles et le feu qui crépite dans la cheminée en fond sonore, j'ai envie de ronronner. C'est parfait, d'autant plus quand je vois surgir un nouveau pain d'épices, le dernier ayant succombé sous nos assauts.

— Qu'est-ce qu'on oublie selon vous ?

Je fais la moue, réfléchissant à la question de papa.

— Je ne sais pas ce que vous en dites, mais d'après moi, on a pensé aux photos les plus importantes.

— Il y a même celle où on est tous allongés tête contre tête, en étoile, approuve Ruben.

— Si les perches à selfie avaient existé à l'époque, celle-là aurait été bien plus simple à faire. J'ai craint tout du long que mon appareil ne se casse la figure, avec ce système de suspension au plafond bricolé avec les collants de votre mère.

Cette dernière rit.

— Mon Dieu, oui, dire qu'ils étaient en parfait état et que vous me les avez troués !

— Il y a celles devant la cheminée, qu'on avait réussi à faire pour vos 10 ans à tous les trois, avec la carte dessinée par Rafael à l'origine… Comme quoi, on a précédé la mode, s'amuse maman.

J'approuve avant de remarquer :

— Elle est chouette en plus, et Tolkien est trop mignon sur les genoux de papa pour la mienne. Dire qu'il était bébé, à l'époque.

— Il était bien plus encombrant tout à l'heure, admet papa. Par contre, vous ne pouvez pas comprendre, bande de petits jeunes, mais ça file un peu un coup de vieux…

Quand je relève les yeux, je surprends le regard qu'il échange avec ma mère. Elle hausse les épaules en faisant une grimace. Plus attentive, je détaille à nouveau les photos – quatre, pour le coup ! Notre plus grosse évolution étape par étape ! La première, où Rub et moi ne sommes pas, la deuxième, où Tolkien et moi manquons, et la dernière, pour mes 10 ans, où nous sommes enfin au complet.

Le sourire de ma mère est le même, assurément. Mais au coin de ses yeux s'est logée une fatigue, son air semble peut-être plus las. Mon père a également vieilli. Sans parler de ses cheveux gris ; la position de ses épaules me paraît différente, elles sont un peu voûtées. Une preuve de plus qu'ils ne sont pas éternels… comme Tolkien. 15 ans, c'est énorme pour un chien, je doute qu'il puisse être avec nous à Noël prochain, ça serait un miracle, c'est déjà un vétéran !

Une envie de pleurer me pique les yeux, et je réalise que j'ai vraiment un problème de sentimentalisme exacerbé ! Pourtant, mes frères, sur qui je peux toujours compter, se comportent comme des imbéciles pile au bon moment. Deux doigts me pincent le gras du ventre, et je couine.

— Aïe ! Idiot...

Raf rit – Loki, le come-back. Combien on parie qu'il a incité Ruben à me martyriser ? Reprenant mon rôle de petite dernière qui réclame protection, je fais aussitôt semblant de chouiner :

— Maman !

Sans se donner la peine de se retourner, alors qu'elle part chercher de l'eau chaude à la cuisine, elle lance :

— Les garçons !

Mon sourire ne doit pas leur échapper, et je frappe sur la paume de Rub, qui s'approche pour récidiver.

— Arrête ou je lui raconte le coup où t'as sifflé leur alcool pour tes 16 ans avant d'en racheter, je lui murmure à l'oreille.

Heureusement pour lui – et pour moi, les représailles seraient sanglantes –, mon père est occupé à interroger Rafael sur le logiciel, il ne capte donc rien.

— Balance ! susurre Ruben.

Je lui adresse un bisou, bouche en cul-de-poule.

— Qui veut m'aider à cuisiner ? s'enquiert ma mère, qui revient.

— Moi ! on répond tous ensemble.

Chacun s'y met alors, certains épluchent, d'autres émincent... bientôt les oignons cuisent, et nous préparons des bouchées apéro. Demain, il y aura quelque chose de plus classique, mais la veille de Noël, on fait plus simple.

— Romane, il faut que tu t'occupes des trucs avec la pâte feuilletée. Maman a acheté des sauces toutes prêtes.

— Quelle forme ? Croissant, sapin, soleil ? je demande seulement, avant de donner à Ruben les haricots que j'ai équeutés avec papa.

— Elle a trouvé autre chose sur Pinterest, intervient Raf, elle veut innover.

Je souris pour moi-même : comme chaque fois, quoi. Je fais craquer mes doigts, un peu comme un pianiste avant le concert, puis je leur fais signe de m'apporter les munitions.

Je me demande si je ne préfère pas le moment où on prépare le repas à celui où on s'installe pour le partager. C'est presque plus informel : on se chahute, et les mecs font leurs gros malins, se bagarrant comme des gosses.

Quand nous passons à table, tout est disposé devant nous, et chacun peut se servir. L'entrée froide, le plat de résistance, les apéros… nous n'aurons ainsi pas à nous relever, l'idée étant de faire simple.

Nous mangeons de bon appétit, vu l'heure, même si je suis personnellement déjà calée après avoir grignoté pendant que je cuisinais. Mon portable a encore vibré dans ma poche, et je n'ai plus le courage de vérifier les messages. Quelque chose doit m'adoucir à l'approche de Noël, je commence à croire à ce premier texto : « Je sais que j'ai mal réagi. » Peut-être que ça n'est que ça ? Puis-je me targuer de m'être comportée parfaitement en toutes circonstances ? Pas vraiment.

— Rafael, sur quoi travailles-tu en ce moment ? s'enquiert mon père.

Raf a passé son enfance à imaginer des cabanes. C'était notre architecte officiel, qu'on soit au fond du jardin avec des branches récupérées en douce suite à un élagage, ou dans nos chambres avec des draps chipés dans le placard à linge.

En grandissant, Rafael a remplacé les cabanes par des maisons écoresponsables, que ça soit en les dessinant ou en aidant à la rénovation de bâtisses anciennes. Il s'est spécialisé dans ce domaine. Il parle avec passion d'habitations dites passives, inspirées des *earthships*, qu'il a étudiés, ou de différentes méthodes d'isolation, allant de la paille à la laine de bois, qui permettent un meilleur déphasage thermique que la laine minérale, en plus d'un meilleur bilan carbone – à ce stade, j'arrête souvent d'écouter, c'est trop technique pour moi.

La seule maison imaginée par Raf que j'aie pu voir avant sa vente avait une forme ronde et pouvait tourner sur un axe, tout en étant autosuffisante une bonne partie de l'année. Je l'avais trouvée à la fois étrange et fascinante, j'étais fière de voir mon frère construire une telle chose.

— On bosse en ce moment sur un concept prometteur : plusieurs quartiers entièrement écoresponsables. Ce projet va mettre du temps, mais je suis très enthousiaste.

— Qui sait qui va faire son Dubuffet ? raille Ruben en envoyant une boulette de pain à mon frère.

La référence me fait sourire, car si nous l'avons tous ici, c'est uniquement parce que mon frère s'est rendu à Chandigarh, en Inde, pour son voyage d'études – une ville dont les plans furent intégralement dessinés par cet architecte français de renom.

Raf hausse les sourcils, moqueur.

— C'est le but. Je serai une référence pour mes pairs... mais pas avant cinquante ou soixante ans.

— On leur enverra les photos d'aujourd'hui, ils seront tous... sur le cul ! ironise Ruben.

Je ricane avec lui et évite le haricot vert que me balance Rafael depuis l'autre bout de la table. Mes parents nous observent avec amusement. On voit que le temps a passé : il y a vingt ans, on se serait fait réprimander d'avoir osé jouer avec de la nourriture.

À l'attitude de mon père, on comprend que Ruben sera le prochain à être interrogé, et ce dernier me lance un regard tendu. Aussitôt, je me doute de ce qui va suivre.

— Et toi, mon grand ? Comment se porte le journaliste ?

Ruben sourit, et je me demande si je suis la seule à deviner la tension de ses épaules.

— Puisque vous en parlez, je comptais attendre un peu, mais... j'ai une bonne nouvelle. On m'a offert un poste de correspondant. Je vais toujours écrire pour le même journal, mais...

Il se tait un moment, vérifiant nos premières réactions avant d'avancer prudemment :

— Depuis l'étranger.

Vu que son adresse actuelle se situe à Londres, la précision fait tiquer mes parents.

— Où te proposent-ils d'aller ?

Le ton de ma mère est posé, pourtant je crois qu'elle a déjà deviné.

— Chicago.

Le mot résonne dans le silence, et nous nous épions tous comme si nous attendions de voir qui osera réagir le premier. Je sens Ruben assez mal, et en même temps, je sais à quel point il rêvait de partir vivre aux États-Unis.

Je me force à faire une tentative pour détendre l'atmosphère :

— Dommage, ça n'est pas une capitale européenne, ça va me faire un peu loin...

Mon essai me semble plus raté qu'autre chose : Rub, qui me regarde, doit penser pareil, alors je lui adresse une petite grimace contrite. S'il n'a pas l'air de s'en formaliser, c'est surtout parce qu'il attend de mes parents une réaction.

— C'est merveilleux, Rub, tu dois être très heureux, finit par dire mon père. Je sais que tu étais déçu, la dernière fois, de ne pas avoir été choisi pour ce poste de correspondant.

Mon frère approuve.

— Le collègue qui est allé à Chicago n'a pas réussi à s'y acclimater. Il en a fait part à notre chef, qui m'a proposé aussitôt d'y partir, puisqu'ils avaient hésité lors des entretiens.

Ruben nous explique ce qu'il a déjà organisé pour son déménagement ; a priori, il compte reprendre en sous-location le logement de son collègue. Il a l'air emballé, on sent que cette opportunité professionnelle lui tenait à cœur.

J'ai beau être contrariée de le savoir bientôt si loin, je me dis que, dans le fond, nous vivions déjà dans des pays différents depuis un moment.

— C'est super, Rub, tu vas nous faire découvrir la ville, je ne connais Chicago que de nom, j'interviens enfin.

Il me sourit.

— Il y a des séries qui se passent là-bas, *Chicago Fire* ou...

— Si tu crois que tu vas finir sur un tournage, tu rêves, petit frère, se moque Raf.

Alors qu'ils se chamaillent, je remarque que ma mère a les larmes aux yeux et semble faire de son mieux pour se reprendre.

— Les garçons, ça suffit.

— Maman ?

Ruben n'ajoute rien, pourtant on comprend tous ce qu'il attend. Enfin, elle se décide à réagir, même si son sourire est tremblant.

— Je suis fière de toi. Tu vas me manquer... mais je vais convaincre ton père de venir avec moi te rendre visite à Chicago.

Elle semble à deux doigts de pleurer. Ruben, fidèle à lui-même, se lève et, en trois enjambées, la rejoint pour l'étreindre.

— Allez, tu maîtrises WhatsApp, maintenant, ça sera idéal pour garder le contact !

— Tu as raison, bien sûr...

Et là, sans que je sache pourquoi, je le sens venir à l'avance. Raf aussi, d'après son sourire.

— Bravo, mon lapin !

Rafael et moi éclatons de rire, pourtant Rub a l'air de s'en moquer royalement.

— Eh bien, que d'émotions ! remarque mon père, visiblement aussi touché que maman. Allez, je vais chercher l'omelette norvégienne.

— Mais non, c'est ça, le dessert ? s'exclame aussitôt Rafael, qui se lève et suit papa à la trace.

Ruben, qui commence à débarrasser, s'éloigne, et maman vient vers moi, bras tendus. Je l'enlace, sentant qu'elle a besoin d'un câlin de sa petite dernière.

— Tu as vu, j'ai pensé à vous : l'omelette norvégienne est l'un des seuls desserts que vous appréciez tous. Même si je suis presque sûre que c'est parce que, à l'époque, vous aimiez l'idée qu'il y ait de l'alcool dedans.

Quand elle me relâche, je lui souris avant de hausser les épaules.

— C'est vrai, il devait y avoir de ça. Mais tu verras à quel point je suis devenue sérieuse et sage en vieillissant, car là, je n'en prendrai pas. J'ai trop mangé, il faut que je me réserve pour demain.

Sur ce, j'attrape la vaisselle sale pour aller la ranger dans la machine à laver. Dans la cuisine, le débat fait déjà rage : fait-on flamber au rhum ou au Grand Marnier ?

6

Devant la baie vitrée de la salle à manger, je contemple notre jardin, qui se poudre doucement mais sûrement. Il neige le matin de Noël ! Cela arrive de moins en moins, et j'ai presque envie de faire un vœu, comme si je venais de voir une étoile filante.

J'ai mal dormi, j'émerge tranquillement. Je bois une eau pétillante dans laquelle j'ai pressé un citron. Je suis la seule debout, à part Tolkien, qui m'a suivie et a eu le plaisir de découvrir la pelouse toute blanche quand je l'ai fait sortir. Mon estomac semble enfin se calmer. Je soupire.

— Un café ? propose une voix derrière moi.

Je me retourne pour dévisager ma mère.

— Ça serait gentil, merci.

Il me faut encore quelques minutes pour m'arracher à la contemplation des flocons qui tombent, avant de la rejoindre à la cuisine. Quand je dépose mon verre dans l'évier, elle me sourit.

— Une eau au citron ?

— Oui, j'essaie, le matin. C'est censé être bon pour le teint, pour...

— Les nausées matinales ?

Ma main se plaque sur mon ventre, en un aveu silencieux. En douceur, elle retire la deuxième tasse de la machine à café, se love dans son large châle aux teintes indigo, puis me fait signe de la précéder, l'air sérieux.

Nous nous installons à la table. Je ne peux m'empêcher de la dévisager, redoutant ce qui va suivre.

— Je ne sais pas comment réagir, ma Rom, car tu ne laisses rien paraître. Tu as toujours été un peu secrète, comme les roses du jardin, qui mettent du temps à s'ouvrir. J'attendais de voir si tu comptais en parler...

Quand a-t-elle compris ? Elle me dévisage par-dessus sa tasse ornée de fleurs de cerisier.

— Romane ?

— Oui, je... ne sais pas trop si je dois être heureuse ou pas. Tu sais que j'ai des cycles irréguliers, ça ne s'est pas arrangé. Je n'ai pas réalisé tout de suite, c'est assez neuf.

Son expression se fait plus sombre.

— Tu veux dire que...

— J'aurais encore le temps d'avorter, si je le souhaitais. Ce n'est pas ça. Pour autant, ce n'était pas une grossesse planifiée.

Elle approuve calmement, ses yeux clairs, couleur de brume d'un matin couvert, fixés sur moi.

— Si tu as besoin de quoi que ce soit, je suis là. Pour t'accompagner dans une clinique, voir un médecin, pour en discuter... peu importe.

Ses précautions m'étonnent, pourtant je ressens une vague d'amour pour elle. Comme si la maman poule en elle se réveillait, souhaitant porter le poids des difficultés à ma place. Rasséréнée, je souris.

— Merci, maman. En fait, l'homme avec lequel je suis, Gabriel, est un ami de longue date, mais notre couple est plus récent. J'ai été malade il y a deux mois, une gastro. Je n'y ai pas pensé, à l'époque, mais ma pilule a dû suivre le même chemin.

J'avale mon café, soulagée de parler à quelqu'un de tout ça. Plus je me livre, plus le regard bienveillant de ma mère me rassure : aucun jugement ni sermon à l'horizon.

— Gabriel le sait ? Il a pris comment la nouvelle ?

Je grimace.

— Il avait l'air choqué, il ne s'y attendait pas. Ça m'a fait paniquer, et je devais partir le lendemain pour vous rejoindre tandis que lui s'envolait pour Berlin avec notre bande... et depuis, j'ai filtré ses appels.

— Tu aurais aimé une autre réaction ?

Après avoir hésité, je hausse les épaules.

— Je crois. On était loin de ces scènes de film où l'homme étreint sa femme, fou de joie.

Elle attrape ma main, qu'elle presse doucement.

— Romane, ma chérie. Tu sais pourquoi ce sont de jolis moments à regarder sur l'écran d'une télé ? Car ça n'est rien d'autre que de la fiction, continue-t-elle sans me laisser le temps de répondre. Désolée si ça semble évident, pourtant je crois qu'on l'oublie trop vite, et cela nous fait rater les moments réels bien qu'imparfaits qu'on pourrait vivre. Lui as-tu... je ne sais pas, dit que tu souhaitais le garder ? Que tu hésitais ou...

Je réfléchis à sa question. Quand j'en ai parlé à Gabriel, nous rentrions d'une fête et devions nous séparer au métro. C'était sorti tout seul, comme si je ne pouvais plus attendre. Il avait une réunion le lendemain, moi je m'en allais à Bordeaux, nous avons décidé de ne pas dormir ensemble, je devais partir tôt. À l'heure actuelle, il doit être à Berlin. A-t-il vraiment compris ce qui se passait, sur un trottoir, à deux pas d'une bouche de métro ?

Tiraillée, je sors mon portable, toujours en mode avion tant je redoute de lire mes messages. Gabriel et moi, c'est trop récent, et le fait que nous soyons amis depuis longtemps ne me rassure pas. Pourtant, il semblait très sûr de lui quand il m'a embrassée un soir, au moment où notre groupe d'amis se dispersait. La façon dont mon cœur s'est emballé ne trompait pas. Mais un bébé si tôt...

Je montre à ma mère les appels en absence et le dernier SMS de Gabriel. Elle considère mon téléphone, sérieuse.

— Ma chérie, j'ai eu trois enfants.

Ça me fait sourire, je secoue la tête.

— Je suis vaguement au courant, maman.

— Mais j'ai été enceinte quatre fois.

La surprise me rend muette, cette fois.

— Tu veux connaître la différence entre cette grossesse-là et les vôtres ? Quand j'ai vu le résultat sur le test, je n'ai pas ressenti de petite étincelle en moi, ce sentiment instinctif qui fait dire : « Oui, je veux cet enfant. » Pour vous, par contre, je l'ai su profondément. Et figure-toi que Ruben n'était pas totalement planifié. On m'avait proposé une promotion, ça ne tombait pas au meilleur moment. Ton père et moi nous disputions un peu, et notre couple me semblait plus fragile. Tout n'était pas parfait. Pourtant, je voyais presque Ruben dans mon ventre. Je lui ai même parlé, à ce petit embryon, en disant quelque chose du genre : « Salut, toi », rit-elle, les larmes aux yeux.

Moi aussi, je suis à deux doigts de pleurer.

— Instinctivement, je pense qu'on a la réponse, quelle qu'elle soit, car aucune n'est bonne ou mauvaise.

Il faut juste s'écouter… Qu'est-ce que tu as ressenti quand tu as su ?

Je me rappelle cet instant. C'était particulier, j'ai acheté le test sur un coup de tête, presque sans y croire. Il a aussitôt changé de couleur, j'étais abasourdie… et très heureuse.

Ma réponse doit se lire sur mon visage, car ma mère plaque les mains sur sa bouche.

— Oh, mon Dieu… je vais être grand-mère, alors ?

J'éclate de rire tandis que des larmes m'échappent pour de bon. J'inspire à fond, avant d'acquiescer. Je suis maman… enfin, dans quelques mois.

— J'ai bien vu que tu te touchais le ventre et évitais l'omelette flambée à l'alcool, puis ce matin le citron… On en a parlé pour ton amie il y a un an.

— Je sais, avoué-je en riant. Je me suis souvenue du conseil que tu m'avais donné pour Manon quand elle était malade, et je m'y suis mise. J'ai des nausées un jour sur deux…

Compatissante, elle grimace.

Nous discutons un moment, puis je vais nous préparer des tartines. Le plateau est presque prêt, il ne manque plus que la marmelade d'oranges, quand ma mère entre dans la cuisine.

— Romane, il y a quelqu'un pour toi, je l'ai vu à travers la fenêtre du salon et suis allée le chercher.

Surprise, je me retourne et aperçois Gabriel dans le couloir derrière elle. Mon cœur fait un bond. Il porte encore son manteau et ses cheveux bruns sont parsemés de flocons. Mon regard dérive vers le visage de ma mère, dont les yeux, confiants, pétillent de joie. Étrangement, c'est son attitude qui me calme un peu.

Gabriel entre dans la cuisine, un sourire timide aux lèvres.

— Désolé de débarquer comme ça, j'ai essayé d'appeler, mais ton téléphone ne semblait pas… peu importe. J'ai pris la voiture sur un coup de tête de bonne heure ce matin, je n'arrivais pas à dormir.

Cette phrase me fait frémir, je me revois me tourner en tous sens dans mon lit. Lui et moi sommes souvent assez synchrones, que ce soit sur l'avis de notre dernier ciné… ou nos insomnies.

— Hier, j'ai parlé à un de tes frères sur Instagram, qui m'a donné votre adresse, ajoute-t-il prudemment.

À mon expression, il doit comprendre ma surprise.

— Qui…

— Rafael. Il a affirmé que sa petite sœur avait la tête ailleurs, et j'ai dit que j'avais mal réagi à une annonce inattendue.

Ma mère a disparu, mais je ne m'en soucie guère. Le grille-pain éjecte avec force les deux tranches de pain que j'y ai mises, ce dont je me moque tout autant.

— Comme c'est Noël, je t'ai apporté quelque chose…

Puisque je ne bouge pas, Gabriel déballe lui-même le paquet en papier Kraft tout simple. Mon rythme cardiaque s'accélère dangereusement. Je découvre un bavoir et une paire de minuscules chaussons jaunes. Cette fois, mon cœur semble s'arrêter de battre pour de bon.

— Oh…

Ma voix s'étrangle. Je me demande si je vais fondre en larmes, ça n'est pas vraiment le moment ! Il me fixe, l'air grave, et je retrouve cette attention tendre dont il m'enveloppe si bien.

— Écoute, je te l'ai dit par SMS : je ne m'y attendais pas. Ça n'est pas que je n'étais pas heureux, je mets toujours du temps à réagir… Regarde, je suis amoureux de toi depuis une éternité, et il m'a fallu un an pour trouver le courage de t'embrasser, ajoute-t-il sur un ton plus bas, presque gêné.

Il s'approche, comme s'il hésitait à m'enlacer, et c'est moi qui le rejoins. Aussitôt, il me serre contre lui, l'air soulagé. L'impression de mieux respirer malgré l'étreinte de ses bras s'intensifie.

— Joyeux Noël, souffle-t-il.

À sa voix, je sens son émotion, et ça me fait du bien, quelque part, car je suis dans le même état ! J'acquiesce, perdue dans son duffle-coat, réconfortée par son odeur.

— T'as déjà eu ton cadeau, je remarque enfin, quand je retrouve la parole.

Ses yeux brillent d'un éclat malicieux.

— Oui ! Tu auras du mal à faire mieux, l'an prochain.

Nous rions alors que Gabriel me serre plus encore, m'aidant à relâcher une tension qui m'oppresse depuis notre discussion. Quand je rouvre les yeux, mes idiots de frères se tiennent sur le seuil. Un des deux a les cheveux en pétard, mais sourit, l'autre me dévisage comme si une corne venait de me pousser au milieu du front.

— Les gars, voici… mon Gabriel.

Rafael continue de sourire. Je le regarde en face, articulant un « merci » silencieux. D'un geste de la tête, il acquiesce, puis tend la main à Gabriel sans hésiter.

— Enfin, l'un de vous se décide à m'aider ! Gabriel, je suis content que tu sois venu. Je compte sur toi aux prochaines fêtes de famille. Ma chérie osera peut-être pointer le bout de son nez, si elle n'est pas la seule nouvelle venue dans cette famille de fous.

Je le dévisage, perplexe, percevant son petit sourire en coin ; eh bien, quelle bande de cachottiers nous faisons ! Gabriel salue mes frères, mais il ne lâche pas ma main. Bêtement, j'ai envie de rire et presse ses doigts.

Mon père apparaît à son tour, et bientôt, un joyeux bazar s'organise pendant que nous préparons le petit déjeuner. Nous nous installons tous ensemble à table, la distribution des cadeaux viendra ensuite : manger constitue notre priorité, surtout quand il reste du pain d'épices maison.

Gabriel est assis à mes côtés et réussit, comme il sait toujours si bien le faire, à s'inclure dans la conversation. Nous lui montrons les photos que nous avons faites hier, lui expliquons le défi que nous avons relevé, même si je l'avais déjà évoqué avec lui.

Ma mère, qui s'était absentée, réapparaît avec un album. Elle l'ouvre devant moi, avant de me demander, les yeux dans les yeux :

— Si tu es d'accord, j'aimerais qu'on reproduise celle-là, aujourd'hui.

Sur le cliché, ma mère, enceinte de moi, se tient à côté de sa propre mère, qui la serre contre elle, et leurs mains liées sont posées sur le ventre qu'on devine légèrement bombé par ma présence. Je lui souris, touchée. Tous les hommes autour de nous se figent, et mon père doit réagir le premier en me prenant dans ses bras. Je lui rends son étreinte, émue.

Alors que les questions fusent et que je me fais charrier par Ruben, nous finissons par nous décider à ouvrir les cadeaux. Pour éviter les présents inutiles, nous avons pris l'habitude de faire une chaîne : chacun de nous tire un nom au sort. Gabriel reçoit aussi quelque chose – j'avais pris avec moi son paquet, car je comptais le rejoindre à mon retour à Paris pour le réveillon, avant notre séparation délicate.

Enfin, je me décide à sortir ma surprise, la photo prise en cachette de Tolkien devant le miroir, que j'ai imprimée. Fière de moi, je la pose avec l'originale, que j'ai scannée, sur la table basse pour que tous puissent la voir. Dessus, Tolkien est un chiot tout doux et mignon. C'est une de nos premières photos de lui à la maison, et assurément ma préférée.

— Je me suis dit que Tolkien devait être dans notre album, je commente.

Ma mère éclate de rire, mon père ouvre de grands yeux, et je détaille mes frères, étonnée de leur expression.

— Quoi ? Vous trouvez ça idiot ?

Une minute plus tard, il y a sur la table le portable de Ruben, la tablette de maman et des impressions papier, dont une de Rafael, qui a fait un joli montage. À mon tour, je pouffe.

— On a réellement tous pris la même photo, chacun de notre côté, en nous planquant avec Tolkien ? remarque Ruben. Pauvre chien, on a dû l'épuiser, une vraie star !

Franchement, moi qui me pensais originale ! Et puis, c'est logique après tout : ce chien n'est-il pas le plus adorable membre de la famille ? Du moins jusqu'à ce qu'un bébé ne vienne remettre son titre en jeu, en tout cas.

— La mienne est la plus réussie, fanfaronne Rafael.

— Elle est juste plus joliment mise en scène grâce au photomontage, je rétorque aussitôt.

Mon père sourit avant d'intervenir :

— Désolé, mon grand, mais tu es beaucoup trop haut.

— Il manque le tapis, tranche ma mère.

— Gabriel ! Défends-moi, et tu gagnes l'estime d'un des membres les plus influents de cette fratrie, tonne Rafael, tout sourire.

Gabriel me regarde, et je hausse les épaules : ma famille est un peu dingue, il va falloir qu'il s'y fasse !

ANGÉLINE MICHEL

Qui veut remplacer le père Noël ?

Une photo discrètement encadrée trône sur le plan de travail : le père Noël, sa femme et toute une armée de lutins posent bêtement, des sourires de circonstance éclairent les visages rougis par le froid. La délicieuse petite fille déguisée en elfe multicolore, qui fait la tête, au coin, à gauche, c'est moi. Enchantée. Au cas où vous ne l'auriez pas encore deviné, j'ai toujours détesté Noël, la neige, les déguisements en velours qui grattent et tout ce qui va avec. Je dois avoir un esprit de contradiction surdéveloppé, vu le prénom sournois dont mes parents m'ont affublée après un excès de vin chaud : Noélie. Beurk.

Je jette un dernier regard sur l'extérieur et la frondaison luxuriante qui encadre mon bar de tôles colorées. Une légère brise chaude et iodée me caresse la joue et fait tinter les coquillages accrochés au-dessus du comptoir, comme un au revoir. Munie de punaises, je positionne sur le cocotier de la terrasse une affiche rédigée à contrecœur.

Fermeture exceptionnelle jusqu'au 27/12

Cela fait presque six ans que je suis arrivée sur les îles Grenadines, et je peux compter sur les doigts d'une seule main le nombre de fois où je me suis arrêtée de travailler. Toute la journée, je sers des boissons fraîches à des touristes souriants et détendus, qui sentent bon la crème solaire et le sable chaud. Le plus mal luné d'entre eux n'arrive jamais à me départir de mon sourire, car chaque moment passé ici est un cadeau. Dans mes songes les plus fous, je n'aurais pu espérer mieux. Pourtant, j'ai conscience de l'épée de Damoclès qui menace le sommet de mon crâne et mes jolies boucles rousses : un jour, ce rêve prendra fin et, rappelée par la folie paternelle, je rentrerai malgré moi au pays du nez qui coule. C'est sans doute pour cela que j'apprécie chaque instant comme si c'était le dernier.

Je reprends soudain mes esprits, pensant à l'avion qui m'attend, et réprime un frisson. Ma mère m'a appelée il y a seulement huit jours, me prévenant que mon père devrait subir une pose de stent d'ici peu, évoquant un problème lié à son obésité... Elle m'a rassurée en me disant que, même si cela semblait grave, l'opération était courante. Elle a ensuite profité de mon moment de faiblesse pour m'implorer de venir l'épauler. Je suis bien placée pour savoir qu'avec les fêtes de Noël se profilant à l'horizon elle aura besoin d'un petit coup de pouce. J'ai un caractère de cochon, mais je ne suis pas un monstre ; j'ai accepté.

Je pousse un long soupir et rejoins Louis, un prof de langues de 26 ans. Nous nous sommes rencontrés un an après mon arrivée sur l'île. Je voulais perfectionner mon anglais, et il était très pédagogue. J'ai pris des cours pendant trois ans avant de me rendre à l'évidence :

j'étais complètement bilingue, mais je n'arrivais pas à me résoudre à l'idée de cesser nos entrevues. Je me suis donc jetée à l'eau en l'invitant à dîner. Je me souviens avoir concocté un plat français pour lequel je m'étais entraînée au moins quatre fois... Il n'a pas compris qu'il s'agissait d'une tentative de séduction, mais, au bout de quelques semaines à ramer, c'est finalement lui qui m'a embrassée. À présent, nous vivons ensemble. Il est drôle, attentionné, intelligent et, chaque fois que je pose les yeux sur lui et sa peau dorée, je me sens chanceuse...

Pourtant, je suis restée très vague face à ses interrogations à propos de mon voyage, éludant la majeure partie de ses questions. Il sait simplement que mes parents tiennent une entreprise de jouets dans un village très difficile d'accès, quelque part en Finlande. Je n'ai pas pu lui en dire plus, j'avais trop honte. Il a pris mes silences pour de l'inquiétude et m'a laissée relativement tranquille.

Dans l'habitacle de sa voiture, la situation m'échappe soudain, lorsqu'il sort de sa poche un bout de papier, qu'il agite ostensiblement devant mon visage.

— Ma puce, je viens avec toi ! s'exclame-t-il, irradiant de bonheur.

Je m'étouffe avec ma propre salive, tousse et bégaie :

— Pardon ?

— Je t'accompagne en Finlande ! C'est une fabuleuse occasion de rencontrer ta famille, et puis, comme ça, je pourrai vous aider et te soutenir. Je vois bien que les soucis de santé de ton père te tracassent...

Qu'est-ce qui m'a pris de tomber amoureuse d'un homme aussi gentil ? Entendons-nous bien : d'habitude, j'adore les marques d'attention dont Louis regorge à mon égard. Mais aujourd'hui, je suis à deux doigts de le haïr. Je souhaite être seule pour regagner mon pays d'origine.

En aucun cas mes deux existences ne se juxtaposeront ! Je refuse qu'il rencontre mes parents et découvre par la même occasion leur grotesque choix de vie.

— Louis, chaton, c'est adorable, mais tu ne peux pas faire ça, je murmure doucement.

— Pourquoi ?

— Eh bien… ton boulot ! je m'exclame un peu trop fort pour masquer mon inconfort.

— C'est déjà réglé. J'ai posé trois semaines de vacances ; tous mes cours sont décalés.

— Et le chat ?

— Il reste chez ma sœur.

— Et le froid ? Tu n'y penses pas : acheter tout le nécessaire vestimentaire va te coûter une fortune !

— Ce n'est pas perdu, nous y retournerons. Il s'agit de ta famille, tout de même !

Mon cerveau mouline à vitesse grand V, incapable de trouver un contre-argument supplémentaire.

— Tu n'as pas l'air heureuse d'apprendre la nouvelle, murmure-t-il en se triturant les mains, visiblement mal à l'aise.

Je me mordille les lèvres, coupable. La dernière chose dont j'ai envie, c'est de lui faire de la peine. J'affiche un grand sourire et déclare avec un semblant d'entrain :

— C'est une merveilleuse surprise. J'espère juste que tu vas apprécier mon pays. C'est très différent de ce que tu connais…

Il m'embrasse et s'exclame joyeusement :

— J'en suis certain ! Tu sais que je n'ai jamais vu de neige ? Jamais ! Je suis impatient ! On pourra faire de la luge, du chien de traîneau, manger toutes ces spécialités dont tu me parles depuis notre rencontre et… prendre soin de ton père, évidemment.

J'angoisse pendant les quatorze heures que dure le voyage, incapable de fermer l'œil, ne sachant pas si c'est l'opération de mon père ou la présence de Louis qui me perturbe le plus. Je regarde ses cheveux de jais en bataille, son masque de sommeil qui penche un peu, et ses joues mal rasées… Il faudrait que je le prépare un minimum au choc de cette rencontre, sinon il va les croire complètement dingues… Je n'arrive pas à m'y résoudre, il est si enthousiaste.

J'essaie de me calmer et je ferme les yeux, mais, au fond, je sais que, très bientôt, Louis ne me considérera plus comme une fille « normale ».

Nous arrivons éreintés dans le hall de l'aéroport. J'entends déjà les cantiques de Noël et les clochettes tintinnabuler. L'écœurante odeur de sucreries dans l'air me donne la nausée, et la neige qui m'est tombée dessus sur le tarmac a réduit à néant mes efforts de maquillage. Je déteste l'hiver ! Mon père n'aurait-il pas pu se faire opérer en juillet ?

Louis commence à jauger la foule à la recherche de beaux-parents aussi roux que moi. Il en est à m'interroger du regard quand de grands cris attirent son attention : mes parents, en tenue de travail et accompagnés de plusieurs salariés, nous attendent, tentant de hisser à bout de bras un gigantesque panneau sur lequel je devine mon prénom. La subtilité n'a jamais fait partie de leurs points forts… Ou bien est-ce le froid qui a tendance à anesthésier leur capacité de réflexion ?

Je fulmine tandis que la mâchoire de Louis se décroche, sans que je puisse rien y faire. La honte m'envahit… Cette famille ne m'épargnera rien. Ils auraient pu s'habiller normalement, quand même ! Que croyaient-ils, que j'avais oublié ? Que ces costumes cheap en velours me manquaient ?

Je m'avance lentement et les embrasse tout en présentant mon petit ami :

— Papa, maman, voici Louis, c'est la première fois qu'il vient en Finlande. Louis, voilà mon père...

— Noël ? murmure Louis, stupéfait, en fixant sa barbe blanche.

— Père Noël, c'est bien moi ! répond papa en introduisant ma mère ainsi que ses salariés – leurs « fidèles lutins ».

Mon amoureux me lance des regards lourds de sens avant de rire nerveusement.

— Noélie, c'est un bizutage ?

— J'aurais préféré, je bredouille dans mon écharpe.

— Tu veux dire que... tu es la fille du père Noël ?

— Celui officiel de Laponie ! s'exclame Georg, le lèche-bottes de mon géniteur, qui est aussi, je vous le donne en mille, atteint de nanisme – je suppose que c'est uniquement pour cela que mon père l'a embauché.

La magie de Noël me revient en pleine face, tout à coup. La colère commence à s'insinuer en moi, mais je me tais. Je ne veux pas me disputer avec eux dès notre arrivée.

— Tu ne lui avais encore rien dit ? me chuchote ma mère.

J'opte pour la diplomatie et bafouille :

— J'ai préféré lui faire la surprise.

— Je comprends... Il a l'air content, en tout cas !

Je me retourne et aperçois Louis euphorique devant un traîneau de rennes, garé sur l'emplacement dépose-minute de l'aéroport.

— Vous n'en avez jamais vu, ou quoi ? s'impatiente Georg-le-prétentieux.

— Non, jamais ! Ni de neige ! C'est fantastique ! Dis, chaton, je peux monter ?

— Sauf si tu veux rentrer à pied ! je lui réponds en souriant mollement.

Mon père prend la direction de l'attelage, contre l'avis de ma mère, qui le somme de se reposer. Mais c'est sans compter l'oreille sélective de mon paternel, qui, incapable de se retenir de parler boulot, explique de sa grosse voix à Louis comment le créateur de notre entreprise de jouets, mon grand-père, est devenu le père Noël officiel de Laponie...

— Un jour de décembre 1955, il s'est déguisé pour le marché de Noël organisé par mon école. Il faut bien que tu comprennes, Louis, qu'à cette époque c'était de la pure folie ! Aucun chef de famille n'aurait osé un tel accoutrement en public. Mon père avait apporté un sac de toile plein de jouets invendus et d'oranges. La joie qu'il a lue sur les visages a été telle qu'il a décidé de passer le mois de décembre vêtu ainsi. Les ventes de jouets de Joulun Parhaat[1], notre société, ont bondi de 40 % dès la semaine suivante, et les enfants de la région entière ont commencé à venir lui rendre visite, sans jamais repartir les mains vides ! Sa petite entreprise de deux salariés a grossi depuis : nous sommes près de quarante !

— C'est ce qu'on appelle un sacré coup de pub ! s'exclame Louis, admiratif.

— Tu peux le dire, mon garçon !

Je reste silencieuse, incapable de me réjouir de ce retour forcé au pays.

1. Signifie « le meilleur de Noël » en finnois. *(N.d.A.)*

Alors que nous sommes tous attablés devant un chocolat chaud au chalet, ma mère prend la parole d'un ton solennel :

— Les enfants, nous allons avoir besoin de votre aide. Papa doit se faire opérer dans deux jours, ce vilain surpoids qu'il a accumulé n'est pas bon pour son cœur.

— Ma femme cuisine divinement bien, je vous l'ai dit ? chuchote mon père à mon petit ami.

Je ne peux m'empêcher de lever les yeux au ciel ; il a toujours été incapable de prendre quoi que ce soit au sérieux. C'est d'un désagréable !

— Noël, c'est très malpoli de couper la parole !

— Pardon, ma douce. Je suis tout ouïe.

Oh, et je déteste ces simagrées empruntées au vieux barbu ! Quand va-t-il redevenir une personne à part entière et arrêter de se faire appeler Noël pour redevenir mon véritable père ?

— Il sera donc opéré et totalement arrêté pendant plus d'un mois.

— Un mois ? Mais... tu t'étais bien gardée de me le dire ! Ça signifie qu'on va devoir... le remplacer ? je demande, l'air affolé.

— Qu'y a-t-il ? demande Louis, qui n'a toujours pas compris que ses vacances partaient en fumée.

— Eh bien, hésite ma mère, je suis un peu vieille pour le remplacer à plein temps, ce sont des journées de plus de quatorze heures. Et Noël veut que tu sois son unique bras droit, alors oui... je comptais sur vous.

— Maman, les fêtes sont dans un mois ! Tu ne peux pas nous faire ça ; il faut embaucher un vrai remplaçant !

— Attendez, vous êtes en train de demander à votre fille d'être le père Noël par intérim ? s'esclaffe Louis, que la situation est le seul à faire rire.

— Gérante d'une entreprise de jouets, chaton, concentre-toi ! Ne comptez pas sur moi ! Est-ce que je vous demande de venir servir des cocktails en plein mois de mai, moi ? Non ! Je me débrouille.

Mes parents se regardent sans mot dire. Le malaise s'installe, doucement. Louis pose une main sur mon épaule et commence à me masser, pour me calmer.

— Chaton, peut-être qu'on pourrait essayer de les aider un peu ?

— Tu es adorable, mais tu n'as pas idée de la faveur qu'ils me demandent ! On parle de cent heures de travail hebdomadaire. Adieu le tourisme et les balades en chien de traîneau... Non, je regrette, tu es venu pour découvrir la Laponie ! Je donnerai un coup de main, simplement je ne suis pas en mesure de m'improviser cheffe d'une entreprise de quarante salariés !

— Enfin, tu baignes là-dedans depuis que tu es enfant ! Tu connais tous les secrets de notre réussite. Il n'y a que toi qui puisses me remplacer au pied levé, sinon le réveillon sera fichu ! s'exclame mon père d'un ton mélodramatique, qui m'horripile immédiatement.

— Je vais faire un tour, je riposte, excédée.

Je passe plus d'une heure en compagnie des rennes. J'ai toujours adoré les dorloter, surtout les bébés ; je leur offre des carottes, m'attirant leur tendresse intéressée. Une fois sûre que mes parents sont couchés, je rentre en catimini dans la maison et rassemble rapidement quelques objets dans un sac à dos : une lampe baladeuse, un grand thermos de thé, un plaid, quelques parts de gâteau, et je file chuchoter à Louis de me suivre sans faire de bruit.

Quelques instants plus tard, nous nous dirigeons vers le fond du jardin.

— Quand j'étais ado, je rêvais d'avoir un sauna comme mes copines. Je crois que nous étions la seule famille à ne pas avoir le nôtre. Mon père a donc entrepris la construction d'une petite hutte, au bout du terrain, mais accaparé par l'entreprise, il n'a jamais pris le temps de finir les travaux.

Une fois devant la cahute en bois, je me hisse sur la pointe des pieds pour en dénicher la clé, que je garde toujours rangée dans un petit nichoir à oiseaux. Je l'insère dans la serrure et tourne doucement, jusqu'à ce que la porte s'ouvre. Nous sortons la lampe baladeuse de mon sac et l'installons à une poutre du plafond avant de l'allumer.

— Attends, ce n'est pas une cabane, mais bel et bien une résidence secondaire ! s'exclame Louis, visiblement impressionné.

— L'année de mes 17 ans, j'ai passé des mois à bricoler ici... Pendant tout un été, avec mes amies Hanna et Eliina, nous avons isolé les parois, aménagé l'intérieur et profité du lieu pour nous créer de formidables souvenirs...

Je lui montre quelques photos épinglées sur un tableau de liège fixé au mur. On nous y voit, toutes les trois en bleu de travail, devant un barbecue rempli de grillades, ou encore au petit matin dans nos sacs de couchage, dormant à même un sol en travaux. Sur ces clichés pris par ma mère, j'irradie de bonheur.

— Je crois que c'est cet été-là qu'est née ma passion pour les paillotes...

— Sans quoi tu n'aurais peut-être pas tout quitté pour acheter cette vieille bicoque sur la plage au pied de chez moi...

Je souris à l'évocation de mon commerce et nous sers une tasse de thé fumante avant de l'inviter à s'asseoir sur un banc en pin face à la grande fenêtre donnant sur le ciel.

— Désolée pour tout à l'heure... Parler de cette foutue entreprise a tendance à me mettre hors de moi.

Louis me sourit en attrapant ma main.

— Ce n'est pas grave... mais ça me surprend un peu, toi qui es toujours si détendue ! Explique-moi.

Je soupire. Il a entièrement raison. Je ne sais pas pourquoi j'agis ainsi... Après un court instant de réflexion, je poursuis :

— Chaque fois que je reviens ici, c'est un peu comme si je me sentais prise au piège. La société de mon père fonctionne à plein régime, il est adorable avec tout le monde, mais...

— Mais quoi ? demande Louis, après quelques secondes de silence.

— On a passé si peu de temps ensemble... Et je suis à peine revenue, voilà que cette satanée fabrique passe avant tout le reste ! Je pensais qu'ils avaient trouvé des remplaçants et que nous en profiterions tous les quatre. Je venais pour aider un peu, pas pour effectuer la totalité du travail ! Rien n'a changé.

— Nous allons partager des moments ensemble, qui seront différents de ceux que tu avais espérés...

— Tu ne comprends pas : son souhait le plus cher serait que je reprenne le flambeau pour un mois d'abord... et que je reste ici pour toujours. Il me tanne avec ça depuis que je suis gamine, persuadé qu'un jour, comme par magie, je changerai d'avis... Mon père se fiche de mes désirs d'avenir. Il est incapable de comprendre que mes rêves ne se limitent pas à la Laponie et à Noël. Plus il vieillit, plus l'étau se resserre... Je suis tiraillée entre l'envie d'honorer les traditions familiales et celle de les envoyer balader une bonne fois pour toutes, et de ne plus jamais revenir. Je voudrais juste qu'il soit fier de moi, pourtant j'ai l'impression de ne jamais être à la hauteur.

Louis me passe un bras autour des épaules, d'un geste protecteur.

— Tu envisages réellement de revenir habiter ici ?

— Non... mais ça lui ferait tellement plaisir.

Il réfléchit un instant avant de me répondre :

— As-tu essayé d'en parler avec lui ? Peut-être faudrait-il simplement trouver un juste milieu ? Lui expliquer que son entrepreneuriat t'a beaucoup appris, mais que tu souhaites créer tes propres coutumes.

Il a probablement raison, mais ce n'est pas simple. Mon père est buté comme un âne. J'essuie mes yeux humides d'un revers de la manche.

— Noélie !

Je sursaute et regarde par la fenêtre. Louis s'est levé d'un bond, estomaqué devant la beauté du spectacle qui s'offre à lui : des volutes vertes dansent dans le ciel en effleurant la cime des arbres. J'avais hâte de pouvoir revivre ces instants suspendus dans le temps. J'observe la lumière se mouvoir subtilement devant ses yeux ébahis.

— Est-ce que je viens de vivre ma première aurore boréale ? me demande-t-il au bout de quelques minutes, complètement surexcité.

— Oui. C'est somptueux, n'est-ce pas ?

— C'était magique ! J'adore ce pays !

— DEBOUT ! braille une voix nasillarde dans mon oreille.

Louis et moi sursautons d'un même mouvement alors que j'ouvre les yeux. La seule chose que je distingue, c'est un nez empâté et bourré de points noirs. Je hurle, traumatisée. L'appendice recule, et j'aperçois Georg, fier de son effet.

— Allons, allons, mademoiselle Noélie, pas d'affolement, ce n'est que moi ! Je vous apporte un petit déjeuner typique : du pain de seigle et du porridge maison, minaude-t-il en posant le plateau bien garni sur le couvre-lit.

— C'est adorable, Georg, répond poliment Louis, les cheveux en bataille.

Je fulmine alors que le nain fait tinter la clochette de son bonnet.

— Père Noël vous attend dans une heure devant le chalet : il vous a préparé une surprise, se délecte le fayot de service.

Je tire les rideaux rouges à pompons et contemple le jardin. Il ne fait pas encore jour, mais je distingue une quantité de neige incroyable, tombée durant la nuit. Je frissonne d'avance et pense avec nostalgie à la garde-robe de plage restée dans notre appartement, sur l'île. Quel bonheur de ne presque rien posséder, de se contenter d'enfiler un tee-shirt et un short, plus ou moins bien coordonnés.

Je jette un regard à la pile de vêtements qui m'attend en grimaçant : sous-pull, pull, veste, combinaison... je n'en vois pas le bout. Je soupire en prenant une gorgée de café.

— À quoi tu penses ? me demande Louis, la bouche pleine.

— Au soleil, je réponds, pleine de nostalgie.

Il me passe la main dans les cheveux, en murmurant :

— Tu vas le revoir, ton soleil... Mais, en attendant, j'ai hâte de découvrir cette fameuse surprise !

Je souris devant tant d'entrain ; j'ai l'impression d'être accompagnée d'un môme de 5 ans. C'est l'effet que la Finlande fait à tout le monde, je crois. Il semblerait pourtant que j'en sois immunisée. Je redoute déjà le tête-à-tête avec mon père, qui va me bassiner avec son remplacement...

Ce dernier nous accueille un peu plus tard à bras ouverts dans son traîneau, mais refuse de nous dire où il nous emmène.

— Une surprise, c'est une surprise ! Ho-ho-hooo, tonne-t-il de sa grosse voix.

Je lève les yeux au ciel devant ses talents d'acteur et remonte mon écharpe jusqu'aux sourcils pour qu'on ne me reconnaisse pas.

Nous prenons le chemin qui mène à l'atelier de confection, un grand et beau hangar en bois, à l'orée du village. Une entreprise qui fonctionne jour et nuit, tous les mois d'hiver. Nous arpentons les rues au milieu des voitures et piétons qui partent travailler. Que doivent penser les gens de cet illuminé toujours accompagné de son fidèle nain, outrageusement déguisé ? J'ai l'impression que nous sommes la risée du monde entier. Mon père se gare enfin près de l'entrée où deux salariés fument une cigarette, tout en s'exclamant d'un ton guilleret :

— Bonjouuur, père Noël !

Même Louis ne peut s'empêcher de rire devant l'accoutrement navrant de ces deux-là : des combinaisons vert et jaune et un long bonnet qui leur arrive à la taille.

— C'est le nouvel uniforme de l'entreprise, un savant mélange de gaieté et de folklore ! nous apprend mon père, qui entreprend une visite dans les règles de l'art, tout en saluant le personnel.

En pénétrant dans le hall, l'odeur de bois ciré qui flotte dans l'air me ramène en enfance, lorsque j'observais les salariés fabriquer de leurs mains des maisons de poupée extraordinaires... Je me rappelle une femme, Rikka, qui trouvait toujours le moyen de m'offrir un présent avant le 25 décembre. Elle prétendait qu'il s'agissait d'un jouet cassé, mais je reste persuadée qu'elle faisait exprès de l'abîmer très légèrement, tant je lui faisais de la peine à baver durant des heures devant son ouvrage. Mon Dieu, je l'avais presque oubliée...

Je pioche dans une corbeille en osier que Georg-l'andouille me tend : des pains au raisin et à la cannelle. Alors que je croque dans cette madeleine de Proust, les souvenirs affluent tout à coup : l'élégance des jouets en bois, les beaux objets et les livres que l'on s'offrait à l'époque. Une vague de chaleur m'envahit ; je ne déteste peut-être pas complètement Noël, après tout...

En ouvrant un œil, j'aperçois, avec une pointe de déception, les cartons de cartes Pokémon, les Barbie à l'air vaguement racoleur et le lèche-bottes de mon père, qui me fixe.

— Tu veux ma photo, Georg-la-menace ?

Il me toise, mais ne prend pas la peine de répondre.

Nous arrivons dans la partie de l'entrepôt où sont fabriquées les décorations, une activité accessoire à celle des jouets. Des boules en verre multicolores sont suspendues au plafond pendant leur temps de séchage. J'ai l'impression de marcher sous un ciel étoilé... C'est si beau, si réconfortant. Je sens la main de Louis exercer une légère pression sur la mienne. Pas de doute, il est bluffé. Bizarrement, j'en ressens une certaine fierté.

J'ai peut-être été un peu dure avec ma famille... C'est une belle entreprise, qui fait vivre une partie des habitants de Rovaniemi.

Je soupire, légèrement confuse en retrouvant le paradis hivernal que les touristes aiment à décrire avec passion. Une onde de bien-être m'envahit lorsque je passe près du feu de bois qui réchauffe la pièce.

Un employé nous propose gentiment de confectionner une décoration : je m'attelle à la tâche avec beaucoup de soin, peignant sur la boule de verre deux mots qui font bondir de joie mon père : *Kaikki Hyvin*. Devant le regard médusé de Louis, je me sens obligée d'ajouter :

— Cela signifie « d'accord » en finnois.

— Tu acceptes de l'aider ? s'extasie mon petit ami, aux anges.

— Papa, je ne voulais pas te mettre dans l'embarras. J'accepte de t'aider pendant un mois. Un seul. Mais ensuite, je ne veux plus jamais entendre parler de cette société.

— Je suppose que c'est un bon compromis... Je m'attellerai à chercher un repreneur cette année, fait-il tristement.

Après le déjeuner, Louis et moi partons faire un tour. La matinée m'a épuisée ; j'ai grand besoin de prendre l'air. La lumière est déjà en train de décliner lorsque nous arrivons au marché de Noël artisanal sur la place piétonne Koskikatu. L'endroit est noir de monde, comme à chaque fois. Les gens sont emmitouflés sous des couches de vêtements, à la recherche du présent idéal. Bravant le froid, ils se baladent sous les illuminations suspendues, un verre de vin chaud à la main.

— C'est ici que je venais tous les ans, pour faire mes achats de Noël. Il y a un grand choix d'objets originaux, je crois que ça va te plaire ! Il faut absolument que nous trouvions le stand des Sámis !

— Ce sont des amis à toi ? demande innocemment Louis.

— Non, c'est l'unique peuple autochtone de l'Union européenne ! C'est une ethnie passionnante, qui vit d'élevage, de pêche et surtout qui confectionne des objets artisanaux à tomber. Oh, il faut que nous trouvions un moment pour aller les voir. Tu vas les adorer au moins autant que moi !

Louis jette son dévolu sur une bougie de l'Avent, qui fera le bonheur de sa sœur, ainsi que sur un panier gourmand local pour ses parents. Nous achetons également quelques photophores en bois pour l'appartement et des sucres d'orge censés nous donner les forces nécessaires pour le chemin du retour. Au bout d'une heure, je sens que mon petit ami, qui n'a pas l'habitude du froid, commence à grelotter.

— Tu veux qu'on trouve un endroit où se réchauffer ?

— Avec plaisir !

Nous nous dirigeons d'un pas rapide vers une rue adjacente, qui donne sur le fleuve gelé. Je lève la tête et cherche le numéro 21. Le café Koti, une institution au village. Louis et moi pénétrons dans une salle élégante et bondée, avant de nous présenter au comptoir d'accueil :

— Bonjour, nous souhaiterions savoir s'il reste une table pour deux sur le toit.

L'employé ne lève même pas les yeux de son écran lorsqu'il répond :

— Il ouvre à 16 heures, il va falloir patienter.

Déçue, je me tourne vers Louis.

— C'est dommage, j'aurais adoré te montrer l'endroit où j'ai passé tant d'heures avec mes copines...

— Noélie ?

Je fais volte-face et remarque derrière le salarié une jeune femme à la longue chevelure blonde et au maquillage raffiné. Elle a beaucoup changé, mais je la reconnaîtrais entre mille.

— Hanna ! je m'exclame, prenant la liberté de passer derrière le comptoir.

— Ça me fait plaisir de te voir ! Tu es en vacances ?

— En quelque sorte... Je te présente Louis.

— Je suis ravie de faire ta connaissance !

— Tu es la Hanna qui a aidé à la construction de la cabane, celle en bleu de travail sur la photo, je me trompe ?

— Oh, j'avais oublié ! Oui, c'est bien moi, la cote en moins ! Vous avez le temps de boire un verre ?

— Nous étions venus pour ça, je voulais montrer le toit à Louis, mais manifestement, ce n'est pas encore ouvert.

Hanna m'adresse un immense sourire suivi d'un clin d'œil, puis soulève le cordeau de sécurité :

— J'en fais mon affaire. Venez !

Nous débouchons tous les trois sur une terrasse en bois protégée d'un dôme de verre. Le mobilier est toujours le même : des tonneaux, des fauteuils confortables et même des hamacs. Quelques plantes établissent des barrières naturelles entre chaque table. L'endroit n'a rien perdu de son charme.

Malgré le froid ambiant, cette terrasse me réchauffe le cœur et me rappelle les longues soirées passées à réviser nos examens, à flirter avec des garçons, mais aussi à papoter entre copines.

Louis contemple la vue imprenable : le lac gelé apporte à l'ensemble une quiétude réconfortante. Les lumières bleutées qui en émanent ont le pouvoir d'apaiser n'importe qui...

Je pousse un long soupir alors que mon amoureux m'adresse un sifflement d'admiration, dont je ne suis pas peu fière. Du monde entier, c'est sans doute l'endroit que je préfère... malgré le fait qu'il se trouve en Finlande !

— C'est marrant, ça ressemble un peu à ton café des Grenadines, fait remarquer Louis en souriant.

— Je n'ai rien inventé ! Je me suis complètement inspirée de cette ambiance bohème, que j'adore.

Hanna ouvre le bar, qui se trouve dans une caravane en bois coloré, et nous invite à nous installer.

— Que voulez-vous boire ?

— Quelque chose de bouillant ! s'exclame Louis, encore frigorifié.

Hanna rit et nous apporte trois verres de vin chaud.

— Si je m'attendais à te croiser là ! sourit-elle en trinquant.

— Mon père doit se faire opérer, nous sommes revenus en urgence pour aider ma mère à gérer l'entreprise.

— Oh, j'espère que ce n'est pas grave... Je suis allée lui rendre visite aux dernières vacances scolaires avec mon neveu ! Il a été adorable. C'est vraiment la valeur ajoutée de ce village... Tu as de la chance d'avoir un père aussi passionné.

— Hmm... Tu dis ça parce que ce n'est pas le tien qui se balade en costume en plein mois de juillet !

Nous passons plus d'une heure à bavarder. Hanna nous promet de venir nous voir sur les îles Grenadines dès les prochaines vacances et, la connaissant, ce ne sont pas des paroles en l'air.

— Mes parents doivent nous attendre de pied ferme pour un long récap bien barbant, je soupire. Mais une chose est sûre : je ne porterai pas cet uniforme ridicule !

J'attrape un stylo et le bloc de prise de commande qu'a oubliés Hanna et commence à croquer quelques tenues simples et élégantes, tout en discutant de ce que je souhaite améliorer depuis toujours :

— Quand j'étais plus jeune et que reprendre cette entreprise me semblait inévitable, je souhaitais offrir les invendus à l'orphelinat, au lieu d'organiser une braderie à la mi-février. Je voulais aussi aider les salariés les plus démunis et arrêter de privilégier l'embauche des nains de toute la Scandinavie ; c'est de la discrimination positive, tu ne trouves pas ?

— Dis-moi que tu ne vas pas faire ça ? vocifère la voix grave de mon père.

C'est dingue, depuis que je suis revenue en Finlande, il paraît impossible de me réveiller en douceur. Ce pays, où vivre paisiblement est pourtant la norme, ne m'offre aucun répit. J'ouvre un œil, puis l'autre. Il est bien là, sur le seuil, rouge comme le nez de Rudolphe. Je me redresse, les membres encore engourdis de sommeil.

— Faire quoi ?

— Changer ma tenue ! Et par la même occasion, les coloris de Noël ! Du blanc, non mais franchement !

gueule-t-il en brandissant le carnet que j'ai oublié dans le salon, la veille au soir.

— Oh, ça... ce ne sont que des idées, papa...

— Noélie !

— Quoi ? J'ai quand même le droit de m'habiller comme je veux !

— Noélie, tu réduis à néant des années de coutume, tu t'en rends compte ? Tu es une ingrate !

— Je te rappelle quand même que papi a changé la teinte de son costume à cause d'une pub Coca-Cola, alors les traditions...

— C'était différent ! Tu viens pour un mois, tu pourrais t'accommoder un minimum de la situation ! J'ai passé ma vie à rendre cette entreprise aussi exceptionnelle que possible, et tu fiches tout en l'air ! Rien n'est jamais assez bien pour mademoiselle... Promets-moi que tu ne réorganiseras pas tout pendant mon absence !

Ne sachant que lui répondre et pressentant qu'on ne trouverait pas de compromis ce matin, je reprends mes habitudes d'adolescente et lui demande :

— Ferme la porte, tu veux ?

Je me réfugie contre Louis, la couverture faisant barrière à la mauvaise humeur de mon père.

— Tu aimes toujours autant ce pays ? je plaisante.

Ma remarque semble renforcer la colère du père Noël au-dehors.

— Ça ne se passera pas comme ça ! hurle mon paternel avant de claquer la porte.

J'entends son pas lourd se précipiter sur la chaîne hi-fi, qu'il allume, pour lancer à fond son CD de quantiques préférés : *Christmas Rock's !*

Je fulmine avant de rabattre la couverture sur mes jambes. Ma mère débarque alors discrètement dans notre chambre, l'air gêné.

— Il est un peu susceptible, en ce moment, ce doit être l'opération...

Le lendemain, Georg et ma mère s'apprêtent à conduire mon père à l'hôpital. Ce dernier ne m'a pas adressé la parole depuis notre accrochage... Encore une fois, sa maudite entreprise passe en premier ; il n'a pas cherché un seul instant à me comprendre ou à discuter. Pourtant, je m'en veux autant qu'à lui. Je n'ai jamais eu le don d'arrondir les angles...

Il va se faire opérer, et je refuse de le quitter brouillée. Je tente donc une dernière fois de l'interpeller quand il passe la porte, encombré d'une malle rouge bien trop grosse pour un séjour si court :

— Bon courage, papa.

Il fait volte-face et me toise derrière ses lunettes de soleil aux branches qui clignotent, puis referme le battant sans un mot. Une boule se forme dans ma gorge, tandis que je craque, seule au milieu du salon. Et s'il ne se réveillait pas de cette opération ? Je n'ai même pas pu lui dire à quel point je l'aimais, à cause de ce fichu costume, dont je me fous en fin de compte !

En signe de reddition, même s'il n'est pas là pour le voir, j'enfile un bonnet de Noël, puis quitte le chalet. Ainsi, il sera avec moi...

Vers 8 heures, Louis et moi arrivons devant l'entrepôt en motoneige. J'ai les jambes qui tremblent, tant je redoute ce premier jour... Bien sûr, j'ai passé toute mon adolescence ici, à effectuer des tâches diverses pour aider mes parents et gagner un peu d'argent, mais aujourd'hui, c'est différent. J'entre un peu fébrile et salue les salariés, qui me demandent immédiatement des nouvelles de mon père.

— Il va bien, ne vous en faites pas. Il n'est même pas encore entré au bloc !

Je souris nerveusement en comptant secrètement les minutes qui le séparent de l'instant fatidique.

J'avance pour m'installer dans le bureau réservé à la direction pendant que Louis part nous chercher des cafés en salle de pause. J'y découvre une liste de choses à faire, rédigée de l'écriture soignée de ma mère. En parcourant le feuillet, je me rends compte qu'il n'y a rien d'insurmontable : quelques commandes à passer, deux réunions de suivi à organiser, un peu de gestion et quelques bribes de management... La seule chose qui me coûte est de devoir accueillir les enfants à partir de la semaine prochaine. Près de cette mention, papa a ajouté, d'une écriture brouillonne :

C'est le plus important, il faut y aller : je compte sur toi !

Je souris malgré moi ; il n'en rate pas une. Plus loin, je tombe sur une autre de ses annotations :

Fais de ton mieux, et tout se passera comme sur des roulettes ! Je t'aime.

Les larmes me montent aux yeux.

— Dis donc, ton père est très apprécié, ici ! s'exclame Louis en revenant avec nos boissons chaudes.

Après avoir bouclé la moitié du travail prévu par mes parents, nous décidons d'aller nous restaurer à la cantine. Le self est presque vide, et mon attention est vite retenue par des jumelles, qui partageaient ma classe au lycée.

Eliina me fait signe.

— Noélie ! Venez vous joindre à nous ! Je suis tellement contente de te voir !

Je suis émue de retrouver mon amie, qui n'est autre que la comptable de mon père, et même si nous nous sommes donné peu de nouvelles durant ces dernières années, notre lien reste indéfectible.

Elle nous apprend rapidement qu'elle s'est mariée l'année dernière avec le fils d'un musher de notre connaissance – il a d'ailleurs repris l'élevage. À l'évocation des chiens, Louis me donne un coup de coude entendu. Je ris et lui promets que nous irons tester cette activité.

La journée passe à une vitesse folle et, déjà, nous regagnons le parking au pas de course pour rejoindre l'hôpital. J'ai hâte de voir comment mon père se porte, je n'y tiens plus. Même si ma mère m'a assuré que tout s'était très bien passé, j'ai besoin de lui dire à quel point je regrette mon attitude idiote. Hors de question de laisser pourrir la situation, je suis une adulte, bon sang !

Je masque à peine mon agacement lorsque la motoneige refuse de démarrer. Je dois avoir été odieuse dans une vie antérieure pour mériter autant d'acharnement de la part du destin.

— Vous voulez qu'on vous ramène ? me demandent Eliina et Eliisa en passant en voiture près de nous.

— Vous pouvez nous emmener à l'hôpital ? demande Louis en me passant un bras autour des épaules.

— Avec plaisir !

Mon amie remarque immédiatement mon air inquiet.

— Ce n'est rien... Je me suis disputée avec papa avant qu'il parte, et tant que je n'aurai pas arrangé la situation, je me sentirai atrocement coupable.

— Comment as-tu pu te disputer avec un homme aussi gentil ? plaisante-t-elle.

— Oh... trois fois rien, je lui ai juste fait remarquer à quel point vos uniformes étaient laids.

Un silence s'installe dans l'habitacle, et les deux sœurs échangent un regard avant qu'Eliisa me réponde :

— Pourtant, ils ont été élus à l'unanimité par les salariés.

Je ne peux m'empêcher de rire.

— C'est une plaisanterie ?

— Non, ta mère a organisé un formidable concours de dessin il y a trois ans. Les enfants devaient imaginer l'uniforme officiel des lutins du père Noël. Ton père a été enthousiasmé par les œuvres de ces bouts de chou de 6 ans et a retenu trois lauréats. Puis nous avons voté parmi eux. Ta mère a ensuite fait confectionner les tenues.

— La petite qui a gagné était adorable, elle a pleuré de joie en nous voyant débarquer dans sa classe ainsi vêtus pour la remercier, poursuit Eliisa.

— Je... Je l'ignorais. Je suis désolée.

— Ce n'est rien. Tu n'as pas eu la chance de le vivre, mais sache que nous ne changerions d'uniforme pour rien au monde.

Je me sens terriblement idiote. À force de renier cette fabrique, je me suis coupée d'une partie de la vie de mes parents. J'ignorais à quel point ils s'investissaient encore auprès des classes. Je reconnais bien là la patte de ma mère : elle a toujours pris plaisir à émerveiller les élèves de ce village. Malgré son âge avancé, son instinct maternel reste intact.

Les filles nous déposent devant l'entrée principale de l'hôpital, en insistant pour que nous présentions tous leurs vœux de rétablissement à mon père. Quelques instants plus tard, nous arrivons devant la chambre ; à l'intérieur, une trentaine de plantes et bouquets m'empêchent de discerner le visage de celui que je viens voir.

Je m'avance, tremblante, et me rue à ses côtés en me confondant en excuses. Il rit de me voir avec un « si vilain » bonnet rouge et semble trop épuisé pour me tenir rigueur de mon comportement. Il m'embrasse tendrement et me murmure de ne pas m'en faire pour de telles broutilles.

Je m'installe sur le lit, près de lui, et nous échangeons un long moment autour d'une tasse de thé, avant que Louis s'ingère en observant les deux bras grassouillets de mon père :

— Noël, vous êtes tatoué ?

— Oui, ce sapin XXL, je l'ai fait faire en 2004, et ce tas de cadeaux, là, deux ans plus tard ! J'en ai un troisième, mais je ne peux pas te le montrer... il est sur ma fesse gauche !

Louis éclate de rire.

— Vous êtes épatant !

Deux jours plus tard, après une matinée de travail éreintante, ma mère me relaie et nous propose de profiter de cette rare journée ensoleillée avec une excursion en chien de traîneau. À ces mots, Louis n'y tient plus.

— Oh, oui ! Allons-y ! S'il te plaît !

Georg propose de nous déposer chez un musher de sa connaissance, le mari d'Eliina, mais refuse de se joindre à nous.

— Allez, Georg ! Tu ne peux pas rater ça !

— Non, mais vous m'avez vu, monsieur Louis ? Ces chiens sont aussi grands que moi ! s'esclaffe-t-il en redémarrant.

Je ne peux m'empêcher de rire devant le second degré de cet homme, que j'estime de plus en plus. Il est vrai qu'il est souvent taquin à mon égard, mais ne dit-on pas : « Qui aime bien châtie bien » ? Et puis, lui rendre la pareille m'amuse désormais. En effet, l'aversion que je lui vouais il y a quelques jours se mue en une singulière complicité. Georg ne me déteste pas, bien au contraire.

Le musher est un homme adorable, qui nous présente une meute impeccablement dressée. Nous nous harnachons et partons chacun sur un traîneau, à une vitesse folle. Je slalome dans la nature, un frisson de liberté me parcourt l'échine. Avoir le privilège de découvrir ces vastes étendues vierges, bordées de pins, est complètement grisant. Nous avons la sensation d'être seuls au monde. C'est la première fois depuis mon arrivée que je lâche vraiment prise et que je m'amuse. J'ai toujours adoré les sensations fortes.

Derrière moi, j'entends Louis pousser de grands cris ; il n'a pas l'air à l'aise avec les virages. Je me retourne et le taquine alors qu'il me tire la langue. Malgré des débuts laborieux, il me rattrape avant la première halte, près d'un lac gelé d'une incroyable beauté, et me dit à quel point c'est apaisant de se déplacer aussi librement.

J'acquiesce en caressant distraitement l'un des chiens ; la sensation grisante de faire partie de la nature me submerge.

Au bout d'une heure, nous arrivons enfin au village des Sámis, le point d'orgue de notre séjour. Cette ethnie m'a toujours fascinée, j'espère que Louis appréciera leur compagnie et leurs enseignements.

Un homme en tenue traditionnelle très colorée vient à notre rencontre ; il se nomme Matias et nous propose de découvrir plus amplement sa culture.

Nous marchons de cahute en cahute, découvrant tour à tour des villageois éleveurs ou artisans. Matias nous explique que leurs conditions de vie choquent parfois certains touristes, habitués aux hôtels de luxe et au confort, mais qu'eux sont heureux. Son peuple ne possède pas de téléphones portables ni de télévisions, mais vit en harmonie avec une nature qui lui est chère. Nous sommes touchés par ce discours sincère et authentique et peinons à les quitter.

À la fin du périple, le musher nous propose une collation chez lui. Frigorifiés, nous acceptons avec joie et nous réfugions près d'un grand poêle où Eliina donne le biberon à l'un des chiots. Les boules de poils sont tellement craquantes que nous en oublions d'en boire nos verres.

— Je rentre un midi sur deux pour prendre soin de la portée, m'informe-t-elle.

— Mon cœur, c'est trop tard pour ajouter quelque chose sur ma liste de Noël ? questionne distraitement Louis, hypnotisé par le spectacle.

— Si tu me demandes un chiot...

— Oh, allez ! Oublie tout le reste, je voudrais juste un chiot comme celui-là !

— J'ai déjà acheté quelque chose... Quel dommage ! Soumets-moi cette idée l'année prochaine, et nous en reparlerons, dis-je en souriant de toutes mes dents.

Le musher éclate de rire.

— C'est l'effet qu'ils font à tout le monde.

— Tu n'aimes plus les animaux ? me demande mon amie d'enfance.

— Oh, si... nous avons d'ailleurs un chat. Mais avec les papiers, l'avion... ce serait un vrai casse-tête.

Elle acquiesce avant de reporter son attention sur le chiot.

Quelques jours plus tard, avant une réunion importante de la mi-décembre, je me rends au service comptable pour déposer un chèque en blanc à Eliina. Devant son air incrédule, j'ajoute :

— Pour la cantine ! Louis et moi y mangeons depuis des jours, et nous n'avons encore rien payé.

— Oh, non ! C'est gratuit !

Je souris, mais j'insiste :

— Non, je veux vraiment payer. Ce n'est pas parce que je suis la fille du patron que je dois avoir des passe-droits. Prends ce chèque, s'il te plaît.

— Tu n'as pas compris, Noélie. Les repas de la cantine sont gratuits... pour tout le monde.

— Mais qu'est-ce que tu racontes ? C'est impossible.

— Eh bien, il y a quelques années, Noël a décidé de prendre en charge la cantine et les frais de transport des mères célibataires. Elles n'étaient que deux, et cela lui tenait à cœur.

Sa phrase déclenche en moi une onde de souvenirs jusque-là oubliés : mon père et moi, malades comme des chiens et vautrés sur le canapé du chalet, à regarder un documentaire sur les mères finlandaises isolées. Je me souviens vaguement lui avoir demandé de mettre en place des mesures pour leur rendre la vie plus facile... mais je ne pensais pas qu'il m'écouterait, lui qui ne prenait jamais mon avis en compte !

— Je ne suis pas une mère célibataire, tu peux prendre ce chèque, je marmonne, troublée.

— Non puisque, ensuite, il s'est rendu compte que les femmes seules ne constituaient pas l'unique population en proie à la précarité. Il a décidé d'étendre la mesure à toute l'entreprise. La boîte prend également en charge la moitié des frais de garde des enfants, et chaque salarié peut bénéficier de bons pour obtenir des jeux gratuits chaque année. Pourquoi crois-tu que le village tout entier rêve d'être embauché ici ?

J'en reste pantoise. Est-ce vraiment mon père qui est à l'origine de toutes ces mesures ? Cela doit lui coûter une fortune !

— Tu es sûre que ce n'est pas plutôt une idée de ma mère ?

— Sûre à cent pour cent. Mais elle a tout de suite validé le concept en réunion ! D'ailleurs, nous ferions mieux de filer, si nous ne voulons pas être en retard à la nôtre !

Nous longeons le couloir en moquette de velours rouge et pénétrons dans une petite pièce, où siègent déjà les sept membres de l'administration. Je m'assois et incite le directeur commercial à nous présenter son Power Point.

— Cette année, nous battons des records ! Les chiffres n'ont jamais été aussi bons ! s'exclame-t-il, guilleret.

— Faites quand même attention lorsque vous l'annoncerez à mon père, il ne s'agirait pas de lui laisser penser que j'ai quelque chose à voir avec cela, sinon il va vraiment me forcer à reprendre sa place ! je plaisante.

Un silence lourd de sens s'installe.

— Quoi ? je demande après une gorgée de café.

— Vous voulez dire que vous n'avez aucune intention de diriger la fabrique ?

— Non... et je pensais avoir été claire lorsque je vous ai dit que j'étais à la tête de ma propre entreprise à l'autre bout du monde.

— Oui, enfin, c'est juste un bar, et sans salariés, rien de comparable, ne peut s'empêcher de rétorquer Georg, s'attirant mon regard le plus noir.

— Pourtant, c'est ce qui me rend heureuse. Maintenant, poursuivons, vous avez sans doute beaucoup à faire cet après-midi, il ne s'agirait pas de vous faire perdre votre temps, je réplique, vexée.

Je rejoins Louis dans un bar à jacuzzi, à mi-chemin entre l'entreprise et le chalet – encore un endroit dont il va raffoler, j'en suis sûre.

Ici, il n'y a rien d'étonnant à trouver un bassin entre deux tables de bistrot. Les vapeurs d'eau chaude et les murs de lambris blancs confèrent à l'endroit une allure plutôt exotique et, un instant, je pourrais me croire de retour sur notre île...

La chaleur ralentit nos mouvements, mais aussi mes sombres pensées. Comme je l'avais pressenti, Louis est complètement galvanisé par le concept et en oublie de me parler de son après-midi de ski.

Nous enfilons nos maillots et nous immergeons dans l'un des bains à remous, où l'on vient prendre notre commande.

— Chaton, j'adore la Finlande ! Cet air pur, ces gens charmants et ces spécialités ! Je ne comprends pas pourquoi on ne vient pas plus souvent... Tu sais que je pourrais vivre ici pour de bon ?

Je grince des dents avant de répondre :

— Oh, vraiment ?

— J'en suis certain ! Ce calme, cette nature à perte de vue... C'est relaxant. Et puis j'aurais des tas de huskys ! Et des rennes !

Je ne peux m'empêcher de le taquiner, mais au fond, je suis heureuse qu'il ne déteste pas mon pays. J'en viens à lui raconter la traîtrise de Georg en réunion, lorsque je vois une forme immense apparaître derrière lui :

— Papa ?

— Salut, les jeunes ! Alors, ça baigne ?

— Mais tu es sorti de l'hôpital ? je le questionne, sans relever son mauvais jeu de mots.

— À l'instant !

— Qu'est-ce que tu fais déjà là ?

— Comme vous, je me détends ! Tu sais ce que c'est que rester trois jours dans une chambre triste à mourir, sans voir ses amis ni boire un bon *Salmiakki Koskenkorva* ?

Louis glousse tandis que je me fâche.

— Je ne pense pas que l'alcool soit toléré dans ton état. Il faut que tu rentres te reposer !

— Alors là, certainement pas ! Et comment ça, « dans mon état » ? Je ne suis pas un éclopé ! Je suis venu ici, je reste ! me rétorque-t-il en enlevant ses vêtements devant tous les clients.

— Papa ! Il y a des cabines pour ça !

— À quoi bon, tout le monde va me voir en slip, de toute façon ! rit-il en enlevant son pantalon et en exhibant devant nous son maillot de velours rouge orné de pompons blancs.

Je meurs de honte.

— Vous avez même le slip de Noël ! siffle Louis, admiratif.

— Évidemment ! répond mon paternel, radieux.

La serveuse, qui vient prendre sa commande, lui demande de ses nouvelles en lorgnant sur ses pansements tout frais.

— Je vais bien, mon petit. Je n'ai pas encore l'autorisation de m'immerger totalement, mais je vais au moins tremper mes vieilles guiboles. Dites, vous me ramèneriez un de ces cocktails dont vous avez le secret ? Ah, et de la charcuterie ! fait-il en s'asseyant sur le bord du bassin.

— Avais-tu réellement besoin de t'exhiber de la sorte pour simplement tremper tes pieds dans l'eau ? je ronchonne.

— Bien sûr, regarde comme cela égaie les visages autour de nous !

Quelques jours plus tard, alors que mon père vient une énième fois de me téléphoner pour m'aviser de ses précieux conseils, je décide de prendre une pause bien méritée. Eliina et Eliisa sont déjà attablées en salle de repos. Je m'approche d'elles et aperçois leurs mines déconfites.

— Quelque chose ne va pas ?

— Nous étions en train d'évoquer la succession de ton père...

— Ah... sujet épineux.

— Si ce n'est pas toi qui reprends l'entreprise, nous pouvons dire adieu à nos privilèges et à cette ambiance tellement plaisante...

— Ne soyez pas pessimistes, voyons !

Georg nous rejoint en sirotant une tasse de thé.

— Elles ont raison, mademoiselle... Il n'existe personne d'aussi altruiste que votre père.

— Oui, mais de là à être irremplaçable ! Tout se passera bien, vous verrez.

Les trois employés me regardent avec une mine consternée.

Lorsque les filles regagnent leur bureau, je demande discrètement à Georg :

— Pourquoi n'étais-je pas au courant des initiatives sociales qu'a mises en place mon père pour ses salariés ?

— Je ne veux pas vous fâcher, mais pour cela, il aurait fallu vous intéresser un peu plus à Joulun Parhaat. Depuis quand n'aviez-vous pas mis un pied ici ?

Je réfléchis et me rends compte que depuis que j'ai créé ma société je n'ai jamais pris le temps de revenir en Laponie. Pire, jamais je n'ai plus posé la moindre question à mes parents à propos de l'entreprise familiale.

— À mon tour de vous questionner : pourquoi détestez-vous à ce point tout ce que votre père fait ?

Je reste sous le choc devant tant de franchise, mais finis par marmonner :

— Être la fille d'un illuminé qui se prend pour le père Noël, ça n'a pas toujours été facile, figure-toi.

Georg soupire et m'invite à le suivre. Il m'emmène sur l'un des balcons et commence :

— Lorsque j'ai rencontré votre père, j'étais dans une situation inextricable. Je vivais seul chez ma mère, qui était gravement malade. Nous étions sous-alimentés, car vous savez, c'est difficile de trouver un emploi dans le coin, quand on est atteint de nanisme... Noël et moi nous sommes croisés la première fois dans un café, où je faisais quelques extras. Lorsqu'il a remarqué mes chaussures abîmées, il m'a laissé en plus d'un sacré pourboire sa carte de visite, où était griffonné un petit mot.

Il sort de son portefeuille un bout de carton écorné, qu'il me tend. Je reconnais l'écriture de mon père, et déchiffre les informations inhérentes à un rendez-vous daté d'il y a vingt ans.

Georg se retourne vers moi et pointe une maison au loin.

— Cette maison, là-bas, c'est la mienne. Et je la paie grâce à la bonté de votre père, qui s'enquiquine d'un assistant nain, dont il n'a probablement pas besoin...

Je reste silencieuse, sidérée par son histoire. Georg reprend et m'assène le coup de grâce :

— Combien de preuves vous faudra-t-il pour admettre que votre paternel a véritablement bon cœur ?

Il me laisse plantée là. C'est à se demander si, depuis le début, ce n'est pas moi la personne égoïste de la famille... J'ai l'impression d'être odieuse et complètement autocentrée : mon image, mon papa, mes envies...

J'essaie d'appeler Louis, mais je tombe immédiatement sur sa boîte vocale. Incapable de retourner travailler, je décide de rentrer au chalet à pied.

Au bout d'une vingtaine de minutes de marche à ruminer, je croise mon père en centre-ville, qui sort de chez le barbier.

— Tu n'as pas pris le traîneau ? s'indigne-t-il.

— Non, j'avais besoin de réfléchir...

— Il n'y a pas de soucis à Joulun Parhaat au moins ?

Je lui souris.

— Aucun, tout roule !

— Ah... Voilà qui me rassure.

— Non, je repensais à Georg. Il m'a parlé de son... recrutement, aujourd'hui.

Mon père paraît un peu perplexe.

— Il n'aime pas vraiment aborder le sujet d'habitude.

— Il te doit beaucoup...

Les joues de mon père rosissent légèrement, avant qu'il balaie l'air de sa main droite.

— Oh, trois fois rien...

— Papa, tu l'as sauvé de la misère !

— Je trouve que, lorsqu'on travaille, on a le droit à un minimum de décence. Ce patron de café aurait pu lui fournir une paire de chaussures ! s'agace-t-il en repensant à cette situation vieille de presque vingt ans.

Nous marchons dans la neige grisâtre, avant que j'ose enfin lui demander :

— C'est pour ça que tu déguises tes salariés ?

Il rit.

— Oui. Un uniforme permet de gommer les inégalités sociales, et l'équipe n'en est que plus soudée. Ils sont tous égaux et dans le même bateau !

Je me sens affreusement bête, tout à coup. Comment ai-je pu passer à côté de cela ? Si mon père met un point d'honneur à faire fructifier cette fabrique, ce n'est pas seulement pour lui, mais pour ses salariés. Alors que nous passons devant la dernière échoppe avant d'arriver au chalet, je lui propose :

— Tu veux qu'on aille boire un verre ?

Il se retourne et me serre dans ses bras.

— Rien ne me ferait plus plaisir...

Nous venons de recommander un thé lorsque le téléphone de mon père sonne. C'est ma mère. Je vois passer un éclair de surprise sur son visage quand il consulte sa montre.

— Ma chérie, nous arrivons ! lui dit-il.

— Je peux savoir où tu m'emmènes ? je demande en enfilant mon manteau.

— Au dîner de Noël de Joulun Parhaat ! Je n'ai pas vu le temps filer.

— Quoi ? Pourquoi ne suis-je pas au courant ?

— Depuis que tu es partie, ta mère et moi n'avions pas le cœur à cuisiner de grands festins juste pour nous deux : nous avons donc décidé de faire le réveillon avec les salariés qui le souhaitent, ceux qui n'ont pas de famille ou les plus démunis du village. Tu vas voir, c'est génial ! Il y a une ambiance de tous les diables !

Nous regagnons au pas de course la fabrique et arrivons dans un réfectoire méconnaissable : de la neige artificielle jonche chaque rebord de fenêtre, un immense sapin scintillant trône au centre de la pièce et de superbes sucres d'orge en bois, taille XXL, encadrent un tapis rouge menant à la table d'honneur.

Louis accourt et me sert un verre de champagne.

— Nous avons bien travaillé, n'est-ce pas ?

— Tu as... ?

— Oui, c'était chouette... Cela m'a donné l'occasion de découvrir plus amplement ta mère et ses amies. Tu sais qu'elles œuvrent tout autant que ton père pour que la magie de Noël se perpétue ? C'est époustouflant, l'énergie qu'elles déploient à leurs âges !

Je souris, flattée... Ma mère a toujours travaillé dans l'ombre de son mari, mais je suis fière que Louis se rende compte de sa valeur ajoutée pour notre communauté.

Dans l'euphorie, j'enfourne un toast aux œufs de lump alors que j'ai horreur de ça et avale douloureusement ma bouchée en grimaçant. Visiblement, changer d'hémisphère n'a pas altéré la totalité de mes goûts.

Louis m'embrasse avant de repartir servir les nouveaux arrivants. Mon père m'invite à le rejoindre et, ensemble, nous distribuons les cadeaux aux enfants présents, qui semblent émerveillés.

Une fois que nous avons fini, on nous interpelle :

— Attendez, nous avons des présents à offrir, nous aussi ! s'exclame un petit groupe de salariés.

Je vois Eliina disparaître quelques secondes, avant de revenir sous les applaudissements de ses collègues, deux chiots huskys dans les bras.

— Pour vous remercier de votre investissement et votre gentillesse, clame-t-elle avant de tendre l'un d'eux à mon père.

— C'est votre dernier Noël parmi nous, et nous savions que vous projetiez d'adopter un animal, la retraite venue. Nous avons tous contribué à l'achat de celui-ci, pour vous remercier du fond du cœur des formidables patrons que vous avez été avec votre femme, enchaîne sa sœur.

Mon père se met à pleurer comme une Madeleine et distribue des câlins à qui veut bien en recevoir. D'habitude, autant de sentimentalisme m'aurait dérangée, mais ce soir, je suis heureuse.

Eliina apporte à Louis, qui semble tomber des nues, le second chiot. Je les rejoins, accompagnée de quelques enfants enthousiastes, qui nous demandent comment nous comptons l'appeler. Mon amoureux se tourne vers moi, le regard interrogateur.

— Chaton, on ne sait même pas s'il va pouvoir rentrer aux Grenadines ! je réponds.

Eliina me pose une main rassurante sur l'épaule et m'explique :

— Dans le cas où ce chiot devrait prendre l'avion, il n'y a pas de problème : les papiers sont faits, il est vacciné et pourrait même monter en cabine avec vous. Il devrait cependant être mis en quarantaine à l'arrivée, pour être sûr qu'il ne souffre d'aucune pathologie dangereuse. Tout est réglé.

— Pourquoi tu parles au conditionnel ?

Mon amie d'enfance sort de sa poche un rouleau de papier, qu'elle me tend de manière solennelle :

— Voici ton cadeau, il vient de notre part à tous.

Je déroule le premier feuillet et découvre un contrat de gérance à mon nom. Ils veulent que je reste. La deuxième feuille me présente les meilleures maisons en location dans le secteur…

Je blêmis, prête à refuser.

— Ne donne pas ta réponse maintenant ! Réfléchissez-y tous les deux le temps qu'il faudra, en gardant à l'esprit que nous avons besoin de vous… Nous ne voyons personne d'autre pour ce poste et aimons tellement votre famille… Ne repartez pas.

Le reste de l'équipe m'incite à accepter et me couvre de compliments, qui me mettent mal à l'aise. Louis me lance un regard inquiet, tandis que mon père hausse les épaules pour me signifier qu'il n'y est pour rien.

Incapable de les décevoir, je leur promets de peser le pour et le contre. C'est un mensonge, mais ce soir, à cette fête où tout le monde s'amuse, je ne peux décemment pas ruiner leurs projets d'avenir pour Joulun Parhaat.

Après la soirée, une fois de retour au chalet, je file me réfugier dans ma cabane, en compagnie de mon nouveau chiot… J'ai besoin de faire le point. Je découvre un sac coloré suspendu à la poignée de la porte. Curieuse, je l'ouvre et découvre une superbe photo de Hanna et moi encadrée. Elle y a joint un mot :

Je suis vraiment heureuse d'avoir repris contact avec toi. Dommage qu'on ne puisse pas se voir plus souvent… Passe un bon Noël !

Sans savoir vraiment pourquoi, des larmes commencent à affluer. Mes certitudes s'envolent, et je commence à gamberger… Pourquoi ai-je tenu à distance cette partie de ma vie pendant si longtemps ? D'accord, mon père mettait mal à l'aise l'adolescente cool que je voulais être, et après ? J'avais des amis en or, un foyer chaleureux et des projets plein la tête. Je n'ai jamais été malheureuse. Je me sens misérable et ne reconnais pas la personne odieuse que j'ai été malgré moi. Tout cela ne me ressemble pas…

Louis me retrouve quelques minutes plus tard, alors que je suis allongée sur la banquette, occupée à fixer le lambris, en caressant le pelage douillet de notre chiot. Il nous regarde avec tendresse, me recouvre d'une couverture en laine et allume les lampes à huile trônant sur les étagères de bois brut.

— Tu vas bien ?

— Je suis un peu chamboulée par cette soirée…

— Ils ont dit des choses vraiment fantastiques à propos de toi…

— C'est bien le problème…

— Tu sais, je voulais te dire que si tu veux rester ici, je suis loin d'être contre. C'est une vie qui me plairait beaucoup, je crois…

Je me remets à pleurer devant l'air démuni de Louis, qui pensait me faire plaisir... Le chiot ouvre les yeux et vient lécher une à une les larmes qui perlent sur mes joues.

— En arrivant ici, je détestais l'hiver et cette fête grotesque... Je n'en gardais que de mauvais souvenirs : les moqueries de certains camarades, le ridicule... Et pourtant, ces quelques semaines m'ont fait ouvrir les yeux sur la personne qu'est mon père. Lui se fiche qu'on se moque de lui... tant qu'il rend les gens heureux. J'ai bien du mal à croire que je suis sa fille ! J'ai passé ma vie à me vexer pour des broutilles, en ignorant tout du bien qu'il faisait autour de lui. Je me répugne !

Louis essuie mes larmes et me murmure :

— Ne sois pas si dure avec toi-même. Partager son père avec le reste du village n'a pas dû être facile... Et puis la plupart des initiatives qu'il a créées viennent de toi, il me l'a avoué ce soir ! Il a même dit qu'ado tu étais une vraie « activiste du bonheur » !

Je pouffe devant la formule fantasque de mon père.

— Il t'aime. Mais la chose la plus importante à ses yeux, c'est que tu respectes ses choix de vie, et que tu sois fière de lui autant que tu veux qu'il le soit de toi...

— Tu crois que je devrais reprendre cette fabrique ?

— Et toi ? Qu'est-ce qui te rendrait véritablement heureuse ? Tu ne dois pas avoir de regret, c'est le plus important. Et quel que soit ton choix, je resterai à tes côtés.

Je me mouche bruyamment et, après plusieurs minutes, je murmure :

— Que dirais-tu de Santa ?

— Quoi ?

— Pour le nom de cette fripouille, j'aime bien Santa, dis-je pour essayer de changer de sujet.

Louis acquiesce et m'embrasse avant de prendre le husky contre lui.

— Elle t'a choisi un nom ! Mon pote, ça veut dire que tu restes définitivement avec nous !

Deux jours plus tard, alors que tout le monde est attablé dans la salle à manger, je prends la parole :

— J'ai longuement réfléchi à la proposition que les salariés m'ont faite.

Mes parents relèvent la tête, visiblement aux aguets.

— J'en suis flattée, et j'ai passé des moments inoubliables en leur compagnie… Je ne pensais pas ressentir ces quelques semaines de manière aussi intense. Je suis fière de vous, et de cette superbe entreprise.

— Alors tu restes ? demande ma mère, abasourdie.

Je fixe Louis, avec qui je me suis mise d'accord, et prends une grande inspiration.

— Non. Je n'ai pas changé d'avis. Je respecte vos choix et je suis consciente que c'est grâce à votre manière d'être que je suis devenue l'adulte qui se tient devant vous aujourd'hui. Mais je ne veux pas que des traditions, si belles soient-elles, déterminent à elles seules ma personne. Avant d'être la fille du père Noël, je suis Noélie, une femme libre de mener sa vie sans aucune entrave, et là où je me sens pleinement heureuse et utile, c'est là-bas… Je suis désolée.

Mon père se lève et me prend dans ses bras.

— Sans même avoir à gérer Joulun Parhaat, tes idées ont toujours contribué à la rendre meilleure. Tu en fais partie… mais il est temps que tu enchantes d'autres salariés, ailleurs. Ce n'était pas une décision facile, je te remercie d'y avoir réfléchi.

Je lève la tête vers son visage souriant, surprise.

— Vraiment ?

— Oui. Bon, évidemment, je suis aussi un peu embêté car personne ne pourra t'égaler à mes yeux... mais je chercherai. Et désormais, nous pourrons venir te voir régulièrement.

— Je crois que tu n'auras pas à chercher bien loin, lui dis-je en remettant le contrat dans sa poche.

— Que veux-tu dire ?

— Vous ne vous rendez donc pas compte que, depuis le départ, le candidat idéal se trouve sous vos yeux ? Une personne adulée de tous, qui aime Joulun Parhaat plus que quiconque et qui a bien plus de compétences que moi ? Un homme prêt à travailler plus dur que les autres, un être exceptionnel !

Mes parents se regardent, visiblement perdus, lorsqu'on sonne à la porte. Je vais ouvrir et accueille Georg en riant.

— Quand on parle du loup...

Mon père éclate d'un rire si communicatif que, bientôt, nous avons tous les larmes aux yeux. Après un clin d'œil à ma mère, il s'avance vers Georg, déroule le contrat et le gribouille rapidement avant de le lui tendre.

Georg n'y comprend rien. Il jette un coup d'œil sur le bout de papier avant de lever de grands yeux stupéfaits vers nous.

— Je... Je ne vous suis pas.

— Georg, si tu es d'accord, nous souhaiterions que tu deviennes le gérant de la société après notre départ en retraite. Nous venons d'en discuter et... il paraît évident que tu es le candidat idéal pour ce poste.

Le salarié me regarde, ébahi, avant de bégayer :

— Moi ?

— Toi, je réponds avec douceur.

— J'espère juste que les 12 ans et plus n'essaieront pas de me racketter des cadeaux supplémentaires ! plaisante-t-il pour masquer son émotion.

Mon père lui serre la main et le félicite une dernière fois avant de l'inviter à rejoindre la table.

Mon petit ami me sourit, radieux, avant de demander :

— Mais on garde Santa, c'est sûr, hein ?

— Tu ne perds pas le nord, toi ! Bien sûr qu'on le garde.

Nous quittons la Laponie deux jours plus tard, après avoir profité d'un merveilleux Noël. Nous avons déjà pris le temps d'aider mes parents à réserver leurs billets d'avion : ce sera l'occasion de fêter dignement leur retraite.

Mon père ne revêt déjà plus son costume, laissant tout le loisir à Georg de se pavaner en rouge et blanc, dans le traîneau, à travers tout le village. Lui et sa compagne semblent très appréciés et débordent d'idées pour la saison prochaine : l'entreprise n'aurait pas pu être entre de meilleures mains.

Alors que nous nous installons dans l'avion, Louis m'observe avant de se lancer :

— On n'a pas de père Noël officiel sur l'île... tu crois que je pourrais en devenir un ? Ça me plairait beaucoup, tu sais, organiser des concours de dessin, rencontrer les enfants...

Je le regarde, bouche bée, et commence à rire tellement fort qu'il m'est impossible d'aligner deux mots. Tant pis, je le laisse y croire encore quelques instants...

AMÉLIE C. ASTIER
& MARY MATTHEWS

Le réveillon des Émotifs Anonymes

1

Callie

Noël est la période de l'année que je préfère. La plupart du temps, la neige drape les rues de Londres, le froid nous force à sortir nos manteaux et nos écharpes, c'est l'époque des chocolats chauds sans culpabilité et des biscuits aux épices pour le goûter. C'est un condensé d'amour, d'affection et de moments de partage autour d'un bon repas et d'un sapin.

C'est du moins ce que racontent les films et les livres. Ma réalité n'est pas aussi idyllique. Je suis toujours angoissée à l'idée de me rendre seule chez mes parents. Sans petit ami, sans perspectives d'évolution de carrière, sans nouveauté à raconter à table pour prouver que je suis heureuse, que je réussis et que je nage en plein bonheur.

Mes sœurs sont mariées et ont des enfants, mes parents en sont fiers, ma mère surtout. À ses yeux, je ne suis que déception et dépression. Elle ne comprend pas pourquoi je ne me conforme pas aux codes dictés par la société, pourquoi je ne trouve pas de conjoint, pourquoi je ne me bouge pas les fesses et pourquoi je m'obstine à tenir une librairie physique quand il existe des géants de la distribution en ligne. La liste de mes « crimes » est si longue qu'y penser me démoralise. Je lutte depuis des années contre le regard des autres, leur jugement, mes souffrances personnelles et mon imperfection – du point de vue maternel.

Je suis un robot, qui avance grâce aux médicaments. Souvent, j'ai l'impression que mon cerveau est sur « off ». La vie des autres évolue, la mienne fait du surplace. Callie la ratée, Callie la petite grosse, Callie la vieille fille, Callie la solitaire feignante qui ne veut pas changer ! Ça dure depuis si longtemps, maintenant, que les jours heureux me semblent légendaires et utopiques.

Par chance, il y a Noël pour me remonter le moral ! C'est de la joie programmée et superficielle, qui réchauffe le cœur sur un court laps de temps.

Rectification : heureusement, il y a les « autres ».

Il est 18 heures lorsque je franchis les portes du Centre social et de santé du quartier de Camden Town. Le lieu est aussi atypique que le décor du district. Ma librairie aussi est insolite dans le coin. Je suis fière de bosser dans cette rue célèbre et d'avoir ma façade customisée. Par chance, Lily, qui m'aide à maintenir à flot mon entreprise, est adorable. Sans mon travail, je serais dans une spirale infernale, sans le groupe de soutien, au bord du gouffre.

Chaque jeudi, à 18 h 30, dans la salle verte, les Émotifs Anonymes de Camden se réunissent. Ici, des inconnus sont devenus des amis – enfin, si on peut s'appeler ainsi. Dans cet endroit à l'abri des jugements, avec des personnes qui comprennent nos difficultés, nous nous avouons nos peurs, nos luttes et nos combats.

Ici, les déprimés, les angoissés, les colériques, les timides ou ceux qui manquent de confiance en eux, les hypersensibles, les bipolaires et autres borderline côtoient les phobiques et ceux atteints de troubles posttraumatiques. Nous n'avons presque aucun point commun, si ce n'est l'envie de maîtriser nos émotions. Peut-être que nous en découvrirons un autre ce soir ; j'ai proposé une réunion spéciale réveillon.

Je jongle entre mon carton et deux sacs. Je suis en avance, mais je vois que Brooke l'est aussi. Une chanson de Noël résonne. Cette attention me fait chaud au cœur.

La petite blonde passe le balai autour de l'arbre.

— Tu as apporté un vrai sapin ! je déclare en l'admirant.

Brooke m'offre un sourire.

— Il était en promo. Besoin d'un coup de main ? m'interroge-t-elle.

J'acquiesce, elle vient à ma rencontre. Brooke a déjà positionné les chaises en cercle et dressé la table pour le buffet. Les boissons chaudes sont installées avec les verres et une boîte en métal.

— Qu'as-tu cuisiné ? je demande.

— Des cookies en forme de bonshommes de neige, mais ils sont trop cuits.

— Ils seront délicieux, j'en suis sûre.

Brooke hoche la tête, pas vraiment convaincue.

— Et qu'est-ce que la reine de la pâtisserie nous a concocté...

Elle ouvre le carton et découvre une bûche de Noël chocolat-marrons. Ma préférée, même si je n'aime pas le chocolat dans les gâteaux.

— Tu as dû y passer des heures !

— Quelques-unes.

Aucune recette n'égalera celle du gâteau d'anniversaire *kawaï* de la fille d'une amie. Six heures à trois pour faire deux pâtisseries et des décorations !

Comme d'habitude, la salle est surchauffée, je retire mon manteau et dévoile mon pull. J'ai suggéré que nous soyons tous dans le thème : des vêtements kitsch, de la bouffe adaptée et un cadeau surprise à offrir à quelqu'un.

— J'adore ton pull ! commente Brooke.

Je souris, j'aime cette tradition. C'est la seule chose un peu joyeuse de mes réveillons en famille. Le mien est rouge et blanc : sur le devant, on peut voir le Grinch déguisé en Santa.

— Le tien aussi est génial.

Il arbore un renne avec une bière.

J'espère que tout le monde jouera le jeu, je me suis vraiment impliquée pour cette soirée, et même si ce ne sera pas parfait, j'aimerais qu'on passe un bon moment.

On déballe mes courses en discutant de tout et de rien ; j'apprécie Brooke, elle est gentille. Je viens aux réunions depuis deux ans. Elle aussi. Nous sommes très proches. Elle souffre d'une timidité extrême. Sa pathologie la met en difficulté au quotidien, lorsqu'elle n'est pas dans un environnement rassurant. Elle rougit très souvent, la gêne l'emporte la plupart du temps, et elle a du mal à s'ouvrir aux autres par crainte d'être maladroite.

Elle me demande des nouvelles du travail ; c'est la course, en ce moment, au boulot avec les fêtes. Les commandes pleuvent, la librairie n'a pas assez de place pour stocker tous les livres réservés. J'ai malheureusement dû annuler des ateliers.

— Quel est le programme de la soirée spéciale réveillon ?

Brooke continue de décorer le sapin pendant que je me charge de disposer un cracker sur chaque chaise, ainsi qu'un bonnet de Noël et une carte de vœux. Ce sont les enfants de mon atelier du mercredi qui les ont faites.

— Comme d'habitude, on débutera la réunion autour d'une question, mais en rapport avec Noël, puis on échangera nos cadeaux et on profitera du buffet... J'ai aussi prévu une activité.

Brooke me jette un regard intrigué. J'ignore si tout le monde sera d'accord pour participer, mais ça peut être un bon moyen de passer un excellent moment. Je sais que beaucoup ne voient plus leur famille depuis des années, les fêtes se passent donc souvent en solitaire. Et lorsqu'on souffre d'une phobie de l'abandon, c'est important de se rappeler que l'on n'est pas seul.

— C'est-à-dire ?

— Tu le découvriras en même temps que les autres, je lance avec humour.

— J'aime te voir souriante et heureuse, Callie, ça fait chaud au cœur.

Je ne réponds rien, je sais que c'est saisonnier. Mais ça fait du bien de croire que ça ira, même si ça ne dure que quelques heures.

La magie des fêtes.

En parlant des autres, ils arrivent tous à quelques secondes près. Nous sommes actuellement dix et chacun à sa personnalité.

Tate est victime de sa propre colère. C'est quelqu'un de gentil, pourtant, malgré ses accès de rage. Quand on sait pourquoi, on comprend mieux les raisons de son comportement : il se sent en insécurité constante depuis l'enfance, parce que son père s'est souvent moqué de lui et ne l'écoutait jamais.

Maddie est angoissée et phobique chronique. Elle a peur des gens et vit renfermée sur elle-même par crainte de mal faire. Elle est assez fataliste et n'arrête pas d'analyser les choses. Son humour est sa meilleure arme, elle est capable de sortir des *punchlines* dignes des meilleurs comiques.

Ella est hyper sensible, tellement qu'elle n'arrive pas à regarder un film sans avoir le cœur en miettes. La moindre réflexion peut la propulser dans un chagrin violent. Elle absorbe tous les ressentis des autres et vit en même temps qu'eux leurs peines et leurs joies. Sa bienveillance nous aide beaucoup dans nos réunions.

Dean est un ancien militaire de 30 ans, il a vécu pendant six ans les affres de la guerre en Afghanistan et en est ressorti complètement traumatisé. Ses émotions sont un bordel qu'il galère à maîtriser. Son plus gros souci, ce sont les mots qu'il n'arrive pas à mettre sur ce qu'il éprouve depuis son retour. Il était là avant mon arrivée et, d'après Ella, c'est sans doute la personne qui a fait le plus de progrès depuis la création du groupe il y a quatre ans.

Vik est bipolaire, sa maladie le complexe énormément au quotidien. Un jour, il est d'humeur rock'n'roll, au pays des Bisounours, le lendemain, il est au trente-sixième dessous, envahi par des pensées tristes. Sa vie est un grand huit constant, avec des hauts très forts et des bas très intenses.

Hannah est comme moi, c'est mon alter ego ici. Nous souffrons toutes les deux de dépression. La sienne a démarré à la suite d'un accident : un chauffeur ivre a percuté son véhicule. Son petit ami est décédé, elle, qui conduisait, porte depuis le poids de la culpabilité.

Me concernant, c'est une autre histoire. Des parents trop sérieux, une mère cassante, des sœurs parfaites, des déceptions et un ex-pervers narcissique, qui m'a humiliée et m'a plongée dans les difficultés. Après lui, mes problèmes de poids se sont aggravés et mon peu de confiance en moi a volé en éclats. Je fuis les hommes et le bonheur... à moins que ce ne soit lui qui m'ait abandonnée ?

Je mange mes émotions en quête d'amour pour combler ces vides en moi.

Matthews, c'est son assurance qui lui joue des tours, il en manque cruellement. À tel point qu'il lui a fallu un mois avant de prendre la parole sans paniquer. Il bégaie. Pourtant, Matt est un homme charmant et d'une grande intelligence, ce sont seulement ses sensations qui le bloquent.

On s'embrasse tous en prenant de nos nouvelles, sans entrer dans les détails. Entre les rhumes, le boulot, la famille et le reste, c'est souvent la même rengaine. Mais c'est réconfortant de les revoir, semaine après semaine.

Comme d'habitude, le dernier à franchir les portes, c'est Stark.

— Tu rougis, me taquine Ella en déposant les pâtisseries sur la table.

Je détourne le regard de l'homme qui salue discrètement les autres.

Stark est arrivé il y a quatre mois. Il est borderline. Du moins, c'est ce que nous pensons. Il n'est pas encore en phase d'acceptation. Stark a conscience d'avoir des soucis émotionnels, mais il est loin de les avoir encaissés. Et malgré son caractère de cochon, comme le dit Brooke, ce garçon mystérieux au regard bleu m'inspire une incroyable compassion. Je me demande quand il tombera à nouveau le masque. Il l'a fait à plusieurs reprises avec moi. Nous sommes souvent les derniers à partir. C'est mon collègue de rangement et, étrangement, lorsque nous sommes en tête-à-tête, il se livre plus facilement, j'apprends donc à le connaître.

Plus le temps passe, moins j'ai envie que ces instants cessent.

Stark me fait signe de la main avant d'aller s'asseoir, tous les autres l'imitent. Je suis heureuse de constater qu'ils ont tous joué le jeu en revêtant un pull de Noël ou un bonnet.

On s'installe, je suis un peu nerveuse à l'idée d'animer la réunion, car d'habitude, c'est Tate le chef d'orchestre.

— Bonjour à tous ! je commence.

Plusieurs « salut » et « bonsoir » résonnent.

— Bienvenue. Ce soir, il n'y a pas de nouvel arrivant, je serai la modératrice de cette réunion sur le thème du réveillon.

Je tente de chasser ma nervosité, je fixe le sapin face à moi, fuyant le regard intimidant de Stark.

— Voilà… aujourd'hui, en plus de nos habituelles humeurs, j'aimerais qu'on réponde à cette question : comment vivez-vous, au plus profond de vous, la période de Noël ?

À ma grande surprise, celui qui lève la main pour prendre la parole, ce n'est ni Ella ni Hannah ou Matt, mais Stark.

Les battements de mon cœur s'accélèrent, et lorsque son regard se pose sur moi, je me sens rougir. Le beau gosse vulnérable va rompre le silence et j'ai hâte d'entendre sa réponse.

2

Stark

Tout le monde a le regard braqué sur moi, et je conçois qu'ils soient surpris. Je prends rarement la parole et jamais en premier. C'est compliqué d'ouvrir le bal : parce que l'attention est entière, personne ne se compare encore aux autres et, même s'il n'y a aucun jugement ici, on le redoute tous.

Mais ce soir, c'est différent. Noël me fout en rogne et j'ai besoin d'évacuer autrement qu'en débarquant chez mes parents pour me prendre la tête avec eux.

Je fixe Callie, parce que son regard est trop tendre pour réveiller mes nerfs. Elle est belle, quoi qu'elle en pense. J'aime ce qu'elle dégage quand elle se dévoile puisque son mal-être, je le comprends, mais avec elle, il y a quelque chose en plus. Je ne sais pas vraiment quoi, néanmoins ça me touche. Viscéralement.

Je sens bien que ça la déstabilise que je me focalise sur elle, je crois qu'elle n'aime pas être le centre de l'attention, pourtant, ce soir, elle a pris les rênes. C'est surprenant, mais agréable. Elle est plus attrayante que les autres.

Ils sont sympas, tous, parce qu'ils savent ce que ça fait de se sentir différent, exclu et incompris. C'est le genre de choses qui soude un groupe comme le nôtre. Mais Callie est plus que ça. Plus qu'une oreille attentive, plus qu'une pote de réunion, et je ne sais pas comment le lui dire. En général, je suis nul avec les femmes. Ça ne colle jamais et je ne me sens pas à la hauteur. Étrangement, pour elle, j'aimerais l'être.

— Stark ? elle interrompt mes pensées de sa voix douce.

Callie me sourit comme pour me donner du courage, et ça fonctionne.

— Je gère très mal la période. Pas que je sois super à l'aise avec ce que je ressens en temps normal mais, durant les fêtes, c'est pire. J'essaie de ne pas y penser, je crois que j'ai pas fait Noël depuis cinq ans, lorsque je suis parti de chez mes parents.

Je ne sais pas trop ce que je raconte, ce qui me passe par la tête et qui survient d'un coup. Personne ne sera choqué si je suis incohérent. Mon regard glisse sur le pull de Callie, c'est le Grinch en Santa, comme sur le mien. La seule différence, c'est que sur mon vêtement il fume un joint et fait un fuck.

— J'ai pas envie d'aller chez mes parents, mais je ne veux pas être seul non plus. Je sais pas ce que je vais faire pour que ça ne tourne pas constamment dans ma tête jusqu'au jour fatidique. Je vais me mettre minable et arrêter d'y penser. Je sais que c'est pas la solution, mais j'en vois pas d'autre pour...

Mes dents grincent, c'est difficile d'exprimer les émotions qui me traversent. De l'angoisse, de la colère et cette douleur sourde, qui n'arrête jamais, qui me dit constamment que ce monde n'est pas pour moi.

— Ne pas souffrir ? m'interroge Callie.

Son regard tendre me fait inspirer, je crois que cette femme est trop douce pour cet univers de brutes. On saccage trop les autres sans même s'en rendre compte, on piétine l'amour-propre des plus faibles au lieu de les protéger. Et cette société d'individualisme oppressant me met en rage.

— Oui, je réponds.

Elle dégage ses longs cheveux roux et remonte ses lunettes de son index. Quand elle fait ça, son nez se fronce et mon cœur fait des saltos.

— Moi au... aussi je... je... je ne sais pas quoi faire, lâche Matt.

Je ne connais pas grand-chose à son sujet à part que communiquer semble être une épreuve pour lui.

— Dans ma famille, je... je... je suis invisible. Et tout va trop vite. Je peux pas... pa... parler.

Merde, c'est pourtant pas compliqué de lui laisser le temps dont il a besoin pour s'exprimer. Y a quoi de plus urgent ? Ça m'agace de le voir baisser les yeux, même maintenant, comme s'il s'excusait de ce qu'il est. Il ne devrait pas, comme tout le monde ici.

— Et comment tu te sens par rapport à ça ? demande Callie.

Matt inspire et se redresse sur sa chaise.

— Je... Je hurle là, dit-il en désignant sa tête.

Je vois la jolie rousse pincer les lèvres et cligner rapidement des yeux. Je crois que, si elle pouvait, elle nous enfermerait tous dans un cocon protecteur.

— Ça te fait du bien ? le questionne Dean.

Matt hoche la tête en haussant les épaules, ce que j'interprète comme : « Je n'ai pas d'autre solution. »

— Dis-leur qu'ils doivent prendre le temps de t'écouter, gronde Tate.

Est-ce qu'ils le feraient seulement ? Parfois, ça ne sert à rien d'essayer de faire admettre qu'on a des besoins différents et que ce n'est pas pour emmerder le monde, mais simplement pour adoucir le nôtre. Les gens qui n'ont pas de soucis avec ce qu'ils sont ou ce qu'ils pensent ne le comprennent pas.

— Peut-être devrais-tu l'écrire, si tu ne te sens pas d'en parler de vive voix, renchérit Callie, toujours de bon conseil.

Je lui souris en pensant que c'est une bonne idée dans le cas de Matt ; elle rougit. Elle le fait souvent quand elle me regarde, même quand on est en mission rangement. Je fais rougir une femme... ça suffit à réveiller des trucs en moi.

La discussion se poursuit, chacun expose ses sentiments face à cette période compliquée pour quiconque a des problèmes relationnels. J'écoute et interviens de temps en temps. En général, les gens n'attendent pas de solution miracle : ils veulent juste être écoutés. C'est pour ça que j'ai rejoint ce groupe. Pour qu'on m'entende enfin. Je n'arrive pas à trouver un équilibre qui pourrait clarifier mes sentiments. J'avance dans un brouillard épais, ponctué d'accalmies quand j'essaie de me reprendre en main, et puis, un petit pas de travers, et ma vue se brouille de nouveau. C'est difficile d'expliquer ce que je ressens, et même ma famille ne le conçoit pas. Mes parents m'ont envoyé voir des psychiatres depuis mon adolescence mais les traitements ne donnent rien. Je ne suis plus moi-même quand je les prends, alors j'y ai renoncé. Et tant pis si je dois faire face, au moins je suis lucide !

— Bon, je vais finir sur une note positive, du moins je crois, lance Callie. J'adore Noël. J'aime cette ambiance festive, cet élan d'amour qui transpire à chaque coin de rue. Ça me réchauffe le cœur et, en plus, ça m'occupe. Je n'ai pas le temps de réfléchir ni de me poser quelques minutes entre les préparatifs et la librairie.

Callie est un peu gênée de nous voir tous suspendus à ses lèvres. Elle rougit de nouveau et remet plusieurs fois ses cheveux derrière ses oreilles. Elle ne dit pas tout, je le vois bien. Le silence s'installe, on lui laisse le temps de se livrer. Je sais peu de choses d'elle, au final, mais je crois que ce sont les plus importantes. Elle aime les livres et sa librairie, Noël l'enchante et elle est sacrément calée à ce sujet. Je sais qu'elle aime le thé, mais pas le chocolat, ce qui m'a amusé la dernière fois.

— Continue, encourage Brooke.

— C'est stupide…

— Première règle du groupe : rien n'est stupide ! se mettent à crier les autres.

Ça réjouit Callie, mais pas tant que ça : finalement, il faut qu'elle s'y reprenne à plusieurs fois pour poursuivre. Je me penche en avant pour qu'elle me regarde et comprenne qu'elle peut tout dire.

— Si j'adore Noël plus que tout, je déteste le fêter avec ma famille. Normalement, ça devrait être un merveilleux moment, mais pas avec eux. Je me sens jugée, rabaissée et parfois étrangère.

Je souris, pourtant je n'en ai pas vraiment envie. Je l'ai déjà écoutée parler de ses proches et ça n'avait pas l'air d'être la bonne entente. Ils ne doivent pas voir la même personne que nous, cette femme passionnée, cultivée et charmante.

Je ne sais pas quoi répondre pour évoquer tout ça sans trop en révéler, alors je me tais.

Les autres sortent les bons mots, ceux qui apaisent pour un temps. C'est le bénéfice de ces séances ; parfois, on ressort à plat d'avoir tout raconté, épuisés émotionnellement, ou bien on se sent carrément plus forts. Mais la vie reprend vite le dessus, la réalité aussi.

Callie finit par rire. Cela dit, j'aimerais qu'on se retrouve tous les deux pour lui en demander plus. En attendant, c'est l'heure de profiter du buffet et des talents culinaires de chacun.

J'ai apporté une bouteille et le cadeau surprise pour la personne que j'ai tirée au sort lorsqu'on a organisé cette soirée. Par chance, j'ai eu la jolie rousse. J'ai fait un truc de mes mains. Je crois que c'est la première fois que ça m'arrive de réaliser ce genre de choses. Je suis assez manuel, mais là, il a fallu de la patience. J'espère qu'elle aimera.

On se dirige vers le fond de la salle, où tout est installé, même le sapin.

Brooke lance un chant de Noël et les discussions commencent autour du buffet. Je reste un peu à l'écart après avoir pris une coupe de champagne que je ne suis pas sûr de boire. Je n'aime pas vraiment ça, mais l'ambiance est à la fête, alors je fais bonne figure. Et puis je fixe ma coupe en me demandant bien pourquoi, ici, je devrais faire semblant… Je la repose et, lorsque je me retourne, Callie est devant moi.

— Salut, dit-elle, un peu gênée, joyeux Noël.

Elle lève son verre pour trinquer, et j'hésite un instant avant de me sermonner pour finalement trinquer doucement de mon poing sur sa coupe. Ça l'égaie, j'aime bien l'entendre rire.

— Tu ne bois pas ?

— Non, pas de champagne. Ce n'est pas ce que je préfère.

— Oh, attends, il y a du soda ou du jus de fruits, si tu veux.

Callie commence à bifurquer sur la gauche pour s'en occuper, mais je la retiens en posant une main sur son bras.

— Ça va aller, merci.

— D'accord.

— Joli pull, je poursuis pour cacher mon propre embarras.

— Merci, j'aime bien le tien. Merci d'avoir joué le jeu.

J'acquiesce. Si ça lui fait plaisir, je peux bien me peindre le visage en vert, en prime. Elle s'est donné beaucoup de mal pour cette soirée, ce n'était pas si compliqué d'enfiler un pull en échange.

— Tu sais d'où provient cette coutume ?

— Non.

Mais je suis certain qu'elle, oui.

— De la télé. En fait, ça date des années 1980, avant qu'ils deviennent has been, puis reviennent à la mode avec *Bridget Jones*.

— Ça me rappelle les vieux pulls grattants que ma grand-mère me tricotait pour Noël quand j'étais enfant. Le pire cadeau pour un gosse de 10 ans.

— Oui ! elle s'exclame. Exactement !

Je ris en voyant ses yeux pétiller. Je me sens moins stupide, lorsque je suis avec elle.

— Tu aimes cette tradition ?

— Oui, et plein d'autres. Il y en a tellement à travers le monde !

— Comme quoi ?

Callie réfléchit un instant, elle remonte ses lunettes et prend un air mutin.

— Une que j'aime bien et que je trouve marrante est originaire de Roumanie, où de nombreuses coutumes païennes et chrétiennes se côtoient. J'adore celle de la « danse de la chèvre », qui mime la mort, les lamentations, l'enterrement et la résurrection de l'animal. Les spectateurs jettent des grains sur cette procession, qui va de maison en maison pour que l'année soit féconde.

— Et ça ressemble à quoi, la danse de la chèvre ?

Je ris avec Callie ; cette fille est unique. Qui sait ce qu'il se passe en Roumanie à Noël ? Pas grand monde, mais elle, oui, et c'est génial.

3

Callie

La soirée se passe bien. Je suis heureuse que les membres du groupe aient pu aborder Noël en évoquant leurs pensées. C'est important d'être à l'écoute les uns des autres. Si le concept leur plaît, nous pourrions organiser quelque chose pour la Saint-Valentin, Pâques ou même Thanksgiving !

Je navigue entre les personnes pour discuter et leur souhaiter de bonnes fêtes.

Dean est heureux de partager ce moment avec ses enfants, Tate est un peu nerveux à l'idée de se retrouver avec ses frères et son père, les conversations à table déclenchant toujours des disputes. Chacun a sa propre histoire, et nous nous trouvons des similitudes.

— Je propose de créer une conversation Facebook, suggère Brooke, comme ça, lorsqu'on voudra assassiner notre vieil oncle raciste avec le couteau à chapon, on aura du soutien !

Un rire général résonne. On échange tous nos comptes, et Matt s'occupe de paramétrer notre nouveau groupe de soutien virtuel.

Je ne peux m'empêcher de songer aux propos de Stark. Va-t-il passer le réveillon seul ? Ses relations avec sa famille m'ont l'air tendues. Et ça me rend triste qu'il se retrouve en solitaire.

Et si je lui proposais de m'accompagner ?

Cette simple pensée me fait paniquer. Seigneur, je n'oserai jamais. J'ai déjà fait preuve d'un grand courage ce soir, et personne ne s'en rend compte. Seule Brooke est au courant. Il y a deux jours, il m'est poussé des ailes en emballant le cadeau pour Stark. J'ai peur de regretter ce coup de folie, qu'il soit mal interprété. J'angoisse vite, mais derrière ce regard bleu mystérieux, j'ai l'impression d'avoir cerné quelqu'un en manque d'amour.

Si Stark est borderline, il a simplement peur qu'on l'abandonne. On cherche tous à protéger nos faiblesses et nos peurs de différentes façons : certains se réfugient dans la colère, d'autres dans la nourriture.

Comme moi.

Hannah a fait un excellent *Christmas pudding*, si je m'écoutais, je le finirais pour noyer mon stress. Ma bûche aussi semble plaire.

L'ambiance est chaleureuse, des chants festifs sont diffusés en continu. C'est agréable de voir les gens rire. On ne s'amuse pas souvent, ici. Nous sommes des éponges face aux problèmes des autres, et lorsque l'un de nous ne va pas bien, nous souffrons avec lui en tentant de le sortir de son obscurité.

Est-ce la magie de Noël ?

Chacun finit son assiette avant de retourner à sa chaise pour la suite de la soirée. J'apprécie de les voir se prêter au jeu et d'y prendre plaisir.

— Je vous propose une activité avant d'ouvrir nos crackers et nos cadeaux !

J'espère ne pas faire d'erreur en suggérant une animation. Lorsqu'on est entouré d'émotifs, les caractères peuvent entrer en collision.

— Le gagnant remportera un bon cadeau à utiliser dans ma librairie.

— C'est adorable de ta part, me remercie Vik.

Ils sont tous venus m'acheter des livres depuis qu'on se connaît. C'est chouette de se voir en dehors des réunions. J'aimerais que Stark aussi franchisse le pas de ma porte. Un peu comme dans un remake de film.

Je dois arrêter de lire des romances.

Pourtant, cette idée me plairait. Quelle fille ne rêve pas de vivre un moment à la *Love Actually* ?

Je souris en imaginant Stark avec ses joues mal rasées et son côté rockeur du dimanche brandir pancarte après pancarte. Peut-être qu'à l'écrit il est plus à l'aise qu'à l'oral ?

Je sors mes fiches. Face à la pression d'être le centre de l'attention, je me concentre sur mon point d'ancrage : Stark et ses yeux qui me font l'effet d'un calmant.

— Le but est de trouver les définitions de chaque terme. Ils sont tous en rapport avec Noël. Celui qui marque le plus de points gagne.

Mes interlocuteurs se prennent au jeu, certains se frottent les mains, d'autres retroussent leurs manches, et on se croirait sur le plateau TV d'une émission.

— Qu'est-ce qu'un « Rangifer tarandus » ?

Seules les notes de musique résonnent, je reconnais *The Christmas Song* de Nat King Cole, un classique.

— Vous avez perdu votre langue ? je les taquine.

— Je présume qu'on n'a pas le droit de regarder sur son portable ? souligne Ella.

J'acquiesce en souriant ; ils me dévisagent tous comme si j'avais choisi la pire question de la terre. J'admets que c'est fourbe.

— Indice... c'est un animal.

— Un renne, c'est son nom scientifique, intervient Stark.

— Bien joué !

— Comment tu sais ça ? l'interroge Tate.

— Télévision.

Comme quoi, il n'y a pas que des films de Noël en ce moment.

Telle une vraie présentatrice, je change de carte. Je suis habituée à gérer la dynamique d'un atelier pour enfants.

— Qui peut définir ce mot : « paternatalophobie » ?

— Une phobie ? propose Ella.

— Bien vu, Sherlock, plaisante Dean, on veut sa signification.

Stark m'observe, il réfléchit. J'ai remarqué qu'il fronce légèrement les sourcils en faisant ça. Il est... sexy quand il est sérieux, ça change de son expression triste. Il se penche en direction de Matt et lui murmure quelque chose.

— La peur du réveillon ?

— C'est quand on est terrifié par le père Noël ! déclare Matt, enthousiaste.

— En effet !

Tout le monde l'applaudit, est-ce Stark qui le lui a soufflé à l'oreille ?

— Attention, question suivante... Qui a inventé la tenue du père Noël ?

— Facile ! s'emporte Maddie. C'est une célèbre marque de boisson !

Impossible pour elle de se souvenir du nom, ce qui nous offre un débat géant sur qui a prononcé la marque en premier. En bon juge, j'accorde un point à tout le monde pour plus d'équité. Personne n'est mauvais joueur, même Tate reste maître de ses émotions.

— Que veulent dire les termes : « Pinacées Abies » ?

— Sapin !

— Qui est Flying Snowball ?

— On dirait le pseudo d'un acteur porno, déclare Tate.

— Trop de trucs dégoûtants me viennent en tête, plaisante Brooke.

— Du genre ? la taquine Vinz.

Brooke rougit, Matthews rigole avec Stark et renchérit :

— Eh bien, moi, ça me fait penser à une mauvaise blague.

Nous sommes plusieurs à lui lancer un regard intrigué. Matthews se frotte les mains, fier de lui.

— Vous connaissez la blague du sapin de Noël qui arrive en retard le soir du réveillon ?

— Celle-ci est pour Stark, plaisante Hannah.

Stark acquiesce, il ne se vexe pas de cette touche d'humour, preuve qu'il s'habitue à notre façon de faire.

— Aucune idée ? nous relance Matthews.

— On sèche, confirme Tate.

— La sapin répond : « Je vais encore me faire enguirlander ! »

Tout le monde se met à rire de cette blague gentillette.

— Du coup, je propose « guirlande », renchérit Matt.

— Mauvaise réponse !

— T'es sûre, Callie, que ce n'est pas un film parodique pour adultes ? insiste Tate.

Je rajuste mes lunettes sur mon nez en souriant, je n'ai jamais dit que les questions seraient simples. Les propositions sont toutes plus marrantes les unes que les autres. On est loin de la vérité.

— C'est un lutin ? suggère Brooke, pas convaincue.

— Exactement, il gère la correspondance du père Noël. Je pourrais vous prêter le livre, c'est un super conte pour enfants.

Je note dans un coin de ma tête de leur en offrir un à chacun l'année prochaine.

— Au fait, qui connaît la blague de Noël ? je poursuis, avant de conclure : Elle sent le sapin !

Ils rient à ma vanne.

Les questions suivantes pleuvent. Je demande la date du *Boxing Day*, l'origine de Noël – qui est païenne. J'observe du coin de l'œil la stratégie de Stark, qui n'intervient plus, mais n'hésite pas à souffler les bonnes réponses à Matt, qui cumule les points.

Je trouve ça adorable qu'il aide notre jeune protégé.

— Avant-dernière question. Quelle plante est surnommée « étoile de Noël » ?

Je me sens rougir, je n'ai pas osé mettre la célèbre couronne de gui, m'imaginant déjà embrasser Stark en entendant *Merry Christmas*.

Il faut vraiment que j'arrête les téléfilms.

— Le gui ? propose Vik.

— Le houx ? lâche Brooke sans grande conviction.

— Non, c'est le poinsettia, répond Matt qui marque ce point.

— C'est de la triche, les gronde gentiment Ella.

Stark lève les mains en signe de défense et... je rougis de plus belle lorsqu'il m'adresse un clin d'œil. C'est la première fois que je le vois si confiant. Il aime aider les autres, ça se sent.

— Et pour finir, combien y a-t-il de rennes pour tirer le traîneau du père Noël ?

Les propositions pleuvent, tous les chiffres résonnent.

— Six ?

— Dix ?

— Non, il y en a huit.

— Bravo, Matt ! je le félicite.

Et sans l'aide de Stark, ce coup-ci.

— Point bonus pour celui qui les nomme tous.

— Facile, propose Maddie, il y a Rudolph…

— Et ? la chambre Tate.

À nouveau, le duo infernal frappe discrètement, et la victoire est remportée par Matt, qui nous fait un sans-faute.

— Comète, Cu… pidon, Danseur, É… éclair, Fringant, Furie, Tonnerre et Tor… nade.

Je crois que je vais dédoubler mon bon cadeau pour en offrir un à Stark. Est-ce un moyen de le « forcer » à pousser la porte de ma librairie ? Je me suis toujours demandé quel livre je lui conseillerais en premier, j'ai même dressé une liste sur un cahier.

Tout le monde félicite Matt. Ce dernier rougit. Ce petit moment hors du temps nous a tous permis de rire, les propositions de certains étant pour le moins décalées !

Vik nous rappelle d'ouvrir nos crackers, chacun lit sa carte de vœux et découvre les affreux dessins de mes petits artistes en herbe. Je fais moi-même ces pochettes-surprises lors d'un atelier. Elles contiennent toutes une blague, une prédiction et un casse-tête ainsi qu'un porte-bonheur. Par chance, j'ai un excellent bouquin regroupant les meilleures plaisanteries anglaises.

— C'est adorable, ce que tu as fait, Callie, me remercie Ella.

— Je tenais à ce que nous passions une belle soirée. Et j'espère que ce sera le cas.

— C'est l'heure des cadeaux ? s'impatiente Maddie.

— Tu ne perds pas le nord, lâche Dean.

— D'abord, on termine les fonds de bouteille, déclare Vik avec humour, il faut penser à nos collègues des Alcooliques Anonymes, qui arrivent à 22 heures.

Certains se lèvent pour se servir à boire, d'autres vont directement voir leur binôme. Je me demande qui a pioché mon nom. J'étais surprise de voir celui de Stark sur mon Post-it et, à la fois, je me suis dit que c'était un signe du destin.

Je suis nerveuse, je n'ai jamais été aussi intrépide et aventureuse depuis des années. Ma psy serait fière de moi : j'ai osé quelque chose.

J'attrape mon cadeau dans mon sac, puis je rejoins Stark parti relancer la playlist. Nos regards se croisent lorsque j'arrive à sa rencontre, je souris, intimidée, lui aussi. Il se passe une main dans les cheveux.

— Bravo pour l'idée.

— Je te remercie pour ce soir.

— Qu'est-ce que j'ai fait ? m'interroge-t-il, faussement innocent.

— Aider Matt à prendre confiance en lui.

— C'est un gamin intelligent, malgré ce que les gens pensent. C'est important de savoir qu'on peut compter sur les autres.

Je crois que cet homme aime aider son prochain, mais est-ce qu'on lui laisse l'occasion de le faire ?

— J'ignorais que tu savais toutes ces choses.

Stark perd son sourire à la seconde où je termine ma phrase. Je me raidis en voyant la colère se dessiner dans son regard. Instinctivement, ma main se pose sur son avant-bras en comprenant que j'ai été gauche.

— Non, je ne voulais pas dire que tu es idiot, pas du tout. Simplement, tu ne parles pas beaucoup, et j'adorerais découvrir ce qui t'a permis de savoir tout ça alors que j'ai dû faire plein de recherches sur Internet.

J'espère que ma note d'humour rattrapera ma mauvaise tentative de séduction. Avec tous les guides de relations hommes-femmes au rayon non-fiction de ma librairie, j'aurais pu me renseigner.

Stark semble contrarié, il fuit mon regard en répondant d'une voix sombre :

— Je regarde beaucoup les émissions de société.

— Je lis beaucoup de livres. Il faudra que tu me files tes bons plans et je te donnerai les miens.

Stark se détend en comprenant que je suis juste maladroite. Pour m'éviter de faire une bourde supplémentaire, je lui donne le paquet. La surprise se lit sur son visage. Visiblement, il ne s'attendait pas à ce que ce soit moi.

— J'espère qu'il te plaira.

— Je n'en doute pas.

Je tremble sous l'effet du stress, Stark frôle mes doigts en saisissant le cadeau. L'ambiance devient électrique et, sous son regard réconfortant, je me sens pousser des ailes.

Assume ta décision, ma vieille.

Les dés sont jetés. Stark tient dans sa main mon cadeau : un bouquin sur l'histoire des tatouages. J'ai remarqué qu'il adorait ça. Il aime les armes à feu, les motos et les voyages. J'ai eu beaucoup de mal à choisir.

Je retiens mon souffle lorsqu'il ouvre le paquet, et mon cœur bat plus fort. J'espère que je n'ai pas commis une bourde, qui risque de me plonger dans la honte quand il découvrira ma dédicace et mon numéro.

4

Stark

C'est un livre et, venant d'elle, ça ne m'étonne pas vraiment. C'est le sujet qui me surprend. *L'histoire des tatouages.* Je feuillette rapidement en sentant le poids de son regard sur moi. Ça a l'air intéressant et je suis touché par son geste.

— Merci, dis-je tout bas.

— Ça te plaît ? Parce que, sinon, on peut...

Je sens l'anxiété dans sa voix et je pose la main sur son bras pour qu'elle arrête de s'inquiéter.

— C'est parfait.

Callie rougit, puis se tait. Je ne mens pas, c'est un livre que je vais consulter une fois rentré chez moi. Je suis curieux et en quête d'idées pour un prochain tatouage, alors ça ne pouvait pas mieux tomber.

— Je suis soulagée, elle reprend. C'est toujours compliqué d'offrir un bouquin, les goûts des gens sont multiples et, parfois, on peut se tromper.

— Tu as fait un sans-faute.

Son sourire ramène mon cœur à une fréquence plus rapide.

— J'ai aussi un cadeau pour toi, mais j'aimerais te l'offrir quand on sera seuls, si tu es d'accord.

— Oh. Oui, bien sûr, pas de problème.

Elle est gênée de nouveau, et je la trouve tellement touchante et séduisante.

— C'est marrant qu'on se soit tirés au sort l'un l'autre.

Je trouve aussi, peut-être s'agit-il d'un signe de plus du destin ? Le silence nous accompagne alors qu'on se dévisage, comme si on s'apprêtait à sauter d'un pont sans savoir si c'est la bonne solution. Je sais que mon comportement ambivalent peut induire en erreur, mais avec elle, je crois que je peux faire un effort et me montrer tel que je suis.

— Est-ce que tu veux danser ? je lui demande.

— Pardon ?

Je lève le doigt pour qu'elle tende l'oreille et entende la musique. C'est une chanson de Noël peu appropriée pour se déhancher, mais je n'ai pas envie que Callie aille parler avec les autres. Je souhaite qu'elle reste avec moi.

— Oui, dit-elle dans un souffle.

Je pose le livre à côté de la sono et prends sa main froide pour l'entraîner plus loin, là où il y a plus de place.

On est gauches, semblables à des ados lors de leur première boum, et l'espace entre nous est bien trop large. Ma main sur ses reins la ramène plus près. Son regard se baisse lorsque nos torses se touchent, et une douce chaleur m'envahit. Un truc que je n'ai jamais vraiment ressenti, une sorte de bien-être. On danse bêtement sous le regard des autres, mais je m'en fous. J'ai Callie contre moi et je suis bien.

— Tu aimes danser ? je l'interroge.

— Pas vraiment.

— Moi non plus.

— Alors pourquoi tu as voulu le faire ?

Sa tête se redresse, ses yeux verts accrochent les miens.

— Pour t'avoir dans mes bras.

Son sourire, à cet instant, me confirme que j'ai bien fait. Même si je ne dévoile aucun talent en occupant de façon improvisée la piste, ça n'a pas d'importance.

Le visage de Callie se pose contre ma poitrine alors qu'on tourne en rond, et ma prise se resserre sur son corps. Elle va me faire aimer Noël, à ce rythme ! Si ça signifie planer sans aucune autre substance que celle de nos êtres emmêlés, je vais adorer cette période de l'année.

— Je repensais à ce que tu as dit lors de la réunion, elle reprend, et je me demandais si tu voudrais passer les fêtes avec moi, dans ma famille.

Je me fige et, de ce fait, arrête de danser. Je ne m'y attendais pas, à celle-là.

— Oublie, c'était une idée stupide...

— Non, pas du tout, c'est gentil de ta part de m'inviter.

— Tu n'es pas obligé d'accepter.

Son malaise me donne envie de l'embrasser pour qu'il disparaisse. J'aimerais qu'elle cesse d'imaginer que je ne veux pas pour X ou Y raison.

— Je ne suis pas le genre d'homme qu'on présente à ses parents.

C'est vrai, je n'ai pas de boulot parce que je suis incapable d'en garder un plus d'un mois, je n'ai ni rêves ni vision de l'avenir parce que j'ignore ce que je serai demain. La plupart du temps, je ne sais même pas qui je suis.

— Oh non, ce n'est pas ce que je voulais faire, enfin pas en tant que... petit ami.

Je souris devant son embarras grandissant.

— Ce n'est pas que tu ferais un mauvais petit ami, pas du tout d'ailleurs, c'est que...

Callie soupire et m'offre un regard de pitié. Je ris, elle est touchante à essayer de s'expliquer sans s'emmêler les pinceaux.

— Je suis désolée, je n'aurais pas dû te proposer ça.

— Si, tu as bien fait, et même si tu crois ne pas être claire, je t'ai comprise.

— Mais tu ne veux pas.

Je soupire et m'écarte d'elle, mal à l'aise.

— Ce n'est pas grave, Stark.

— Je ne souhaite pas te gêner devant ta famille.

— Quoi ?

— Je voudrais bien venir, parce que j'ai envie d'être avec toi. Et je sais que, tout à l'heure, tu n'as pas tout dit concernant tes proches, ni ce que tu ressens auprès d'eux. Je n'ai pas assez confiance en moi pour t'accompagner sans passer pour... un sauvage.

Callie me fixe durant de longues secondes, je remarque qu'on n'est plus les seuls à danser, quelques couples se sont formés pendant qu'on était dans notre bulle.

— Stark, dit-elle en me prenant la main, si je t'invite, c'est parce que j'aime ce que tu es, et je n'aurai jamais honte de toi.

« J'aime ce que tu es. » Mon cœur vient cogner plus lourdement dans ma poitrine. Quand ses yeux se baissent, je comprends qu'elle se rend compte de ses paroles. Ma main relève son menton pour qu'elle ne se dérobe pas.

— Moi aussi, j'aime ce que tu es.

C'est une belle personne, avec ses faiblesses et tellement de qualités rares. Sa compassion, sa gentillesse, sa curiosité et son sourire charmeur.

Je reviens contre elle et mes bras l'entourent de nouveau pour danser.

M'accepter moi-même est compliqué, je sais que je suis difficile à suivre. Certains jours, je vais bien, j'ai un peu confiance en moi – assez pour approcher les autres –, quand le lendemain je ne me sens plus à ma place. Avec Callie, je n'ai jamais eu cette impression. Je suis simplement serein.

Alors j'hésite, parce que je ne voudrais pas détruire nos moments agréables. Et en même temps, j'aimerais qu'il y en ait plus. Je baisse la tête jusqu'à poser ma joue sur son crâne. Elle sent la cannelle et les biscuits. Ceux que je dévorais la nuit du réveillon avec un verre de lait, durant mon enfance. Callie m'enlace plus qu'elle ne danse et j'espère que ça lui fait autant de bien qu'à moi. Peut-être qu'elle aura besoin d'un allié lors de cette réunion familiale ? Une personne pour la soutenir et affronter ce moment censé être magique.

— Je viendrai à une condition.

— Laquelle ?

— Ce soir, on fête Noël avec le groupe, on passe le jour fatidique avec tes parents, et j'aimerais qu'on en rajoute un.

— Un autre Noël ? elle demande en s'écartant avec un grand sourire.

— Oui, un Noël rien que toi et moi.

Ma respiration s'emballe.

— Le 26 ?

J'acquiesce, son sourire me détend, tout comme son hochement de tête.

— On ne le fête jamais assez. J'approuve ta condition.

— J'accepte ton invitation.

— Merci.

La musique s'arrête et Brooke nous ramène à la réalité en nous rappelant que le temps passe et que notre soirée touche à sa fin. On se réunit près du buffet pour manger et boire un dernier verre. Les sourires sont de mise et je me demande s'ils sont tous comme moi : heureux. Je discute avec Matt et Tate, entre les deux c'est le jour et la nuit, mais ils ont toujours de bons sujets. Le sport, les filles et les bars, principalement. J'aimerais les voir dans un club de strip-tease ou en boîte, ce serait amusant.

Callie nous informe qu'il est temps de vider les lieux, on se salue en se souhaitant de bonnes fêtes. Je précise à Matt qu'il peut m'appeler si jamais l'envie de crier en vrai lui prend. Le jeune homme me surprend en m'étreignant maladroitement. Puis on se retrouve seuls avec Callie.

C'est con de voir ces moments comme des rencards, pourtant ils ont la même teneur pour moi. On débarrasse les restes, heureusement que chacun en a emporté une partie en *doggy bag*, parce qu'il y en avait bien trop ! Ensuite, on s'occupe de la déco et des chaises, en silence pour une fois. J'attrape mon cadeau, que je range dans mon sac avec ceux du cracker. Callie récupère ses affaires et je lui présente le paquet, emballé dans du papier journal.

Elle me sourit, intriguée, et le déballe assez rapidement. J'ai réussi à confectionner une sorte de coffre pour protéger le tout avec un reste de boîte à chaussures. Je l'ai consolidée avec quelques débris de bois et je l'ai recouverte de tissu noir en satin. L'objet a l'air de lui plaire, puisqu'elle le caresse du bout des doigts. Callie l'ouvre, et son regard s'agrandit. Je ne rate aucune de ses réactions, et si je n'avais pas encore succombé pour elle, je le ferais sûrement maintenant.

Elle sort la surprise par sa suspension, du même tissu que la boîte, puis l'observe avec émerveillement.

C'est une boule de Noël que j'ai fabriquée, composée d'une branche de gui, de quelques paillettes et de polystyrène pour reconstituer un semblant de neige.

— C'est magnifique ! elle s'exclame.

— C'est une ancienne boule de cristal, j'explique, elle était brisée et elle m'a fait penser à toi. J'ai recollé chaque morceau.

Callie me sourit si franchement que je suis certain d'avoir visé juste en m'attelant à ce projet. J'ai récupéré la boule chez un antiquaire. Seul le haut était cassé, j'ai brisé le reste pour que ce soit cohérent et que l'ensemble soit harmonieux.

— Merci, je la trouve superbe.

— C'est du gui à l'intérieur.

Comme la décoration est imposante, je m'étais dit que, au lieu de l'accrocher à son sapin, elle pourrait la mettre au-dessus d'une porte. Et je ne sais pas, peut-être Noël me rend-il plus audacieux, mais je voulais qu'on soit seuls pour répondre à la tradition.

Je récupère la boule pour la soulever au-dessus de nous. Callie suit mon geste du regard avant de plonger ses yeux verts dans les miens.

Je me penche en sentant mon cœur exploser dans ma poitrine. Je ne sais pas depuis quand je n'ai pas été aussi nerveux à l'idée d'embrasser une femme, mais j'ai l'impression d'avoir de nouveau 15 ans.

Je vois sa langue passer sur ses lèvres, et ce n'est plus simplement un baiser que je voudrais, mais elle tout entière.

Juste avant d'atteindre mon but, Callie inspire et ferme les yeux. Nos bouches se rejoignent et sa douceur m'enveloppe immédiatement. On est aussi gauches que lors de la danse mais, très vite, ses lèvres s'entrouvrent et notre baiser devient plus intense. Callie gémit, ses mains se posent sur mes bras, puis nos corps se rapprochent. La passion fait le reste. Celle qui nous possède et qui est endormie depuis bien trop longtemps sous nos désordres psychologiques. Je ne suis plus Stark le détraqué avec elle, encore moins quand elle m'embrasse. C'est comme si j'étais son propre souffle. Je suis un homme ayant rencontré celle qui lui donne envie d'espérer qu'à deux on pourra se réparer. Pareils à cette boule de cristal hivernale.

5

Callie

Maudit soit Noël.

Je savais que c'était trop parfait pour être réel. La catastrophe de ces dernières vingt-quatre heures me donne envie de m'enterrer dans ma librairie sous une tonne de livres pour tout oublier.

Je les déteste.

Cette année, j'avais espéré du changement. Je m'étais montrée plus audacieuse. Visiblement, le karma a décidé de se moquer de moi.

Stark n'est pas venu. Ni le 24 au soir ni le 25...

Il m'a posé un lapin, le soir de Noël ! Qui fait ça ?

Lui.

J'essaie de chasser cette pointe douloureuse dans ma poitrine. Je ne suis même pas en colère, je suis déçue. Déçue d'avoir espéré que, cette fois-ci, tout serait différent.

Ma famille n'a pas arrêté de me questionner sur l'absence de mon invité surprise, ma mère m'a même accusée de l'avoir inventé et mes sœurs en ont plaisanté durant toute la soirée.

Heureusement, la conversation Facebook m'a aidée à tenir le coup. Lire le récit des autres membres du groupe m'a fait du bien. Ils ont l'air d'avoir passé de belles fêtes, malgré les coups de gueule, les ratés en cuisine et les traditions un peu ridicules.

Mon réveillon, je l'ai partagé avec eux, en fin de compte. Et c'est le plus important, même si j'aurais aimé le vivre aux côtés de Stark.

Pas avec ma famille, en tout cas !

Je m'énerve dans mon coin. Voilà pourquoi je me suis enterrée au rayon Thriller, j'imagine mille scénarios pour me venger de mes parents et de mes sœurs.

Mon portable vibre sur une pile de livres à étiqueter et, comme une idiote, je m'empresse d'aller scruter l'écran, espérant encore un SMS.

Fichus films romantiques !

C'est une notification pour m'alerter d'une promotion sur des baskets. Génial, toujours pas de nouvelles de Stark, il n'a même pas répondu aux messages du groupe.

Je ne peux m'empêcher de me demander s'il m'a volontairement plantée ou s'il a eu un problème, étant donné son caractère et ses propres difficultés. Cela me permettrait de comprendre les raisons de son absence.

Si seulement on pouvait en discuter.

Mais je n'ai pas son numéro, et il ne m'a pas envoyé de SMS alors qu'il a le mien, je suis donc dans le flou.

Ma fierté est déjà bien abîmée pour oser le demander à Matt.

— Il ne me reste plus que la radio et les bouquins, je soupire.

Je passe ma matinée à ranger la librairie. Les gens sont certainement encore en famille : je n'ai aucun client.

Vers midi, j'ai noté quelques idées de « crimes » en lisant plusieurs quatrièmes de couverture. Je vais même aller me réconforter dans la nourriture en matant une comédie. Je commande chinois, et Mme Xin m'apporte mes barquettes en moins de quinze minutes.

Je m'apprête à emprunter l'escalier pour gagner l'étage, où je prendrai ma pause, lorsque mon portable vibre à nouveau. Sans doute une énième promo pour des chaussures ou des voyages que personne ne peut se payer en cette période.

Je décide d'ignorer le SMS, mais le vibreur continue et ça m'agace. J'ouvre l'application et découvre trois messages d'un numéro inconnu.

Mon cœur rate quelques battements en lisant leur contenu.

Callie, c'est Stark.

Est-ce que c'est toi à la librairie ?

C'est écrit « fermé », mais j'ai vu de la lumière…

Il est là, bon sang ! Il n'a pas oublié notre « rendez-vous », cet autre réveillon que nous devions fêter ensemble, lui et moi. Une part d'excitation me gagne, une autre me donne des envies de meurtre. J'hésite à descendre pour le voir et lui demander des explications. Une petite voix dans ma tête me dit de le laisser partir, une autre m'implore de saisir cette chance pour mettre les choses à plat.

Stark est comme toi, Callie, avec des blessures, des faiblesses et des cicatrices.

Moi aussi, dans d'autres circonstances, j'aurais pu lui poser un lapin à cause de mon manque de confiance en moi.

— Mon prochain atelier sera des cours de création de poupées vaudoues, si ça se passe mal ! je marmonne.

J'abandonne mon envie de plats chinois pour rejoindre la librairie par la porte de service et les dépose sur le comptoir. L'adrénaline parcourt mon corps. La nervosité s'empare de moi lorsque j'aperçois Stark de l'autre côté de la porte vitrée.

Dès que nos regards se croisent, j'ai envie de faire machine arrière. C'est trop stressant d'être courageuse. Pourtant, mes pieds avancent dans sa direction, comme si mon sixième sens m'implorait d'y aller.

J'ouvre la porte. Stark recule immédiatement puis monte quelques marches du perron pour me faire face.

L'air frais de ce 26 décembre me fait frissonner. Je le découvre en veste de cuir. Ses cheveux sombres sont cachés sous un bonnet noir avec un pompon. Il porte une écharpe écossaise rouge mais, surtout, il a sous le bras une pancarte en carton.

— Tu as trouvé mon numéro, je déclare.

Je croise les bras en essayant de masquer ma nervosité. Stark m'observe un instant en détail, il semble... agité, mais un sourire timide se dessine sur son visage. Est-il soulagé ?

Il se saisit de son carton et me le montre. Dessus, il est inscrit :

Ce n'est pas une chorale de Noël.

Je fronce les sourcils, perplexe. Qu'est-ce qu'il raconte ?

— Pourquoi tu ne parles pas ?

Stark lâche la pancarte, il se rapproche de moi en fouillant ses poches pour me tendre… un Post-it où il est écrit :

Dans le film, il ne parle pas.

Je suis perdue. À quel film fait-il allusion ?

Stark croise mon regard, espérant un signe, je le vois récupérer un bloc rose carré dans sa poche et noter quelque chose avec un stylo. Soudain, mon cerveau fait le lien. Il manque la sono à piles d'Andrew Lincoln et un chant de Noël en guise d'ambiance. Il ne neige pas et il ne fait pas nuit, nous ne sommes plus le soir du réveillon. Il manque beaucoup d'éléments, mais je comprends.

Stark est en train de rejouer la scène mythique de *Love Actually* !

Mon cœur se met à battre plus vite et la curiosité l'emporte sur le restant de mes émotions.

Stark ne perd pas de temps, il se met à écrire sur ses Post-it et à me les tendre, dans une version plus réaliste que celle du film. Il me livre ses pensées noir sur blanc, et je dévore chaque mot qu'il me confie.

Je suis désolé.
J'aurais dû te prévenir.
J'aurais dû venir.
Mais je n'ai pas pu.
J'ai flippé…
Même si tu me plais.
Et je ne voulais pas t'imposer ça…

Quand j'essaie d'intervenir, Stark me fait signe de me taire, comme si quelqu'un pouvait nous surprendre et nous entendre. Je retiens un rire, je le trouve aussi émouvant que son cadeau. Sa boule de cristal avec la branche de gui trône d'ailleurs fièrement sur le sapin à l'intérieur de la librairie, et je me demande ce qui me bouleverse le plus : le présent ou l'homme imparfait face à moi.

Nos regards se croisent lorsqu'il me donne un nouveau carré rose.

Même si tu m'as dit le contraire, je n'ai pas confiance en moi.

OK, je comprends mieux. C'est cohérent avec sa personnalité borderline. J'aurais pu le prévoir. J'étais tellement confiante que je n'ai pas pensé au fait que Stark n'était peut-être pas sur le même nuage que moi.

J'espère que tu me pardonneras.

J'acquiesce, il me sourit, et je ne peux m'empêcher de rougir sous son regard intense. J'attends la suite avec impatience. C'est une torture de le voir noter chaque mot face à moi. L'attente rend le résultat encore plus fort.

Ses doigts effleurent les miens chaque fois qu'il m'offre un bout de son cœur sur du papier.

Peut-être qu'on pourrait recommencer ?

— Recommencer quoi ? j'interviens, la gorge serrée.

Stark s'approche un peu plus, il laisse tomber les Post-it et déclare :

— Nous ? En faisant revenir Noël le temps d'un rendez-vous ?

Waouh, Stark le fuyard, qui ose venir dans ma librairie me faire les excuses les plus touchantes veut vraiment se rattraper ?

Est-ce que je veux de ce rencard ?

Évidemment que oui.

— J'ai trois conditions, j'annonce.

— Je t'écoute.

L'espoir naît dans son regard et, pour une fois, j'apprécie de ne pas être comme tout le monde. Je doute que le commun des mortels puisse comprendre ce que ça coûte à Stark d'avoir fait cette démarche et combien ça me coûte à moi de lui donner... sa chance.

Maintenant, je sais que ce ne sera pas facile, j'en ai eu la preuve et... ça me va.

— Tout d'abord, dis-moi comment tu as eu l'idée de faire ça ?

Stark retire son bonnet et se passe une main nerveuse dans les cheveux. Il a l'air gêné.

— Brooke m'a... aidé.

— Tu appelles Brooke, mais pas moi ? je souligne en haussant un sourcil.

— Je ne savais pas comment faire pour m'excuser sans t'énerver.

— Je ne m'énerve jamais.

Non, à la place, j'organise des ateliers poupées vaudoues pour me venger.

Stark n'a pas l'air convaincu et il a raison, ce qui me fait sourire. Donc c'est à Brooke que je dois la réalisation de mon fantasme romantique. Je saurai la remercier.

— Suite à son conseil, j'ai trouvé une vidéo sur YouTube, mais je n'avais pas de pancarte, alors...

— Des Post-it ?

— Oui, et un carton Amazon.

Un rire m'échappe devant la situation, c'est tellement plus drôle que dans le film, plus sincère aussi. Et ça m'émeut.

— La prochaine fois, sers-toi de mon numéro si tu as envie de me poser un lapin. Ça me fera une bonne excuse pour planter ma famille et te rejoindre.

Stark acquiesce.

— Tu m'as fait de la peine, je murmure.

— Je sais, soupire-t-il, je ne suis pas parfait, Callie, je vais même passer ma vie à faire des conneries, à blesser les gens parce que je ne suis pas doué pour les comprendre et me faire comprendre. Mais toi... tu me comprends, et ça m'effraie autant que ça me pousse à surmonter mes peurs.

Ses mots sont encore plus bouleversants que ses écrits.

— Qu'est-ce que je peux faire pour obtenir ton pardon ?

Je lui répondrais bien qu'un baiser et une nuit de folie sur mon clic-clac à l'étage seraient la combinaison idéale, mais... jamais je n'oserais le dire à voix haute.

— M'embrasser et venir déjeuner avec moi ? je hasarde.

Mes joues s'empourprent.

— C'est faisable.

— J'ai commandé chinois.

— Impeccable.

Il se rapproche, je serre les papiers roses contre moi en attendant de retrouver son odeur de tabac et le goût de ses lèvres qui m'ont hantée durant plusieurs heures. Je respire plus fort et me demande quand je vais me réveiller pour découvrir qu'il s'agit d'un rêve.

Stark se fige soudainement.

— Attends, tu as dit que tu avais trois conditions. Tu ne m'as pas dit la dernière.

Je laisse échapper un son amusé, je crois qu'on va bien s'entendre, lui et moi, nous sommes pareils : maladroits.

— Est-ce que je peux garder tes Post-it en souvenir ?

Quitte à rejouer un remake de scène de film...

Stark éclate de rire, ressort son attirail d'écrivain, note quelque chose, avant de plier le feuillet et de le glisser dans ma main.

— Ajoute celui-ci, alors.

Je l'ouvre et y découvre une promesse :

Je crois que je suis en train de tomber amoureux de toi.

Je crois que, moi, je le suis déjà.

— Joyeux Noël en retard, Callie, renchérit-il.

— Joyeux Noël à toi aussi.

Mon bras glisse autour de ses épaules et l'attire pour que je l'embrasse à nouveau.

Mes yeux se lèvent sur la couronne décorant mon porche, et je souris : il y a aussi du gui.

CÉCILE CHOMIN

De l'autre côté du miroir : mission, talons, flocons

Ma plus belle dédicace,
celle que j'aurais voulu vous faire
« pour de vrai ».
A toi, mémé, à toi, pépé,
je dédie cette nouvelle.
Parce qu'il ne passe pas un jour
sans que je me rappelle,
je voulais vous dire
combien on vous aime.

1

« J'ai pas besoin de vous
pour ranger mes vêtements.
Partez, vous m'encombrez, dit la vieille,
en sautant. ».

La Vieille, Leïla HUISSOUD

Saletés de Jimmy Choo, saletés de chaussures à talons tout court, saleté de neige, saleté de vie, saleté de grand-mère partie !

Non, pas saleté de neige, j'aime la neige... Et pas saleté de mémé, je t'aime, ma mémé, tu me manques. Mais c'est dur d'être ici sans toi. Saleté de pari stupide avec ma sœur plutôt ! Me retrouver à aller chercher du bois par ces températures, c'est inacceptable.

Avec ces talons, en plus.

« Mélie, je te trouve trop garçon manqué... Voyons, Mélie, c'est impossible d'être féminine avec cet accoutrement... » Gnagnagna.

Comment je me suis retrouvée à troquer mes boots pour ces chaussures à talons ? Ça relève du génie ! Mais pas du mien. De celui d'Élina plutôt, ma sœur jumelle. Mélissa et Élina... mes parents voulaient que ça rime. Au final, ma mère s'est régalée à nous appeler toute notre enfance Mélie et Élie, on aurait dit une pub pour confiture qui serait passée en boucle à la télévision, vu le nombre de fois où nos prénoms retentissaient dans la maison, suite à nos nombreuses chamailleries.

En tout cas, encore une fois, Élie a réussi, dans une pirouette qu'elle seule connaît, à me faire dire que je pouvais, moi aussi, tout faire en escarpins. Quelle idiote je fais. Alors que je n'en éprouvais aucunement le besoin, mais juste pour confirmer mes dires et lui tenir tête, me voilà avec ces talons de torture, que j'ai ordre de porter toute la soirée sans me plaindre, sans gémir et surtout sans les abîmer. Adieu, ma délicieuse paire de bottes fourrées !

Je crois que ma frangine est venue ici uniquement avec des stilettos dans sa valise. C'est incroyable, quand même. On arrive le 20 décembre chez mon grand-père pour fêter Noël en famille, on reste une dizaine de jours, et Élie n'apporte que des chaussures dignes d'un défilé de mode ! Comme si, en allant faire des courses au Cora du coin, elle allait croiser Tho James. Cora, ça existe encore, ça ? Eh bien oui, ici, en tout cas.

Incroyable, ce patelin : Rouvrois. J'en ai des souvenirs magnifiques, surtout de la vieille écluse manuelle. Sept heures de route depuis Bordeaux quand on ne s'arrête pas, soit neuf heures quarante-cinq quand on a, comme nos parents, deux pisseuses de 8 ans et un ado renfrogné de 12 piges à l'arrière, qui râle toutes les demi-heures. D'ailleurs, certainement une des causes identifiables de leur divorce, mais passons. Là, isolée dans la chaufferie de la maison, je me rappelle ce voyage. On en a fait, des voyages de ce type, mais c'est un de ceux dont je me rappellerai toujours. Je ne sais pas pourquoi, certains marquent plus que d'autres. C'est la fameuse fois où nous avons rencontré Alphonse et Clément.

Quelle probabilité y a-t-il que les voisins des grands parents de petites jumelles soient des jumeaux du même âge ? Aucune : ils n'étaient pas jumeaux. Mais, ça, on ne l'a su qu'après. Alphonse, qui a un prénom « original » si l'on peut dire, le tient de sa maman, qui voulait donner un côté bourgeois et snob à sa descendance. Bref, Alphonse est le plus grand et a trois ans de plus que nous tous. Clément, arrivé quelques années après son frère, a eu la chance que la passion de sa mère pour l'anthropologie des prénoms se soit tarie et a donc hérité d'un prénom normal et classique pour notre génération. Désolée, Alphonse. Mais bon, Élie et moi, c'est pour lui qu'on battait des cils, même si son prénom était ringard. Quel garçon ! Trois ans de plus, c'est pas rien, à cet âge-là, un véritable homme à nos yeux, un héros sans cape, qui savait couper du bois comme personne. Qu'est-ce que mémé a pu se moquer de moi avec son regard rieur !

Sauf qu'Alphonse, comme Clément, c'est pour ma sœur qu'il en pinçait. À l'époque, on faisait tout pour se différencier, donc la cruelle vérité était flagrante. À Élie les beaux cheveux châtains et lisses, à moi la touffe hirsute, que je refusais d'essayer de discipliner. À elle la démarche chaloupée, les yeux de biche, les vêtements à la mode. À moi... eh bien, ce qu'il reste : la démarche de bûcheron, les yeux globuleux et les fringues déchirées de la mal fagotée. J'ai choisi le sport, la combativité et la mécanique. On se dissocie comme on peut. J'ai peut-être le même physique qu'elle à la base, mais je refusais de faire les mêmes choix, alors je me suis « autosabotée », comme disait ma grand-mère. Aujourd'hui, dans ses talons, j'ai l'impression d'être une ado complexée qui porte les chaussures de sa maman.

— Aïe.

Je viens de me tordre la cheville dans le garage. Il fait sombre, c'est incroyable. Pépé devait mettre la lumière, pourquoi ça n'est toujours pas fait ? En même temps, je crois qu'il est beaucoup plus fatigué qu'il ne veut le laisser paraître. Il n'ose pas le dire, car il redoute que papa et ses frères le placent en maison de retraite, mais je crois qu'il n'arrive plus à faire grand-chose, et encore moins depuis le départ de mémé.

Pendant que je repasse ces vieux films dans ma tête, j'ouvre la porte, pour être éclairée par la lumière de la rue, et le vent froid me fouette le visage. Ma queue-de-cheval stricte semble se transformer en fouet et je retire rapidement mon élastique, pensant que c'est une meilleure idée, ce qui s'avère une grande erreur. Désormais, c'est ma tignasse indisciplinée qui, comme un cheval sauvage jamais dompté, me frappe le visage dans tous les sens. D'ailleurs, c'est ridicule, l'ensemble n'a rien d'un cheval sauvage. Je dirais plutôt un lévrier afghan, voilà, ça doit être à ça que je ressemble : à un lévrier afghan avec son air indolent et crétin.

Je sors, titube jusqu'à la porte de la remise collée au garage et crie quand mon talon se prend dans une bouche d'égout. Je dis un gros mot pour l'occasion et, malgré les 45 000 cheveux qui viennent me servir de rideau devant le visage, j'arrive à voir le talon fautif et amoché. Je geins de douleur en pensant à l'énorme savon que va me passer Élina. Je suis morte. Ce n'est qu'une question de minutes, mais je vais crever.

— Élina, ça va ?

Je me retourne brusquement, car la voix m'a surprise – même le mauvais prénom a été prononcé –, et me retrouve face à Alphonse.

— Alphonse ? Qu'est-ce que tu fais là ? Je ne savais pas que ton père habitait encore ici !

— Comme tu vois, rien n'a changé. On a même toujours un C...

— Un Cora, oui, je sais, je suis passée devant en arrivant.

— Et tu es toujours la même surprenante jeune femme. Des talons ? Sérieusement, Élina ?

J'hésite à le reprendre sur sa mégarde, mais je m'amuse de la situation. Quand on nous connaît, on ne nous confond pas en général, nous sommes trop différentes. Seuls les étrangers ne voient que les mêmes traits du visage, yeux gris, couleur de cheveux et corpulence. Les autres voient le regard et non l'iris, la démarche et non le corps, le caractère et non les habits. Mais ça fait longtemps que nous n'avons pas vu Alphonse et, quand j'y réfléchis à deux fois, j'ai la crinière lâchée, ce qui n'arrive jamais et, surtout, je porte des Jimmy Choo de 10 centimètres, ce qui est improbable.

— Oui, désolée, mon cher, je ne me rappelais plus que chez les ploucs il y avait des bouches d'égout.

Il rit car je fais référence aux interminables disputes, quand nous étions plus jeunes, sur les différences entre la vie bordelaise et la vie rouvroise. Jeunes filles de la ville qui se veulent branchées contre personnalités rurales de l'Est ayant le goût des bonnes choses.

— Oh, pardon, princesse. « Bordeaux City », c'est vrai, évacue ses eaux usées par un procédé chimique d'aéro-dissolution, qui projette dans l'air, sans polluer, des particules de fleurs sentant la rose.

— On ne rigole pas, monsieur Alphonse. Oui, ça aurait pu marcher, je n'ai pas réussi à faire breveter le projet, c'est tout.

— Ne traîne pas alors, j'ai déjà pas mal d'acheteurs potentiels.

— Moque-toi, moque-toi. Un ignorant, voilà ce que tu es !

— Certainement…

Je m'apprête à rentrer dans le garage, car j'ai l'impression que la neige se met à tomber de plus en plus dru et que je vais finir congelée sur le trottoir.

— Mais, au moins, moi, je n'ignore pas à qui je parle.

Je me retourne pour le regarder, car je ne comprends pas sa pique.

— Eh oui, très chère Élina, ce n'est pas Alphonse mais Clément. Je veux bien que l'on ne se soit pas vus depuis plusieurs années, mais quand même, je n'ai pas changé tant que ça.

Pas changé ? Mais il est aveugle, ou quoi ? Il a pris combien de centimètres depuis la dernière fois ? Ou alors c'est parce que sa carrure s'est élargie que je le vois plus grand. Ça doit tirer des tracteurs à main nue, pour être musclé comme ça, dans l'Est ! Bon, je garde pour moi cette réflexion complètement stupide et méchante de Parisienne que je suis devenue et me mets à rire quand je réalise qu'il me reproche de me tromper de frère, alors qu'il a fait de même.

— Qu'est-ce qu'il y a de si drôle ?

— Rien, venez demain prendre l'apéritif à midi avec Alphonse et votre père, je te raconterai.

Sur ce, je referme la lourde porte en bois et trouve enfin l'interrupteur me permettant de traverser les lieux sans encombre.

Il avait ces fossettes, ado ? Aucun souvenir, mais, quand même, ça m'aurait marquée...

Je récupère les quelques morceaux de bois que je voulais remonter et m'arrête dans la buanderie, rayon bocaux, pour me prendre un dessert de poires au sirop bien mérité. Alors que je pose les bûches par terre, un papier attire mon attention.

Il est rose clair, comme le papier à lettres que mémé utilisait pour ses courriers.

J'ai l'impression d'être l'espionne dans un film prête à découvrir un grand secret et j'adore me faire ce genre de scénario, mais l'écriture pattes de mouche de ma grand-mère me jette un grand froid. Ça fait bizarre, tout de même, de lire un mort. Et le contenu me glace encore plus.

Bonjour, Mélissa,

Un petit tour dans le garage ? Chargée de rapporter le bois, c'est ça ? Tu t'es encore fait avoir par Élina ? Taratata, profites-en pour récupérer un bocal de poires au sirop, elle n'aime pas, tu l'auras pour toi toute seule.

Je me demande si tu lis ce mot en premier ou si tu en as découvert d'autres... Selon ma propre chronologie, c'est le premier, mais je me trompe peut-être. Il y a si longtemps que vous n'êtes pas venus tous les trois que les choses changent. En parlant de changement, tu as vu Clément ? Mince, j'espère ne pas « spoaïlier » comme vous dites.

Il neige ou pas, à Noël, cette année ? Je ne le verrai pas, je le sais, maintenant, mais ce n'est pas grave, c'est toi qui aimes tant ça. Dommage que tes parents aient choisi Bordeaux, mais bon, il en fallait pour tout le monde, et Élina, elle, n'aime pas la neige. Aujourd'hui, à Paris, tu dois en avoir un petit peu plus. Mais ça reste Paris, j'ai toujours cru que c'était de la fausse, là-bas. Tu as vérifié ? Ici, on en a de moins en moins, mais on en a tout de même.

Promis, de là où je suis à présent, la première chose que je vais demander, c'est d'en commander pour l'année prochaine. Pour toi, ma chérie, rien que pour toi, et tant pis si Élina râle, elle ne m'en voudra pas.

Je t'aime. À plus tard.

Je souris avec nostalgie, une pointe au cœur, mais heureuse d'avoir l'impression d'avoir pu lui parler encore une fois. Je regarde en l'air et murmure :

— Merci, mémé, pour la neige.

Par contre : « À plus tard » ? Je savais que ma grand-mère avait parfois un humour douteux, mais : « À plus tard » ? T'es sérieuse ?

En reprenant mes esprits, je suppose qu'elle parle d'autres lettres disposées à mon intention, mais je ne comprends pas. Comment être certaine que je tombe dessus, et non pépé, mon frère Léo ou Élina ? Les poires, c'est mon péché mignon, mais le jus de pomme aussi... le jus de pomme ! Je fonce dans le placard d'à côté pour chercher des petits papiers roses, en vain. Mémé ne m'a rien laissé de plus côté buanderie, on dirait. Tant pis, je prends une bouteille de jus, c'est toujours ça de gagné.

Quand je rentre dans la cuisine, Élina me tombe dessus.

— Une heure que t'es partie, et tu reviens avec un bocal de poires ? T'es sérieuse, Mélie ? Tu t'avoues vaincue ? Impossible de ramener du bois avec des talons, hein. Miss tout-terrain ne saurait donc pas tout faire ?

— Merde, le bois. J'ai pris du jus de pomme aussi !

— Arrête de jurer.

— Ça suffit de vous chiffonner ! nous tance notre grand-père.

— C'est elle qui a commencé, je dis en ôtant ses chaussures de la mort.

Alors que je les retire, je me souviens du drame... J'essaie de les cacher sous la table pour échapper à son regard perçant, mais elle a des yeux de lynx en pleine recherche de proie.

— Mélie !

Je suis foutue.

2

« La prune, la poire, la cerise,
on va siroter tout le verger !
Le grand-père sort les cigares...
et se les fait tous taxer ! »

La P'tite Monnaie, Benabar

Gueule de bois. On est le lendemain de notre arrivée, et j'ai la gueule de bois. En même temps, je suis rentrée frigorifiée de mon escapade garage/rue d'hier soir, et il a bien fallu quelques verres du délicieux breuvage de mémé – de la gnôle – pour qu'Élina se détende sur l'état du talon amoché.

— Ça va, une petite éraflure. Ça se voit à peine.

— *À peine ?* Tu sais combien ça coûte ?

— Alors pourquoi tu viens pas en bottes fourrées comme tout le monde ?

— Personne ne vient en bottes fourrées ici, Mélissa, dit mon frère en riant. Il n'y a que toi pour porter ça. On n'est pas à la station de ski. C'est un village lambda, où les gens vivent et travaillent en chaussures normales. Votre débat est inutile. Vous abusez.

— Ah, tu vois, il confirme : tu es ridicule avec tes escarpins, Élie, je fais en souriant.

— Mélie, de vous deux, c'est elle la moins pire ! Tu t'es regardée ? renchérit Léo. Quand je t'ai récupérée à la gare de Nancy cet après-midi, j'ai cru que j'accueillais un Inuit. Sérieux, Mélie, pourquoi s'affubler comme ça et porter des Moon Boots ?

— Mais parce que c'est confortable !

J'étais ahurie devant leur manque de logique. Pourquoi s'embêter avec des godasses qui font mal aux pieds et ruinent le dos quand il en existe des confortables ?

— Pour ressembler à quelque chose, chérie ! rétorque ma sœur avec une moue, celle qu'elle fait quand elle constate un manque de goût flagrant qui mériterait le bûcher.

— Et la liberté féminine ? Pouvoir être belle de l'intérieur et se faire respecter pour son intelligence et sa personnalité, et non parce qu'on se fait épiler, qu'on porte des fuseaux moulants et des talons de 10 centimètres, en plus d'un maquillage de pétasse ?

C'est à ce moment précis de la conversation, juste après le repas, que ça a dégénéré. Pépé ne disait rien et nous préparait silencieusement une tisane au tilleul, comme au temps de ma grand-mère, avant d'aller nous coucher. Il avait mis la théière en fonte sur la cuisinière à bois d'un autre temps et faisait semblant d'être absorbé par ses pensées. Léo commençait à regretter d'être arrivé un jour avant notre père, quant à Élie et moi, nous étions lancées sur une route dangereuse et trop souvent empruntée pour pouvoir se rendre compte du danger imminent, celui de dépasser les bornes.

— Les fuseaux, ça n'existe plus vraiment, ricane mon frère malgré tout. Faut vraiment revoir ta garde-robe, Mélie.

— Tu ne t'épiles pas ?

J'ai cru que ma sœur s'étouffait en prononçant ces mots.

— C'est un exemple, Élina.

— J'ai donc un maquillage de pétasse ?

Élina, malgré son fort caractère et son côté femme fatale qui s'assume, avait beaucoup de mal avec la critique directe, encore plus venant de son propre clan. Cela dit, ma remarque était idiote, car son maquillage, toujours parfait, la mettait savamment en valeur. C'est peut-être pour ça que je n'en mettais jamais. Ayant le même modèle devant la glace, le résultat ne pouvait qu'être déprimant comparé à son art. Pareil que quand on était petites et qu'on dessinait. Ma mère nous félicitait et nous faisait des tonnes de compliments, mais je voyais bien que mes gribouillis n'avaient rien à envier aux dessins doux, structurés et appliqués de ma sœur. On trouvait toujours en un coup d'œil ce qu'elle avait voulu reproduire. Mes coups de crayon étaient plus abstraits et, parfois, mon chef-d'œuvre terminé, j'avais moi-même du mal à me souvenir du concept de base. J'avais donc vite laissé tomber et, pendant qu'elle dessinait au chaud à l'intérieur avec sa tisane, je mettais les pieds dans les bottes en caoutchouc que ma grand-mère laissait dans la buanderie et sortais jouer dehors. Je rejoignais mon père et mon grand-père et je les écoutais parler pêche, bricolage, changement de joint de culasse. Léo, qui rôdait de maison en maison, se faisait inviter partout et avait plein de projets pour améliorer les bâtisses, refaire vivre les fermes sur le déclin, agrandir les dépendances, consolider les toits.

Finalement, tout avait toujours été tracé pour nous. Pas étonnant qu'Élina soit devenue vendeuse dans une boutique, avant de créer sa propre enseigne à Bordeaux, et Léo architecte spécialisé en réhabilitation au Luxembourg. Moi, c'est un peu plus atypique. Je suis partie à Paris, car j'ai toujours eu le goût des grandes villes malgré mon côté « rustique », et suis à présent ingénieure en génie mécanique. D'où mon côté masculin plus prononcé que le féminin, « stéréotypement parlant ».

À la question de savoir si elle avait un maquillage de pétasse, notre grand-père, sentant le vent tourner, avait remplacé le tilleul par la gnôle. C'est là que nous avons pris cette décision folle. Ou plutôt qu'*ils* l'ont prise.

En gros, mon frère a argumenté sur le fait que ça faisait trop longtemps qu'il nous supportait, nous, nos jérémiades et nos problèmes existentiels de jumelles. Pépé, quant à lui, en a profité pour nous dire que mémé nous trouvait tellement différentes qu'on en devenait identiques. Comme un globe : à trop vouloir nous éloigner, on se rejoignait finalement de l'autre côté.

« Différentes mais identiques. » Semblables, mais aux personnalités aux antipodes. Donc qui saurait nous dissocier ? Qui, vraiment, nous connaît ? Et à toujours vouloir critiquer l'autre, qui sait si elle n'a pas une vie plus facile ? Car toute la question est là, depuis qu'on est toutes petites : laquelle est la plus à plaindre ? Laquelle ne possède pas les mêmes cartes, et tout le monde l'ignore ? La réponse me semblait simple : le maillon faible, c'était moi. Élina avait tout, quand je devais ramer derrière. Mais Élie m'a sorti son joker : selon elle, la vie était tout aussi compliquée de son côté, mais elle ne s'en plaignait pas. Là résidait la différence. Se faire belle et être tout le temps sur son trente et un cachait un manque de confiance en elle devant la fille sans complexe que j'étais. Le choc. Comment osait-elle dire des choses aussi stupides ? Moi, confiante ?

Léo a renchéri en attaquant comme un traître :

— C'est bien pour ça que tu restes toi-même, non ? Pas de maquillage superflu, queue-de-cheval stricte. C'est que tu n'as besoin de rien d'autre. Et moi, je dis « respect ». Sauf que tu te plains tout le temps.

Alors que je m'apprêtais à trouver un millier d'arguments pour les convaincre de leur méprise et leur rappeler tous les amoureux potentiels qui m'avaient éconduite, car attirés par Élie, pépé a joué son va-tout :

— C'est peut-être ça, le « bon moment ».

Il s'est levé péniblement et est allé récupérer dans un tiroir du buffet un petit papier rose.

— C'est pour vous, a-t-il dit simplement en nous tendant la missive.

Élie, Mélie,

Alors voilà, pépé a décidé que c'était le bon moment. Pas sûr qu'il ait vraiment su s'en rendre compte, mais je n'ai pas d'autre choix que de lui faire confiance. Je suppose que Noël approche, je sais que je partirai avant et, en général, vos agendas respectifs ne vous permettent pas de monter avant cette période.

Dur d'être là sans moi ? Que devrais-je dire ! Arrêtez de vous apitoyer, mes petites filles, je ne vous ai pas connues comme ça. Je ne t'oublie pas, Léo, mais des années à être suivi par tes petites sœurs t'ont permis d'être plus préparé aux épreuves de la vie. Et puis, on en a déjà parlé, tous les deux.

Avez-vous trouvé la recette de ma brioche ? Je l'ai laissée dans le tiroir de gauche du meuble de la cuisine, avec les articles de presse que je découpais dans mon magazine préféré. Eh oui, un mythe s'effondre : ma célèbre brioche n'est pas de moi... Que voulez-vous, on ne peut pas être constamment parfaite ! Mais chut, il ne faut pas le dire, tout réside dans la magie de la montée de la pâte. Il faut de la persévérance, la préparer le soir et se lever le matin à 6 heures pour qu'elle cuise et que tout soit prêt à 9 heures quand chacun se réveille. Patience et amour, ce sont les deux ingrédients secrets que vous me demandiez depuis plusieurs années. Quand vous me rendiez visite, je mettais le réveil pour être certaine d'être la première et d'avoir le temps de travailler une nouvelle fois ma pâte avant de la mettre au four. Voilà le secret, vous apprendrez vite dans la vie que la patience est un trésor et la précipitation, l'ennemi du bien.

D'ailleurs, j'en viens à mon idée de départ : qu'en est-il de vous ?

Élina, toujours autant investie dans ton travail pour développer ta marque ? C'est bien. Mais ça ne fait pas tout. Que laisseras-tu ? Tu sais, plus tard. Ce « plus tard » arrive un jour, beaucoup trop vite. Il arrive toujours.

Léo, lui, a Sarah, sa gentille Sarah, et, je me doute, plein de nouveaux projets...

Mélie, tu perds encore ton temps à regretter de ne pas être ta sœur ? Alors qu'elle-même passe le sien à se convaincre qu'elle doit cravacher pour être à la hauteur de ce que tout le monde pense d'elle ? Et si vous sortiez un peu de votre peau, pour une fois ? Si vous essayiez de regarder de l'autre côté de la lucarne ?

Je vous propose un jeu. Vous ne pouvez pas me le reprocher ni négocier. C'est l'avantage d'être morte. Et si vous tentiez pendant quelques jours, on va dire durant les vacances, d'être l'autre ?

C'est simple : vous échangez vos valises et vos téléphones. Mais ça ne suffira pas. Vous devez penser comme l'autre, respirer comme l'autre, marcher comme l'autre. Puisque ça semble si facile, à ce que vous prétendez depuis votre enfance, d'« être elle », alors prouvez-le. Montrez que vous feriez une meilleure version que ce que vous n'êtes vous-même.

Je souris en écrivant ce passage, mais les larmes ne me quittent pas. Je ne serai pas là pour voir ça, mais mon esprit l'est, un peu partout, pour veiller sur vous. Je ne vous quitte pas vraiment, je vous ai appris assez de choses tout au long de ces soirées passées à tricher aux jeux de société, par exemple.

Rappelez-vous : les jeux de société, c'est comme la vie, il faut suivre les règles en apparence et savoir tricher pour que ça tourne à votre avantage.

Acceptez le défi, abandonnez votre sérieux habituel, c'est ma dernière et seule volonté. De l'autre côté du miroir. Regardez ce que les autres voient.

Je vous laisse. Léo et pépé seront les juges de ce pari de l'au-delà... Oui, pardonnez-moi, j'aime toujours autant jouer. Mais peut-être pourriez-vous ne rien dire et voir comment tout le monde réagit... même vos proches. Votre père, mon sombre crétin de fils que j'aime, s'en rendra-t-il seulement compte ?

Vous aimez les challenges, je vous connais, alors relevez celui-ci, mes chéries.

Votre mémé qui vous aime.

P.-S. : *il reste des framboises en bocaux, je les ai cachées pour ne pas que pépé les mange avant votre arrivée, elles sont dans le meuble de la buanderie, où il ne va jamais. Vous savez lequel.*

Nous étions scotchés. J'avais trouvé ça trop loufoque pour être réalisable, mais l'alcool de prune de ma grand-mère devait ne pas avoir les mêmes effets sur mon frère et ma sœur, car, eux, ont trouvé l'idée formidable ! Comme j'avais eu le malheur de leur parler de la méprise de Clément juste avant, c'était l'argument indéboulonnable pour eux. Minuit, une moitié de bouteille entamée et des boudoirs au sucre plus tard, nous échangions nos téléphones, nos pyjamas, nos valises et également nos lits de la chambre au grenier.

Léo riait et se demandait si sa femme Sarah, à son arrivée le lendemain, verrait tout de suite le subterfuge. J'avais pour ma part beaucoup plus d'interrogations.

Ce matin, avec la tête en vrac, je me rappelle juste les consignes de survie et d'entretien des « bébés » d'Élina, à savoir : ses talons hauts.

Mais qu'est-ce qui peut bien me faire bourdonner autant le crâne ? Un réveil !

Vlam. Je tombe du lit, ça commence bien.

— De l'autre côté.

— Quoi ?

— De l'autre côté, me dit Élina en grommelant et en se retournant sous son édredon XXL, c'est-à-dire le mien. Tu dors dans mon lit, la descente est *de l'autre côté*. Et le réveil, c'est pour toi. Tu veux être la première dans la salle de bains pour te rafraîchir le visage, mettre des crèmes de jour anti-âge, un peu de mascara, une brume de fond de teint et te lisser les cheveux.

— Quoi ? Je fais ça, moi ?

— Oui, maintenant que tu es à ma place. Et moi, je dors, me réveille à 11 heures et descends en grognant qu'il ne reste plus d'eau chaude dans la théière. Hum, je sens que je vais aimer ces vacances.

— Peste !

Aucune réponse. Je me lève, mets les chaussons fourrés et assez confortables de ma sœur. Voilà la solution : je vais passer la journée en pyjama.

— Et interdiction de passer la journée en pyjama ! Je ne le tolérerai pas !

Crotte. M'en fiche, je vais lui prouver que j'en suis capable. Ne rien faire à part mes ongles pendant une dizaine de jours, c'est largement faisable !

Enfin, ça, c'était avant... avant que je me retrouve dans la salle de bains en train de fouiller dans le nécessaire de toilette d'Élie. Mais à quoi peuvent bien servir tous ces produits ? Huile pour le visage, ça se met avant ou après la crème ? Sur celle-là, il est écrit « nuit », donc je devrais en trouver une « jour », mais impossible de mettre la main dessus.

Une demi-heure après, je ressors de la pièce, une mèche cramée – je ne savais pas qu'il ne fallait pas mouiller avant de lisser, et encore moins qu'il ne fallait pas rester plus de dix secondes, heureusement que YouTube m'a fait une formation accélérée. J'ai les yeux maquillés comme si j'avais joué un match de boxe la veille, mais que j'avais perdu par double KO. La seule partie facile est ma valise, j'opte pour un jean moulant, un petit pull couleur crème et des Louboutin assorties. Talons de 6 centimètres, c'est pas le pire, mais c'est déjà trop.

Arrivée dans la cuisine, mon grand-père étant déjà là, j'en profite pour le cuisiner. A priori, il n'était pas au courant du contenu de la lettre – sinon il aurait mangé les framboises –, il s'est contenté d'être un facteur fidèle. Il n'a pas d'autres mots en sa possession, mais s'attend à ce que l'on respecte les volontés de sa défunte femme, qui était aussi la meilleure des grands-mères.

— Je rêve, pépé, ou tu essaies de m'avoir par les sentiments ?

— C'est quoi, cette odeur de brûlé ?

Ça, c'est Léo qui entre dans la cuisine. Il embrasse mon grand-père sur le front et me fait une bise.

— Mais c'est toi, Élina, qui sens comme ça ! Oh, on dirait que tu t'es cramée... Doux Jésus, Mélissa, c'est toi ! Vous l'avez fait, alors ? Je me suis demandé, en me réveillant ce matin, si ça n'était pas un rêve. Ou un cauchemar, j'hésite encore. Je ne sais jamais ce qui sera pire avec vous deux.

— Ah, ah.

— Mais pourquoi t'es maquillée comme ça ? Tu t'es fait attaquer dans la nuit par une bande de ratons laveurs, qui t'ont obligée à intégrer leur camp ?

— Je ne répondrai pas. La bave du crapaud n'atteint pas la blanche colombe...

— Non, mais celle du raton laveur a dû t'atteindre, vu comme ton mascara coule sous tes cernes...

— Rooh, mais tu m'énerves, à la fin !

— Qu'est-ce qu'il se passe, ici, encore ?

Ça, c'est Élina apparaissant dans la cuisine en pyjama pilou-pilou et chaussons duveteux. Comme je l'envie... Mais non, je ne vais pas commencer à dire cela quand elle est à ma place. Hors de question que je leur donne raison.

Élina me reproche de ne pas avoir préparé le café ni le thé, mais j'explique que ça fait une heure que je me bats dans la salle de bains.

— Et, a priori, tu as perdu la bataille, me dit-elle avec un regard de dégoût.

— Un-zéro, annonce mon frère. Mélie ne ressemble pas encore à Élie, avec ses cheveux cramés et son maquillage qui déborde. En revanche, un sans-faute pour Élina, qui descend encore en pyjama avec la trace de l'oreiller et les cheveux en vrac ! Bluffant.

— Vous me gonflez !

Je sens que ma migraine empire et je suis à deux doigts de les envoyer bouler quand ma sœur me prend par le coude.

— Allez, arrête, viens avec moi. C'est normal, tu n'es pas habituée. Je vais te montrer et, après, ça sera plus simple. Il faudra par contre que tu m'expliques comment tu fais pour dormir avec un édredon de 15 kilos sur les jambes. J'ai l'impression d'être passée sous un rouleau compresseur.

Je souffle et suis Élie dans la salle de bains en me rappelant que, parfois, avoir une jumelle à qui se confier et qui vous connaît par cœur, ça peut avoir du bon.

— C'est toi qui sens le cochon grillé ?

Je retire ce que je viens de dire.

3

« Raconte, grand-mère, raconte,
tous les jolis contes de ton bon vieux temps. »

Raconte grand-mère, Yvette GIRAUD

Ça fait une heure que tout le monde est là, et personne n'a rien remarqué. Seule ma belle-sœur, Sarah, me regarde de travers. J'ai troqué mes talons aiguilles contre des mocassins beiges puisque, selon Élina, le dimanche, sauf brunch ou *pool house*, on reste à plat. Et aussi, a priori, comme je ne sais pas marcher haut perchée, on aurait vu tout de suite la supercherie.

Je me rends compte qu'Élina fait la moue, d'ailleurs, et je ne sais pas pourquoi. Elle râle régulièrement, ce qui colle bien avec mon personnage, et je m'apprête à la prendre à part pour lui dire qu'elle en fait trop, que je n'ai pas ce sale caractère, mais je me rends compte qu'elle ne fait pas exprès. Non, quelque chose la contrarie vraiment. Est-ce la présence d'Alphonse et de son petit copain ? Je ne pense pas, Élina est en couple avec un garçon très sympa et elle a l'air vraiment amoureuse. Et puis, même si on ne se doutait pas qu'Alphonse préférait les hommes, on est ravies pour lui, il semble heureux.

Quand je regarde Clément en plein jour, je réalise ma méprise d'hier soir : il a beau avoir pris au niveau du buste et des pectoraux, je retrouve ses yeux rieurs et son côté espiègle comme quand on était enfants. Lui, par contre, ainsi que son frère et son père m'identifient toujours comme étant Élina. Mais ça fait longtemps qu'on ne les a pas vus, car, à part leur père, ils n'étaient pas présents à l'enterrement de mémé. Clément travaillait à l'étranger. En tant qu'informaticien dans une grande multinationale, il part souvent former sur son logiciel les diverses branches de l'entreprise – à ce que j'ai compris. Alphonse n'avait pas de congés, et les obsèques avaient lieu en semaine.

Je regarde mon père, qui discute avec Clément, et m'aperçois qu'il a l'air en pleine forme, malgré les quelques heures de route qu'il a faites dans la nuit depuis Bordeaux pour être ici à midi.

— Tu es parti à quelle heure, papa ? demande justement Élina.

— C'est bien une question de toi, ça, Mélie. À vouloir tout gérer.

Je ne la regarde pas, mais je ressens la crispation de ma sœur. Je comprends alors : c'est de là que lui vient sa mauvaise humeur. Élina, petite chouchoute de notre père, qui l'a toujours traitée comme une poupée, est déçue car celui-ci s'est laissé duper ! Mémé avait raison : son crétin de fils, comme elle aimait à l'appeler, n'a pas fait la différence.

— Non, c'est pour savoir. Tu n'as pas l'air fatigué, ça a dû bien rouler.

— Si tu veux tout savoir, petite curieuse, oui, ça a bien roulé. Mais pas tant que ça, en fait. Je ne suis pas arrivé de Bordeaux, j'ai fait une pause.

— Une pause ? demande Élina, qui s'est approchée en souriant et avec un clin d'œil, espérant fausser le jeu pour qu'il la reconnaisse enfin. Tu nous caches quelque chose ? C'est pour ça que tu es si bien habillé ?

Mon père lève alors les yeux au ciel et répond :

— Oui, Mélissa. Une pause. Chez une amie. Et je sais que c'est un concept qui t'échappe, mais le dimanche, ça se fait de s'habiller correctement. D'ailleurs, tu aurais pu faire un effort pour une fois, chérie.

Je vois le visage de ma sœur se crisper et je me demande si elle va crier ou pleurer, mais rien de tout cela. Élina se ressaisit et fait comme si de rien n'était. À sa place, j'aurais répondu par une pique bien sentie, mais je n'y suis pas, justement. Pour une fois, je me trouve du bon côté du miroir.

Comme elle ne répond rien, mon père la regarde et semble se rendre compte de sa brusquerie.

— Excuse-moi, chérie. Je suis tendu, car ça devait être une surprise. Je voulais vous la présenter et comptais le faire dans les jours qui viennent. Nous serons un de plus pour Noël. *Une* de plus. Je voudrais inviter Anna.

Waouh, je suis interloquée. Déjà par ce que le silence d'Élina a de bénéfique, ensuite, mon père s'est excusé, et pour finir, la fameuse Anna, on en entend parler depuis longtemps, mais on ne pensait pas qu'elle existait pour de vrai.

Pépé s'affole.

— Une inconnue ? Ici ? Pour Noël ? Mais les décorations ne sont pas prêtes !

— On peut aider, lancent Clément et Alphonse en chœur.

— Bonne idée, répond Léo, on le fera tous ensemble, comme quand on était jeunes.

— On sort demain la grande échelle pour faire la façade de chez notre père, on fera la vôtre après, si vous voulez, complète Alphonse.

— Parfait, j'aiderai à installer les lumières sur le mur, ajoute Élina, entrant parfaitement dans son rôle, car c'est ce que j'affectionne plus que tout.

Je me sens toute triste de ne pas pouvoir décorer l'extérieur. Sarah me demande :

— Tu ne le fais pas, toi aussi, Élina ?

— Nous n'avons qu'à le faire tous, intérieur plus extérieur. Enfin, si ça vous va, suggère Clément. Comme au temps de mémé Jeanne. Je veux dire...

— C'est une excellente idée ! je dis pour clore le sujet de ma grand-mère devant mon grand-père.

Alors que nous trinquons, Sarah s'approche de moi.

— Tu es étrange, aujourd'hui, Élina. Ça va ?

— Très bien, pourquoi ?

— Rien, tu es différente. Tu n'es pas fiévreuse ?

— Non, non t'inquiète. Ça, c'est ta déformation professionnelle, en bonne pharmacienne qui voit le mal partout, je dis en souriant, comme l'aurait fait Élina.

— OK, c'est juste que je me méfie en ce moment, tout le monde semble malade autour de moi.

— Mais non, voyons. Allez, je te ressers un kir ?

Ses yeux s'agrandissent, elle bredouille quelque chose d'inaudible et va près de mon frère.

Léo lève alors son verre, prend une cuillère et fait tinter celui-ci.

— Bon, désolé, nous n'aurons pas une annonce aussi fracassante que celle de papa, qui va nous présenter la fameuse Anna, dont nous n'étions encore tout à l'heure pas sûrs de l'existence, mais Sarah et moi avons quelque chose à vous dire. Et je suis ravi que mon pote d'enfance soit là pour l'apprendre, ajoute-t-il avec un clin d'œil pour Alphonse. C'est incroyable, même en habitant loin de nous, mémé devinait tout. Elle m'a laissé une lettre, qui m'attendait dans le placard de ma chambre, dans laquelle elle m'écrit que je suis prêt et me souhaite une belle vie en tant que futur papa. Elle aurait pu se tromper, mais non. Donc vous avez le scoop après elle : dans six mois arrivera ton arrière-petit-fils, pépé !

La suite est assez chaotique, car tout le monde crie en même temps et y va de son propre commentaire.

— Comment ça « petit-fils » ? demande Élina.

— Ou petite-fille, oui, pardon, s'excuse mon frère, on ne le saura que le mois prochain. C'est-à-dire que, après vous deux, j'avais l'espoir de ramener un peu de testostérone dans cette famille. Mais bon, si c'est une fille, je ferai avec.

Sarah le tape avec son coude et nous rions en la serrant dans nos bras pour la féliciter. Je comprends mieux son côté inquiet au sujet des microbes. J'adore ma belle-sœur, mais je sens en elle la maman couveuse. Cet enfant n'aura pas le droit de toucher une surface non nettoyée avant ses 15 ans révolus !

— Heureusement qu'il ou elle aura deux taties comme nous, sinon il aura interdiction d'aller dans un bac à sable sans que les grains aient été préalablement nettoyés, chuchote Élina à mon oreille.

— Je suis bien d'accord. On devra le kidnapper régulièrement pour lui organiser des stages de survie.

— Qu'est-ce qu'elles complotent, Tic et Tac ? lance Léo à notre attention, utilisant le surnom qu'il nous donnait petites.

— Rien, rien, on est heureuses pour vous !

Il s'approche, et on lui fait un énorme câlin en essayant de l'étouffer.

— Je vous ai à l'œil, prévient-il avant de s'éloigner et de nous faire un geste de la main qui nous amuse.

4

> « Je regrette cette époque
> mais c'est ainsi depuis toujours
> La vie est plus belle
> Quand on la rappelle. »
>
> *Raconte grand-mère*, Yvette GIRAUD

Ça fait une heure que nous sommes au grenier, ma jumelle et moi, accompagnées de Sarah, Léo, Alphonse et Clément.

C'est le moment que je préfère dans l'année. Mon moment préféré de tous les moments préférés.

Il neige doucement dehors, et on peut voir les couches blanches se superposer sur la lucarne du grenier. L'atmosphère se transforme, nous voilà tous les six transportés dans un monde parallèle, comme retombés en enfance. Un monde peuplé d'explorateurs, de pirates et de fantômes au grenier. Cela dit, pour le fantôme, c'est vrai, j'ai déjà entendu ses chaînes cliqueter. On ouvre tous les cartons et, malgré le froid de canard, on déballe tout et on pioche dedans pour redécouvrir chaque babiole tel un trésor enfoui.

Au bout d'un moment, Sarah ayant les doigts congelés, Léo et elle prennent deux cartons et les descendent dans la maison. Élina marmonne dans un coin en essayant de démêler les guirlandes de lumière, ce qui lui pose un grand problème vu que c'est ma mission, d'habitude, mais comme ni Alphonse ni Clément ne nous ont identifiées dans nos corps respectifs, on maintient ce pseudo-challenge d'une grand-mère toquée, et on se débat chacune avec nos nouvelles activités.

Je me retrouve avec le carton des bibelots en tout genre : anges, bonshommes de neige, marmottes, cerfs, fée Clochette...

— Une fée Clochette ? interroge Clément avec un sourcil relevé.

— Quoi ? Oui, la fée Clochette, figure-toi. Elle a sa place sur un buffet, depuis toujours. Depuis que je... Non, c'est pas moi, c'est Mélissa ! Depuis que Mélissa l'a rapportée d'un séjour à Disneyland.

— Ah... Mélissa ! Toujours aussi atypique.

— *Atypique ?*

— Oui, il n'y a qu'elle pour rapporter une fée Clochette en déco de Noël. C'est complètement décalé !

Je ne réponds pas, mais je la lui arrache des mains et la remets dans le carton. Il sort alors une magnifique cloche avec une rose à l'intérieur, symbole de *La Belle et la Bête*.

— Et ça, c'est toi, je suppose ?

— Exact. La beauté, la grâce, ça ne peut être que moi.

Il éclate de rire, ce qui me surprend.

— Vous faites la paire, toutes les deux, franchement.

Alors que je m'éloigne pour rejoindre l'escalier, je l'entends murmurer :

— Moi, j'aime bien la fée Clochette.

Je souris sans me retourner et lui demande de descendre les autres cartons.

Nous passons une bonne heure à tout déballer pour décider de ce qu'on met où, et mes pieds compressés dans des escarpins me font un mal de chien. Les talons de 8 centimètres étaient de rigueur, aujourd'hui, avec le pantalon noir et la chemise à froufrous ; je vis l'enfer et je suis piégée.

Il est vrai, cependant, que ça a l'air de bien m'aller, car Clément ne me quitte pas des yeux, mais j'ai l'impression que ce foutu col est en train de s'imprimer dans mon cou. Je dois faire une réaction allergique, je n'arrive plus à respirer. J'ai envie de crier et d'arracher la dentelle, quand je vois tout à coup passer une échelle devant la fenêtre et ma sœur accrochée au premier barreau. Un bruit fracassant me confirme qu'elle vient de tomber dans le parterre de rosiers devant la maison.

Clément et moi retenons un cri et ouvrons la fenêtre pour tomber sur Élina, les pieds pris dans les rallonges au sol, la tête encadrée de guirlandes lumineuses, mon père à côté en train d'essayer de lui sortir le pied du barreau.

— Non mais Mélie, je ne t'ai jamais vue aussi empruntée. Tu peux y mettre du tien, s'il te plaît, ou on va y passer la nuit ?

Alphonse n'arrête pas de rire à côté et son petit copain se retient pour ne pas en faire autant.

Alors que je pouffe en refermant la fenêtre, Élie me jette un regard noir, qui me réchauffe le cœur. Elle n'a rien, donc je suis rassurée, mais je peux affirmer sans crainte qu'Élina ne considère plus qu'« être moi » est toujours facile. Notre père s'attend à ce que j'excelle en termes de bricolage et autres choses techniques.

Je passe devant le miroir du couloir et en profite pour remettre mon col que, finalement, je trouve assez séduisant malgré les plaques rouges me confirmant une allergie.

Je croise Sarah dans le couloir, qui me regarde encore de travers.

— Ta sœur n'a pas l'air douée avec les guirlandes, fait-elle tout simplement en plissant les yeux.

Heureusement, Clément n'entend pas. Il arrive quelques instants après et me propose d'aller acheter un sapin à Saint-Mihiel pour commencer à le décorer, car Léo lui a dit ne pas avoir le temps d'y aller lui-même. Être futur père semble déjà lui compliquer la vie, à celui-là. Avec Clément, on décide de se rejoindre dans une heure. Je vais dans la salle de bains pour retoucher mon maquillage, comme Élina me l'a répété cinquante fois ce matin. À ce moment-là, *Single Ladies* résonne et me fait sursauter. Il s'agit du téléphone de ma sœur, et quand je vois le nom s'afficher, « Matt », je me dis que je ne peux décemment pas décrocher. C'est une chose de faire semblant ici, mais avec son petit copain, c'en est une autre. Je m'apprête à aller lui donner son portable en courant quand je me rappelle que notre père est dehors avec elle. Sarah rentre soudain dans la pièce et jette un coup d'œil au téléphone qui hurle.

— Tu ne réponds pas à Matt ?

OK, je n'ai pas le choix.

— Bo... Bonjour... Matt.

— Mélie ? Ça va ? Élina n'est pas là ?

Waouh, une seconde trente dixièmes ! Il peut l'épouser, il en a gagné le droit. Mais comme Sarah me regarde de travers, je dois tenter le tout pour le tout.

— Mais non, voyons, chéri, c'est moi. Comment ça va, mon cœur ?

— Oh, pardon, bébé. Ça va, mais tu me manques.

Mince, finalement il est comme les autres. Décevant.

— Toi aussi, mon cœur.

Je contourne Sarah-la-chelou et sors de la salle de bains pour essayer de clore cette conversation au plus vite, mais Matt continue de parler :

— Chérie, tu me manques si tu savais. Je repensais à ce que l'on a fait la semaine dernière, tu te rappelles ? Ce que je t'ai fait dans la douche, et ce que tu m'as ensuite...

— Non ! Oui, mais attends, je ne peux pas parler, là.

Non, alors là, ça va pas être possible. Je suis dans le couloir et panique complètement. Je fais les cent pas en renversant le portemanteau au passage.

— Non, Matt, je...

— T'inquiète, chérie, on peut faire comme d'habitude : tu ne dis rien, je parle et fais monter la pression. Tu aimes quand je t'excite, non ?

— Nooooon !

Je crois avoir crié, car Sarah sort aussitôt de la salle de bains.

— Ça va, Élina ?

— Oui, oui. Je rigole avec Matt, on...

Sarah hausse les épaules et part dans la cuisine.

Je reprends la conversation, en chuchotant, cette fois-ci :

— Écoute, Matt, ça ne va pas être possible, parce que...

— Parce que tu es Mélissa, je le sais ! Alors, tu m'expliques maintenant ce nouveau jeu tordu avec ta sœur ? C'est un test ?

— Gagné ! Et tu l'as remporté haut la main ! Mais n'engueule pas Élie, s'il te plaît, elle n'était pas au courant.

— Oui, c'est ça. Parfois, vous deux, je me demande si vous avez toute votre tête. Bon, c'est pas grave, tu tombes bien. J'ai une question.

— Ah, ben, si c'est pas sexuel, je peux peut-être y répondre.

— Tu en penserais quoi si, finalement, je pouvais me libérer et vous rejoignais pour fêter Noël ? Tu crois que ça pourrait lui faire plaisir ? Je veux pas m'imposer, hein, c'est elle qui me l'a proposé, mais je ne pouvais pas et elle me manque...

— Oui, ça, j'avais remarqué.

— Et donc j'ai peur de faire une mauvaise surprise. Et puis je crains de déranger, du coup j'appelais pour lui demander.

— Non, ne lui dis rien surtout. C'est une excellente idée, Matt, justement ! Je te le promets. Elle sera ravie de t'avoir, et nous aussi. Léo t'adore, il trouve que tu la canalises, et mon grand-père sera ravi de te rencontrer. Enfin, bref, viens. Ça fera un bien fou à ma sœur. Je garde le secret, promis. Tu arrives quand ?

— Le 23, ça irait ?

— C'est parfait. Je te laisse, j'entends du monde arriver.

— OK, merci, Mélie.

— Euh, rassure-moi par contre...

— Tout était faux, j'attendais de voir quand est-ce que tu allais craquer.

— Ouf, tu m'as fait flipper, j'allais faire des cauchemars sinon. Ah, au fait, prends des pulls et des bottes fourrées, ici il fait pas chaud, malgré ce que pourrait dire Élie.

— Mélie, t'es pas au Pôle Nord, quand même ! Vous me faites rire, vous êtes tellement opposées. Vous devriez essayer d'être un peu plus, je sais pas, moi, de vous mettre à la place de l'autre. En faisant un pas vers l'autre chacune, vous vous retrouveriez.

— Tu ne crois pas si bien dire.

Après cette conversation plutôt originale avec celui qui, je pense, va bientôt être officiellement mon futur beau-frère, je prends mon joli manteau en cachemire, emprunté à ma jumelle si parfaite, et sors rejoindre Clément.

Celui-ci me regarde de travers et me demande si ma tenue est appropriée pour aller acheter un sapin, mais je ne me laisse pas faire, façon Élina.

— La mode se démode, le style jamais ! Même pour un sapin, mon cher.

Il sourit et démarre. Je remercie silencieusement Coco Chanel pour cette phrase qui tombe à pic, mais regrette aussitôt mon choix vestimentaire, car j'ai les doigts de pieds qui vont congeler rapidement.

— Il va se remettre à neiger, dit Clément en accélérant.

— Tu as raison, alors appuie sur le champignon, je lance en riant.

— Non, c'est pas ce que je voulais dire. Là, les routes sont dégagées et j'ai des pneus neige, mais il faut que l'on se dépêche si on veut revenir avant que ça dégénère. On a vingt minutes de route, au cas où tu ne t'en souviendrais pas, madame-la-citadine.

— Si, monsieur-le-villageois, je le sais parfaitement. Mais je te fais confiance. On arrivera à temps.

Le reste est tout simplement magique, nous traversons des champs recouverts d'un blanc manteau et le lac gelé brille sous les timides rayons du soleil qui percent à travers les nuages. Comment pourrait-il neiger ? Je connais les signes, il fera beau jusqu'à ce soir. Même si j'aurais préféré qu'il neige de nouveau...

Quand nous arrivons à la serre, je constate que le temps se couvre rapidement et que, non, je ne connais pas si bien que ça les signes. Nous mettons presque une heure à choisir le sapin idéal. Une vieille tradition familiale : le plus grand, le plus beau, le plus haut. Une incompréhension pour Clément, car :

— Il faut prendre le plus déglingué, qui sera refusé par tout le monde, pour ne pas le laisser seul.

— T'es un sentimental ! je le taquine.

— Pas tant que ça. En fait, j'ai peur que celui que tu as choisi ne rentre pas dans la voiture, avoue-t-il en montrant l'Audi A4 garée devant la boutique.

— Mince ! Mais on aurait dû...

— Prendre mon tracteur ? Non, j'avais peur que tu y laisses un talon.

— Comment faire ?

— Ne t'inquiète pas, on va rabattre les sièges arrière. Mais trouvons un compromis.

Dix minutes de négociation plus tard, il accepte d'embarquer le sapin que j'ai choisi. Avoir le physique d'Élina, ça aide ! Pour me faire pardonner, je lui propose d'aller trouver du réconfort autour d'une boisson, car j'ai les mains et les orteils gelés ; ils ne supporteront pas vingt minutes de plus de voiture sans un bon remontant. Voilà comme on se retrouve dans un bar miteux, avec des gens plutôt vieux, qui nous regardent de travers, à commander un vin chaud pour se revigorer. La neige commence à tomber dru, je suis au paradis. Nous sommes installés contre une grande fenêtre, et j'ai une vue imprenable sur la rue. Les magasins sont illuminés, la magie de Noël est partout. Pas une vitrine sans guirlandes, houx et autres décorations ! On se remémore notre adolescence et on rigole devant toutes les bêtises que « j'ai » pu leur faire faire. On parle du bricolage de Mélissa, de ses idées loufoques sur l'avenir... Je m'aperçois que Clément parle d'elle, donc de moi, avec une certaine douceur dans la voix. J'en serais presque jalouse...

Alors qu'on quitte le bar et s'apprête à partir, on s'aperçoit que la neige tombe de plus en plus fort et a déjà sacrément recouvert le bitume.

— Moi, je serais vous, je prendrais pas la route, nous dit le vendeur de sapin, qui est sorti sur le parking. Je vous le garde jusqu'à demain, pas de souci, mais là, avec cette voiture, même équipée de pneus neige et même si monsieur est un pilote, c'est de la folie ! Il commence à faire nuit, vous ne verrez pas à un mètre, c'est un coup à finir dans le fossé, ça.

J'appelle mon frère, qui me confirme que la tempête de neige a atteint Rouvrois et que personne ne peut venir nous chercher.

— Mélie ?

C'est ma sœur qui a pris le téléphone.

— Mélie, t'as qu'à prendre une chambre !

— Quoi ?

— Ben oui, moi, je serais avec le beau Clément, j'en profiterais...

— Sauf que toi, t'as un mec, il me semble !

— C'est bien ce que je dis. Mais là, tu es une autre Élina. Une Élina qui, si elle n'avait pas Matt dans sa vie, en profiterait. D'où l'importance des sous-vêtements coordonnés. Rassure-moi, tu as bien mis un ensemble ?

— Je suis coincée à Saint-Mihiel en pleine tempête de neige, et tu veux savoir si mes sous-vêtements sont coordonnés ?

— Rooo, la barbe, tu ne profites jamais de rien, toi !

Elle raccroche.

— La vraie question serait de savoir si, effectivement, ils le sont.

Je me retourne et manque tomber du trottoir en apercevant Clément.

— Tu as tout entendu ?

— Juste cette partie. Mélissa et toi avez vraiment des questions étranges. Je suppose que c'était elle ?

— Ma sœur ? Oui, mais...

— Non, mon petit doigt me dit que je ne veux pas savoir. Allez, viens, on retourne au bar ou tu vas geler. On prendra une décision sur ce qu'il convient de faire à l'intérieur.

Ce qu'il convenait de faire est vite acté : rien. On descend les verres de vin chaud, puis on prend une omelette pour faire passer le tout, car j'ai la tête qui commence à tourner. À 21 heures, il neige toujours autant, et aux informations, ils annoncent une météo compliquée et mouvementée jusqu'à demain matin.

Comprenant que nous n'irons nulle part ce soir, Clément me propose d'aller réserver deux chambres à l'hôtel du coin. On s'y rend, et tandis qu'il est au comptoir, je vais aux toilettes, car j'ai encore la tête qui tourne, même après avoir mangé. En me regardant dans le miroir, je souris.

— Eh bien, mémé Jeanne, tu fais pas les choses à moitié quand tu me commandes de la neige ! Ça aussi, tu l'avais prévu ?

Je sors des toilettes et tombe nez à nez avec Clément, qui m'annonce qu'il n'y a plus qu'une seule chambre disponible... avec un lit double.

— Eh oui, on dirait bien que, ça aussi, tu l'avais prévu, je marmonne en regardant en l'air.

— De quoi ?

— Non, rien, ne t'inquiète pas. Au bout de trois verres je parle toute seule.

— Tu en as bu plus de trois, il me semble...

— Alors tu ne peux pas savoir tout ce dont je suis capable !

Clément sourit et nous prenons l'escalier, un peu gênés, en évitant de nous regarder.

Arrivée dans la chambre un peu vieillotte, mais propre, je me demande quelle conduite tenir. Je vois bien que Clément me dévore des yeux, et il faut dire que je me pendrais bien à ses lèvres pour voir ses iris chocolat de plus près. De plus, ses épaules sont larges, et ce torse... Bon, je détourne les yeux et vais du côté de la fenêtre. Mais, après tout, Élina, c'est moi. Je suis Élina. Je suis belle, je n'ai peur de rien. Je ne suis plus une ado, je peux faire ce que je veux !

Je me retourne et trouve Clément juste derrière moi. Je sens son souffle sur le dessus de ma tête, car il est quand même bien plus grand malgré mes talons.

— Je me disais..., je commente doucement, en posant la main sur son torse.

— Oui ?

Sa voix grave et profonde me confirme que je peux continuer.

— Je me disais qu'il n'y a qu'un lit. Et que nous sommes deux...

— Bien joué, Sherlock.

OK, c'est pas gagné côté glamour. Mince, je suis Élina, je peux le faire. Mélissa, non, mais Élina est sûre d'elle.

— On ne va donc pas tirer à la courte paille pour savoir qui dort par terre.

Je lève les yeux et le regarde en prenant un air contrit.

— Non, effectivement.

— On est des adultes...

— Il semblerait...

Clément me passe la main dans les cheveux, sourit, et je craque pour ses fossettes.

Il a un regard étonné quand une mèche plus courte, celle que j'ai cramée, lui arrive dans la main. Je secoue la tête pour mélanger ma tignasse et me hisse sur la pointe des pieds, histoire de me retrouver à la hauteur de ses lèvres. Complètement enhardie par ma nouvelle témérité, je continue :

— Il n'y a pas un film intitulé *Tout ce qui se passe à Saint-Mihiel reste à Saint-Mihiel* ?

Je redescends lentement sur les talons pour remettre une certaine distance.

— Si, bien sûr, dit-il en m'embrassant sur le front, puis sur la joue, puis dans le cou. Un célèbre film américain d'ailleurs... Les producteurs auraient fait exploser le budget en venant le tourner ici, mais ils ont affirmé que ça en valait la peine...

— C'est bien ce qu'il me semblait.

Il arrête alors ses câlins et me demande, inquiet :

— Tu as froid ou c'est une allergie ? Tu as le cou tout rouge.

Je lève les yeux au ciel, grogne et lui prends le visage. On ne peut même pas être Élina tranquillement !

— Embrasse-moi et arrête de poser des questions idiotes.

Le reste de la nuit est... agréable. OK, un an sans mec, et là, en voilà un avec un corps ferme et musclé, qui me traite comme une poupée de collection, tout en vénérant chaque partie de mon corps... C'est plus qu'agréable. Ça relève du rêve. Et comme on n'a pas fermé les volets, quand je m'endors sous le coup de la fatigue, c'est en regardant la neige tomber à travers la fine lumière du réverbère, devant la fenêtre.

Je sais que je ne devrais pas penser à toi maintenant, mémé, mais si tu y es pour quelque chose : merci !

5

« Ma grand-mère a quelque chose que les autres
femmes n'ont pas
Ma grand-mère est une rose, d'un rose qui n'existe
pas. »

Ma grand-mère, Mickey 3D

Ça fait trois jours que nous sommes revenus de ce que j'ai nommé « l'épisode Saint-Mihiel », mais aucun commentaire n'a été fait. Du moins, je n'ai pas répondu aux mille questions d'Élina, ni aux regards interrogateurs de Sarah.

Le lendemain de cette nuit magique, mouvementée disons, enfin de cette nuit « différente », il ne neigeait plus, les routes étaient dégagées, et nous avons pu ramener notre beau sapin, non sans difficulté pour le faire rentrer dans la voiture. Clément était identique à lui-même : gentil, prévenant, toujours aussi charmant avec ses fossettes – je vous ai déjà parlé de ses fossettes ? Bref, totalement normal, contrairement à moi. Deux secrets à garder, pour une seule personne, ça représente deux secrets de trop.

J'ai l'impression d'être une espionne russe venue récupérer les plans d'un avion pour le vendre aux Allemands, sauf que moi, je sens que je vais me faire prendre dans pas longtemps, vu que je n'ai pas le flegme d'une Mata-Hari – qui, d'ailleurs, n'était pas russe. Voilà, je panique, et quand je panique, je dis n'importe quoi. J'ai dit qu'on était des adultes consentants, non ? Alors pourquoi je me sens mal ? Peut-être parce que je lui ai menti en me faisant passer pour Élina et que, maintenant, je ne sais plus comment faire ?

Hier, en décorant le sapin, nous nous sommes retrouvés seuls, avec Clément, et alors que j'allais dans le couloir, glissant sur le parquet ciré à cause des patins – je ne vous ai pas parlé des patins ? Eh oui, même si mémé n'est plus là, nous la craignons toujours, donc tout le monde chausse des patins pour traverser le seul couloir de la maison dont le sol est en chêne massif ! Bref, en dérapant, je me suis retrouvée sous une branche de gui et, comme par hasard, Clément-fossettes était à côté. Il a souri, a jeté un coup d'œil pour voir si personne n'était dans les parages et m'a embrassée.

Un peu plus tôt, en allant chercher les fameux patins dans le placard, je suis tombée sur un nouveau papier rose.

Mélissa,

Je suis fière de toi, ma chérie. Je savais que tu y penserais ! Ce n'est pas parce que je ne suis plus là que vous devez rayer mon parquet ! Comment se passe l'échange de personnalités ? Ton père n'a toujours rien remarqué, pas vrai ? Le sapin est décoré ? Non, ne réponds pas, j'enverrai un ange pour contrôler.

Je t'aime.

Mémé

Ma grand-mère était folle. Formidablement toquée. Mais, en même temps, elle a raison sur toute la ligne, c'est incroyable. Elle savait que ses derniers jours arrivaient et elle a tout préparé. J'ai parlé avec Élina, qui a reçu quelques mots, elle aussi, dans des endroits stratégiques. Comme Léo, elle se dit que notre grand-mère savait des choses, qu'il allait devenir père, par exemple.

Le soir nous nous retrouvons tous dans le salon et, avec une émission musicale un peu nulle à la télévision en fond, nous emballons les divers cadeaux. Le vide que mémé laisse se fait ressentir, mais personne ne dit rien pour ne pas peiner plus encore les autres. Heureusement, les papillotes qu'elle a laissées et le reste d'alcool de prune sont pour beaucoup dans la bonne ambiance générale.

Alors que je me retrouve dans l'escalier pour aller dans notre chambre au grenier, Élina me retient par la manche.

— Viens, parlons un peu.

On s'assied sur les marches, comme lorsqu'on était petites et qu'on se cachait derrière la rampe, essayant de surprendre le père Noël en pleine nuit. Stratégie qui n'a jamais marché, au passage, car pépé nous retrouvait rapidement, ce qui ne nous empêchait pas d'espérer pour autant.

On regarde les lumières du sapin clignoter dans le salon et un ange passe, ou la fée Clochette, c'est pareil. Puis Élina prend la parole :

— Je te dois des excuses, je crois, alors je commence. Mais tu en feras après !

— Ma foi, t'as qu'à faire l'intro, le développement et la conclusion.

— Mélie !

— Vas-y !

— C'est plus difficile d'être toi que je ne l'aurais cru... je le reconnais. Papa m'attend au tournant pour tout et rien, il critique ce que je fais par principe. Ça me rend folle !

— Ah ! Merci.

On se tait quelques instants, puis je reprends :

— En fait, vu de l'extérieur, je m'aperçois que ce n'est pas fait méchamment.

— Tu trouves ? Parce que, aujourd'hui, quand...

— Non, vraiment. Tu es ciblée donc ça t'énerve. Comme moi durant toutes ces années. Je le vois super exigeant envers toi, enfin envers moi. Il s'attend toujours à ce que tu réfléchisses, argumentes, compliques les choses.

— Tu as raison, et il est pareil. Vous vous ressemblez, donc il voit venir tes reparties...

— Car ça l'amuse. Toi...

— Moi, je suis comme maman. Je lui rappelle la douceur, la féminité.

— Mais pas les joutes verbales.

— Bon, et toi sinon, en Élina ?

— Euh, je ne sais pas, je commence à me faire à ce luxe, j'avoue. Ta garde-robe me sied à ravir, et j'ai vite chopé le coup du maquillage et des...

— Mélie, tu as encore ta mèche brûlée et tu t'es sûrement tordu une cheville, vu ta démarche depuis hier.

— OK, OK. C'est l'enfer d'être toi. Tu dois toujours te montrer parfaite en toutes circonstances. Te lever avant tout le monde, avoir cuisiné, préparé les repas, anticipé le déjeuner, décoré avec goût le salon, en mode Bree Van de Kamp, tirée à quatre épingles. Je comprends pourquoi tout est nickel, tu y passes ta vie !

— Non, pas ma vie, mais une grande partie de la matinée.

— Tu es malade, ma sœur ! Pourquoi t'imposer ça ?

— Parce que tu l'as dit, Mélie, si tu as le cerveau…

— Tu as le physique.

— J'ai pris ce qui restait.

— Non, *j'ai* pris ce qui restait. Rien ne servait de se battre avec toi, tu avais une longueur d'avance…

— On ne va pas décider ce soir qui de la poule ou de l'œuf est arrivé en premier, non ? s'agace Élie.

— Non, tu as raison. Allons nous coucher, je suis crevée et on doit gérer un problème demain parce que, avec Matt dans les parages…

— Matt ? Attends, comment ça, Matt ? Mon homme vient ?

— Aïeee… C'est un secret, tu peux l'oublier, s'il te plaît ?

— Que tu m'as menti ?

— Non, que j'ai contribué à te faire une surprise. Bref, comment on fait ? Je dois redevenir moi, et toi… toi.

— Eh bien, OK, on arrête là. Mémé ne va pas se fâcher, non ? Elle ne peut pas contrôler nos choix, hein ?

— Euh, je me méfie, tu sais, avec elle. Mais le problème n'est pas là… C'est que…

— Clément ?

— C'est ça. Je lui ai menti et je ne sais pas comment lui dire que je ne suis pas toi.

— Et tu crois que ça changerait beaucoup de choses ?

— C'est-à-dire qu'il a couché avec « toi »…

— Techniquement, ce n'est pas tout à fait vrai… mais bon, je comprends le souci. Écoute, on n'a qu'à expliquer tout à Matt, qui comprendra, et on reprend nos rôles plus tard, quand tu seras prête. C'est sérieux avec Clément ?

— Nooon !

— Donc ça veut dire oui. Dis-moi, tu as parlé de quoi avec Matt ? J'aimerais bien savoir.

— Non, tu ne veux pas. Montre-moi comme tu es surprise, pour que je sache comment réagir quand il arrivera demain...

Elle ouvre de grands yeux, met sa main devant sa bouche et dit :

— Oh nooon, Matt ! Toi ? Ici !

— OK, pitoyable, je dis en me levant.

— Et où tu vas comme ça ?

— Me coucher et réfléchir à ma vie loupée en tant qu'Élina.

— Décidément, tu n'es jamais contente, tu vois, quel que soit le prénom...

Je me retourne et lui tire la langue.

— Oh, arrête. Si tu ne veux pas me raconter votre conversation avec Matt, je tairai mes petits secrets... Si un certain Josh t'appelle du boulot, par exemple, tu verras avec lui pour le procédé chimique de je-sais-pas-quoi, parce que je ne suis pas sûre de lui avoir donné les bons dosages...

— Hein ?

Je ne saurai jamais ce qu'Élina a dit à mon patron, car ça dégénère en bataille d'oreillers une fois dans la chambre. On rit comme quand on était enfants et on se jette tout ce que l'on trouve de pas trop dur sur la tête, réveil matin inclus. Une demi-heure après, on tombe l'une sur l'autre, épuisées mais heureuses. Ces quelques jours nous ont fait du bien. Finalement, mémé a toujours raison !

Nous verrons bien ce que demain nous réserve.

6

« Alors de sa valise, à l'abri des regards,
Elle sortit vingt bouteilles d'un célèbre pinard. »

La Vieille, Leïla HUISSOUD

Quand Matt arrive, garant sa voiture dans la cour, Élina, trop excitée pour feindre la surprise, sort en trombe en chaussons et en chemise de nuit pour l'accueillir. Même si elle s'est maquillée pour l'occasion, elle s'est levée à 11 heures, ce qui prouve que j'ai quand même légèrement déteint sur elle. Nous n'avons pas pris de décision sur qui serait qui désormais, mais j'avoue être passée par la salle de bains pour me brosser les cheveux et mettre un peu de mascara, au cas où je verrais des fossettes aujourd'hui.

Ma sœur et son copain rentrent les bras chargés des cadeaux que Matt a rapportés. Élina lui montre avec fierté les décorations qu'elle a finalement réussi à accrocher sur les façades de la maison, quant à moi, je suis ravie de l'accueillir avec la première brioche que j'ai réussi à faire de ma vie.

Aujourd'hui, 23 décembre, c'est la traditionnelle journée à Nancy. On va pouvoir faire les magasins, se gaver de têtes de choco, entendre dans la rue Frank Sinatra dans les haut-parleurs, se promener sur la place Stanislas tout en s'empiffrant ensuite de bretzels sucrés, que l'on fera passer avec du vin chaud. Un rituel incontournable, que l'on ne changera pas d'un iota malgré la présence de deux nouveaux : Matt et Anna, qui arrive à midi.

— Vous avez retrouvé votre état normal, aujourd'hui, les filles ? Bonjour, Matt, lance notre père en entrant dans la cuisine.

— Bonjour, monsieur. Comment allez-vous ?

— Appelle-moi Stéphane. Ça va, ça va, merci, mais ça irait mieux si tu disais à Élina et sa jumelle de se tenir à carreau, car je ne sais pas ce qu'elles ont depuis qu'elles sont arrivées, mais je ne les reconnais plus.

— Pourquoi personne n'est surpris de me voir ? demande Matt. Bon, au moins ça fait plaisir, je n'ai pas l'impression de gêner.

— Ah, c'est pas moi qui l'ai dit à tout le monde ! Juste à ma sœur, promis, et encore... par inadvertance, je bredouille.

— C'est rien, dit pépé, qui vient d'arriver dans la cuisine. Pour une fois, mon fils a eu un élan de lucidité sur ce qu'il s'est passé ces derniers jours. Enchanté, mon petit Matt. Tu sais que tu es tombé dans une famille de fous, n'est-ce pas ? Ça ne te fait pas peur ?

— Enchanté, monsieur, et merci de m'accueillir. Oh, vous savez, par amour...

— Ah, parfait, viens, assieds-toi, il faut qu'on discute, sinon je ne pourrai jamais raconter à ma femme comment tu es...

Personne ne répond et Matt fait semblant de ne pas avoir entendu quand mon grand-père précise :

— Je ne suis pas givré, vous savez, j'ai encore toute ma tête. Je parle à mémé, le soir, et je suis sûr que, de là où elle est, elle m'entend. Elle savait et voyait toujours tout, ça ne peut pas avoir changé. Vous ne la sentez pas parmi nous ?

On se penche alors, ma sœur et moi, pour l'embrasser.

— Oui, pépé, tu as raison, ça ne peut pas avoir changé. Mémé veut toujours être au courant de tout.

La journée est magique. Mais je m'aperçois que, depuis hier, je fuis Clément. J'évite de m'approcher quand il parle à mon père ou à mon grand-père, et même, je ne réponds plus quand il appelle sur mon téléphone. J'ai honte et, en même temps, je suis en colère contre lui.

Il veut qui ou quoi, au juste ? Malheureusement, je crois avoir ma réponse. Même si, aujourd'hui, ma sœur et moi nous nous ressemblons un peu plus et que je peux lui offrir une petite partie du reflet d'Élina dans le miroir, il n'en reste pas moins qu'il l'a choisie, elle. Comme quand on était enfants.

On l'a invité avec son frère et son père pour le dîner, et j'arrive non sans mal à l'éviter toute la soirée. Après tout, on habite loin l'un de l'autre, donc c'est voué à l'échec, cette histoire, non ?

Je me couche contrariée, je n'ai pas eu de joli papier rose, aujourd'hui. Il n'y en aura peut-être plus. Tant pis, c'était sympa. Mais j'aurais tellement aimé pouvoir lui dire au revoir…

Je me réveille en ce 24 décembre d'une humeur mitigée, et c'est le déclic pour prendre les bonnes décisions. Une sorte de 1er janvier anticipé. Aujourd'hui, plus de cachotterie, je serai moi-même. J'ai mal au dos, j'ai dormi sur le canapé pour laisser la chambre du grenier à Matt et Élina, mais je m'interdis d'être jalouse. L'ancienne Mélie, c'est fini. Je ne veux pas ce que ma sœur possède car, en fait, j'aime ce que je possède, moi. Plus de rancœur, plus de chamailleries, enfin juste encore un peu, mais uniquement pour m'amuser.

Je vais me doucher, je revêts un jean avec un joli pull moulant, des bottes fourrées, car il neige, je me fais une jolie queue-de-cheval et me maquille légèrement pour égayer mon visage. La nouvelle Mélissa débarque, sans trop la changer pour autant !

Au moment où j'arrive dans la cuisine, je m'aperçois que la pièce n'est pas vide : Clément s'y trouve avec Sarah et mon grand-père. Tant pis s'il y a du public et si le moment est mal choisi, mais je dois crever l'abcès.

— Bonjour, toi..., me lance-t-il avec ses yeux rieurs qui font ressortir ses fossettes.

— Écoute, Clément, je suis désolée, mais je ne veux pas te faire perdre ton temps. Je suis Mélissa, et l'ai toujours été ! Je faisais semblant d'être Élina pour un test, par défi et pour satisfaire les dernières volontés de ma grand-mère. Oui, c'est étrange, je sais, mais...

— Je le savais ! s'écrie alors Sarah, les yeux écarquillés, toute contente d'elle.

Je ne dis rien et poursuis :

— Je sais que je te déçois, j'en suis désolée. Ce n'est même pas pour mémé que j'ai fait ça, mais pour moi, je crois. J'avais besoin de savoir ce que ça faisait d'être... elle. Bref, on fait comme s'il ne s'était rien passé, on oublie tout. Pardon pour les faux espoirs, je suis Mélissa, pas tirée à quatre épingles, pas parfaite et puis c'est tout.

Sarah fait semblant de boire son thé dans sa tasse vide et ne nous quitte pas des yeux. Comme le silence s'éternise, elle finit par chuchoter à l'attention de mon grand-père :

— C'est-à-dire, « comme s'il ne s'était rien passé » ?

Pépé sourit et lui répond :

— Ça va pas être gagné avec toi, Sarah, hein, heureusement que tu es jolie.

Je contourne rapidement Clément, lui répète que je suis navrée et sors en attrapant mon manteau au passage dans la buanderie. Il me faut de l'air, je vais donc me promener du côté de la vieille écluse. Il neige doucement, et ce serait un 24 décembre idéal sans cette boule au ventre qui ne me quitte pas. Au bout d'un moment, je m'aperçois qu'on me suit et je me retourne... pour voir apparaître Clément.

— C'est difficile d'en placer une avec toi. Je suis venu t'offrir ton cadeau.

— Mon cadeau ?

— Oui, de Noël, en avance.

J'ouvre l'enveloppe qu'il me tend et j'y trouve un bon repas pour deux dans un magnifique restaurant parisien.

— Tu ne m'as jamais demandé où j'habitais en dehors de mes voyages professionnels, il me semble.

— Je croyais que tu vivais ici ?

— Eh bien non. Le villageois pure souche s'est installé dans la capitale il y a trois ans.

— Oh, excellent ! C'est adorable, Clément, mais ne te sens pas obligé de...

— Lis !

— Lis quoi ?

— Le bon, lis-le mieux, s'il te plaît.

Je regarde le document et découvre :

Bon pour :
Un dîner découverte pour Mélissa et Clément.

Je suis interloquée.

— Mais, mais tu...

— Je savais qui tu étais, oui.

— Depuis quand ?

— Le procédé chimique d'aéro-dissolution des égouts, ça a toujours été de toi...

— Non ! Alors depuis le premier jour ?

— J'avais un doute, mais comme tu ne m'avais pas repris sur ma méprise, j'ai cru m'être trompé. Et puis, ensuite, tu as sorti la fée Clochette, et j'ai vu la nostalgie dans tes yeux. J'ai été définitivement convaincu lorsque tu as traversé le couloir en patins... Élina n'aurait jamais...

— ... jamais posé les pieds sur des « trucs aussi ringards ». C'est ce qu'elle répondait tout le temps à mémé. Pourquoi tu n'as rien dit ?

— Je pourrais te retourner la question. Tu n'avais pas l'air prête à le faire pour X raison, alors je t'ai laissé du temps. Ça fait trois jours que je veux t'en parler, mais que tu me fuis.

On reste quelques minutes à discuter sur le pont de l'écluse et, malgré le froid, je trouve le moment formidable. On décide d'y aller à notre rythme et de nous accorder ce restaurant en tête-à-tête à notre retour à Paris la semaine prochaine.

Puis, on rentre pour aller aider en cuisine, vu que, ce soir, nos deux familles sont réunies – plus mon oncle, l'un des frères de mon père, ce qui va faire pas mal de monde à table.

On passe une super journée à se chamailler avec ma sœur, à rire avec Sarah, qui nous dévoile les prénoms auxquels elle a pensé pour le bébé et que l'on trouve pour le moins loufoques, on découvre Anna, qui se révèle sympathique. Mon père, d'ailleurs, semble bien plus détendu depuis qu'elle est arrivée, ce qui est une très bonne chose car, quand tonton l'alcoolique sera présent, il lui faudra toute sa patience et sa diplomatie.

Nous dégustons un repas que nous avons préparé tous ensemble, qui se révèle absolument délicieux. Ou pas, mais on le trouve délicieux quand même. Pour l'occasion, on a sorti l'argenterie et les verres en cristal, ainsi que la soupière en porcelaine. On dirait une table sortie d'une ancienne illustration sur Noël et, quand mon grand-père met le 33 tours de ses valses préférées, nous dansons dans le salon au rythme de Johann Strauss. J'ai l'impression que mémé est là, et je sais, quand je regarde ma sœur et mon frère, que je ne suis pas la seule. Il est peut-être temps de lui dire au revoir.

À minuit, alors que tout le monde déballe ses cadeaux, Clément m'embrasse sous le gui, Élina me fait un clin d'œil, Sarah me chuchote qu'il faudra un jour qu'on lui explique tout en détail et pépé s'approche avec une jolie lettre rose.

— Ma chérie, c'est pour toi.

Je vois qu'il en distribue une autre à Élie et une dernière à Léo.

On se met chacun dans un coin. Je m'assieds pour ma part sur le rebord de la marche d'escalier, en me recroquevillant, et je profite du bruit ambiant et des rires pour m'isoler quelques instants avec ma grand-mère.